ひとり旅日和　福招き！

秋川滝美

CONTENTS

N4

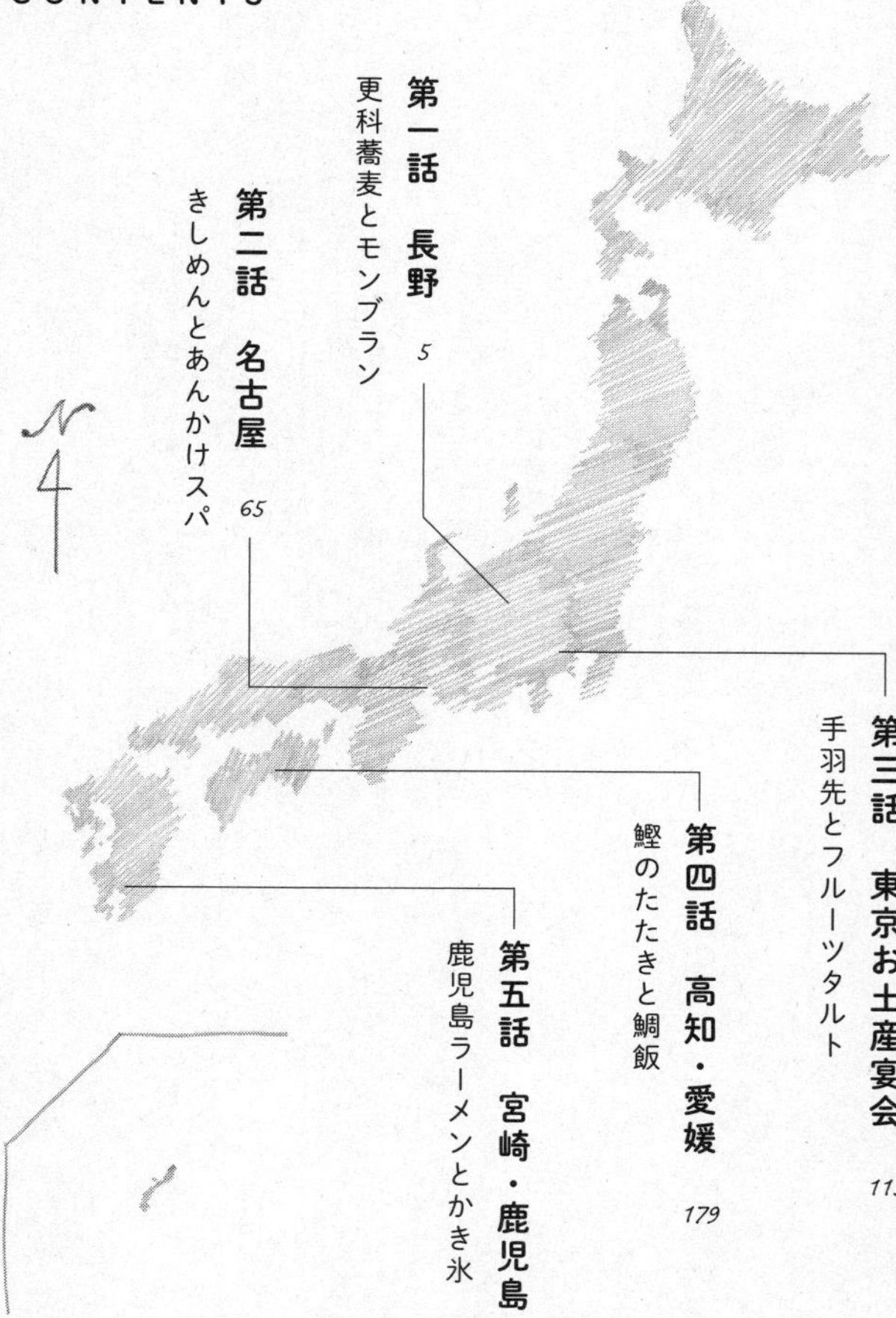

第一話　長野

――更科蕎麦とモンブラン

梶倉日和《かじくらひより》が隣の席の同僚、間宮麗佳《まみやれいか》に声をかけられたのは、二月も半ばを過ぎたある木曜日の午後のことだった。

「梶倉さん、まだ有休が残ってるじゃない」

日和は都内在住の二十七歳、事務用品を扱う『小宮山《こみやま》商店株式会社』に勤めて四年目になる。

子どものころから人見知りが強い上に要領も悪く、なにかと苦労が多かったが、社長である小宮山のすすめでひとり旅をするようになってから、いろいろなことが変わり始めた。

人と関わることに慣れ、失敗を含めた旅先での経験を、日常生活だけではなく仕事にも生かせるようになってきた。

さらに、偶然旅先で出会った吉永蓮斗《よしながれんと》への想いは、日和の生活を輝かせてくれている。旅行に出るどころか、普段会わない人に会うこと自体が憚《はばか》られる状態が続いていたけれど、SNSを通じて連絡を取り合い、時にはお土産を届けたり届けられたりして、実際の距離も狭まってきている気がする。これからも、仕事にも恋にも頑張りたい。もちろん、旅行もしたい。

　麗佳に言われるまでもなく、有休が残っていることはわかっていた。

　東北《とうほく》へ行ったとき、青森の温泉がすごく素敵だった。そこら中が人だらけということもなく、料理も酒も素晴らしかった。残っている有休は年度が変われば消えてしまう。消化がてら温泉に行くのもいいだろう。とはいえ、温泉はたいてい一泊二食付きだし、値段もそれなりにする。ビジネスホテルなら余裕で二泊できるぐらいだ。最近は大浴場付きのビジネスホテルも増えてきたことだし、ビジネスホテルに泊まって近くで豪華なディナーを楽しむという手もある……などと考えていたところだった。

　有休の消化率は人事管理をする上でも重要なチェックポイントだ。麗佳は先ほどから課長の斎木《さいき》の指示で社員の有休取得状況を確かめていたのだが、日和の残日数の多さにいかにも感心しないという様子で言う。

「九日もあるわ。全部は無理にしても、少しは使ったら？」

「ありがとうございます。実はそろそろまた旅行しようかと思ってるんですよね」

「そうしなさい。今年の冬はすごく寒かったし、雪も多かったから旅行って気分じゃなかったけど」

「ですよね。テレビを見ても豪雪のニュースばっかり目について」

「確かに。でも、春が近づいて動きやすくなってきたわよね。私も旅行の計画を立てようと思ってるのよ。だから梶倉さんも……」

「わかりました。交替でお休みしましょう」

自分ばかりではためらわれるが、交替なら気兼ねなく休める、というのが麗佳の信条だし、日和もまったく異存はない。麗佳もあと六日残っていて、年度末で忙しくなる前に少しでも減らしたいと言うので交替で休むことにした。

その日の夜、台所で夕食作りの手伝いをしていた日和は、帰宅してきた父の晶博《あきひろ》に声
をかけられた。

「日和、もしかして有休は余ってないか？」

「有休？」

「もうすぐ年度替わりだろ？　使いきれなくて消えてしまう有休とか……」

「残ってるよ。秋から旅行もあんまりできてないし。今日も、そろそろ使わないと消え
ちゃう、って言われたところなの」

「じゃあ、どこかに行ってくるってのはどうだ？」

日和がひとり旅を趣味としていることは父もよく知っている。

始めてから三年ほどしか経っていないけれど、仕事と財布その他の事情が許せば、三
ヶ月に一度はどこかに出かけている。麗佳に頼まれて入手困難なウイスキーを買いに行
ったり、体調不良が疑われる叔母《おば》に会いに行ったりしたほかは、気ままな旅を続けてい

る。

　それまでこれといった趣味がなかっただけに、家族も生き生きと旅をする日和を応援してくれている。それでも、こんなふうに旅を促されたことはない。

　真意を測りかね、日和は黙って父を見つめ返す。隣で鍋《なべ》に味噌《みそ》を溶いていた母の須美《すみ》子《こ》が、呆《あき》れたように言った。

「なあに、お父さん、ずいぶん唐突じゃない。どこかってどこよ？」

「どこでもいいんだ。ただ、どこかで一泊してきてくれれば」

「……意味がわからないわ。そんなことじゃ、日和だって困るでしょ」

「だよな」

　あはは っ！　と豪快に笑ったあと、父は発言の意図を説明してくれた。

　父は、一泊につきスタンプがひとつ貯まるシステムの旅行手配サイトを使っている。スタンプが十個貯まれば、それまでの宿泊代金の平均価格相当のホテルに無料で一泊できる特典が与えられるのだそうだ。

　なんとも嬉《うれ》しいシステムではあるが、貯めたスタンプには有効期限があり、父はこれまで特典をもらったことはなかったらしい。ところが、世界中の人々が容易に旅に出られない日々が長く続き、旅行手配サイトが有効期限を先送りしたおかげで、スタンプが十個貯まったという。

「びっくり。そんなことになってたんだ……」

「俺も驚いたよ。どうせいつも貯まらないから、スタンプの数なんて気にしたことなかったんだけど、ゴールデンウィークに旅行でもするか、と思ってそのサイトにログインしてみたら、スタンプが十個貯まってた」

「よかったじゃない。でも、なんで私が？」

特典があるなら自分で使えばいい。ゴールデンウィークに旅行をするつもりならなおさらだ。わざわざ娘に使わせる理由がわからなかった。

「期限が切れそうなんだよ。さすがにそのサイトもいつまでも先送りしていられなくなったらしくて」

「期限はいつまで？」

「最後にそのサイトを使ってから一年」

「だったらまだ大丈夫じゃないの？　お父さんとお母さんも去年の秋に旅行してたよね？」

旅行三昧《ざんまい》の日和に触発されたのか、もともと旅好きだったからか、秋の連休を利用してふたりで温泉に出かけたはずだ。今年の秋あたりまでは特典の有効期限があるのではないか。

ところが、そんな日和の言葉に父は残念そうに首を横に振った。

「あのときは別のサイトで予約したんだ。いいなと思ったホテルが、特典がもらえるサイトからは予約できなくてね。最後にそのサイトを使って予約したのは去年の三月。だからもうすぐ一年なんだ」

「今のうちに予約しちゃえばいいんじゃない。それじゃだめなの？」

「そう思って調べてみたんだけど、ゴールデンウィークだけに、お父さんたちが行きたいと思うようなところは軒並み満室だった」

「じゃあ、お父さんが有休を取ったら？　お父さんもあんまり使ってないよね？」

「まあな。でも、お母さんと予定が合わなくてね。今回は諦《あきら》めてゴールデンウィークは家でのんびりしようってことになったんだ」

　せっかく特典があるのに使わないのはもったいない。それぐらいなら日和に使わせよう、と父は考えてくれたらしい。旅行のスケジュールも立てていない状態からなら、まず魅力的な旅館を探し、それに合わせて日程や行き先を決めることができるだろう、というのが父の意見だった。

「なるほど……それなら行けそう」

「その旅行手配サイトにおすすめの宿とかも出てるから、一度見てみるといいよ」

「ありがとう。考えてみる。あ、でも明日会社で休めそうな日を確かめてからね」

　そんな返事をした翌日の昼休み、父が使っている旅行手配サイトを見てみた日和は、十分も経たないうちに予約を入れた。

　高評価を示す星の数が四つ以上付いている人気の旅館で、残り一室、現在閲覧中五人という表示に反射的に予約してしまったのだが、父の『特典』なしでは泊まれそうもない料金だっただけに、即決したことに後悔の欠片《かけら》もなかった。

予約したのは長野県の温泉旅館で、一泊でも行けそうな場所だったが、例によって麗佳の「どうせなら二泊にしちゃいなさいよ」というすすめもあって有休は三日申請することにした。ただ二日目については同じ宿に空きはなかったし、空いていたとしても財布に負担がありすぎた。なにせ、無料宿泊特典は、父がこれまで使った宿の宿泊代金の平均額が上限となっていて、今回は差額を払う必要がある。その差額だけでも、日和がいつも使っているような宿なら一泊できるほどで、とてもじゃないが特典なしにもう一泊は無理だった。

そのまま近場にどこか素敵な場所はないかと探してみたが、決めきれないうちに昼休みが終わってしまったのである。

その日の夜、日和は蓮斗にメッセージを送った。

ひとり旅を始めたころは、旅の計画や思い出話は麗佳にすることが多かったが、最近はもっぱら蓮斗だ。自分でも下心満載だと思うけれど、蓮斗は公私にわたって全国を旅している。日和の生活圏内には、彼以上に的確なアドバイスをくれる人はいないし、日和の気持ちを知っている麗佳は『使える手は何でも使え』と目を弓形にして笑う。

今の日和にとって旅は、それ自体を楽しむのはもちろんのこと、蓮斗に連絡することができる貴重な機会となっていた。

メッセージで始まった相談は、いつもどおり途中から電話に変わり、ひどく羨《うらや》ましそうな声が聞こえてきた。

「いいなあ……そこって、飯が目茶苦茶旨《うま》いって評判の宿だよね。俺も一度泊まってみたいと思ってるけど、なかなか行けなくてさ」

「そんなに有名なんですか？」

「うん。まず空きがない。よく取れたね。で、いつごろ？」

「三月末です」

「三月末……あ、そっか！」

「なにかあるんですか？」

「今年は御開帳だからじゃない？」

「御開帳……？」

きょとんとした日和に、蓮斗は七年に一度おこなわれる『御開帳』について教えてくれた。

今回日和が選んだのは渋《しぶ》温泉にある旅館で、長野電鉄湯田中《ゆだなか》駅から二十分ほど歩いたところにある。湯田中駅は湯田中温泉の最寄り駅でもあり、特急を使えば長野駅から四十五分ということもあって、ふたつの温泉郷は長野観光の際に利用されることが多いという。

長野と言えば善光寺《ぜんこうじ》。昔から『一生に一度は善光寺参り』と言われるほど有名なお寺だ。もちろん日和も行くつもりだったし、ご本尊が秘仏で七年に一度しか公開されないことぐらいは知っていた。けれど、それが今年に当たっているなんて思っていなかったのである。

「今年だったんですか！　うわあ……残念」

ところが、せっかく御開帳の年なのに行くのがその直前だなんて、よほど日頃の行いが悪いに違いない、と落ち込む日和に、蓮斗は豪快に笑って言った。

「御開帳の直前だからこそ、宿も空《す》いてた。それに御開帳となったら人出もすごいから、お参りも大変だよ。直前の空いているときのほうがよかったんじゃない？」

ひとり旅を始めるまでは自他ともに認める『人見知り女王』だった。旅を重ねたことで、今は知らない人とでもごく普通にやり取りできるようになったし、ハードルが高いと言われる『ひとり呑《の》み』だって旅先でなら平気だ。

それでもやっぱり、人混みが苦手なところは変わっていない。お土産を買うにしても、あまりたくさんの人がいる店は無意識に避けてしまう。御開帳でごった返す善光寺界隈《かいわい》の店では買い物も食事も難しいに違いない。

さらに蓮斗は身も蓋《ふた》もないことを言う。

「御開帳って言っても、公開されるのはレプリカなんだってさ」

「レ、レプリカ？」

「レプリカって言い方は雑だけど、鎌倉《かまくら》時代にご本尊を模して作られたらしい。それが『前立本尊《まえだちほんぞん》』として公開されるんだよ。本物はあそこのお坊さんたちですら見たことがないって聞いたよ。それと、前立本尊は無理でも、瑠璃壇《るり》なら見られる。瑠璃壇には本物の秘仏が入った内厨子《うちずし》が安置されてて、法要の最後に帳《とばり》が上げられて拝むことができるんだってさ。ま、ほんの数秒だし、中身は空っぽって噂もあるけどね」

「法要って毎日あるんですか？」

「一回か二回はあるはずだから、あらかじめ調べて行けばいいんじゃない？　じっくり見たい、っていうんじゃなければの話だけど」

そこで蓮斗は、また笑って言った。

「君って、いわゆる『深追い型』じゃないよね？　神社仏閣とか美術館、博物館の類もかなり短時間で終わらせてるし」

「そのとおりです。ぱっと見たら満足っていうか……あ、でも例外はありますよ！　水族館とか！」

「そんな言い訳しなくていいって。どんな旅をするかはその人次第だし、時間は有限。『来た見た帰る』ですませられる場所と、ゆっくり見たい場所を分けるのは当たり前だよ」

「ですよね！」

「で、二泊三日なんだよね？　あとはどこに行くの？」

「それをご相談しようと思って。おすすめってあります？」

「松本《まつもと》とか安曇野《あづみの》とか、長野は見所がたくさんあるけど、君にとってはどこも似たティストかもしれない」

「そんな気はしてました」

蓮斗の言わんとすることはよくわかる。

宿を予約したあと調べてみたのだが、いずれも豊かな自然と温泉、神社仏閣とお城といった、いわゆる『古き良き日本』が売りのように思えた。

日和はそういう場所が全然嫌いじゃない。自然豊かな場所や神社仏閣、お城といった場所はパワースポットであることが多い。そもそも日和は『パワスポオタク』を自認しているし、どうしても叶《かな》えたい恋を抱えている今、積極的に選びこそすれ避ける理由はない。これまでの旅行だって、むしろパワースポット訪問を目的に決めたことだってあったのだ。

ただ、今回は長野一、いや全国屈指のパワースポットと名高い善光寺を訪れる。それなら御利益は十分ではないか。ごはんが美味《おい》しいと有名な温泉宿の印象をより深くするためにも、全然違う雰囲気の場所に行きたいと思う。

そんな気持ちを蓮斗がわかってくれたことが嬉しくて、ついつい声の調子が上がった日和に、蓮斗は意外な提案をしてくれた。

「いっそ長野に限らずに考えてみたら？　前に青森から秋田に移動してたよね。あんな感じでさ」

「でも、今回は車も使わないし、単純に往復したほうが交通費も安くなりますよね」

「とは限らないよ。『一筆書き切符』を使えばいい」

「『一筆書き切符』？」

「知らない？」

「どこかで聞いたことがあるような、ないような……あ、たぶん動画で見ました！」

「じゃあ調べてみて。けっこう面白いし、訪問先の選択肢が格段に増えるよ」

スマホから蓮斗の忍び笑いが漏れてくる。

これは麗佳にも通じることだが、ヒントはくれても全部は教えてくれない。人によっては意地悪と捉《とら》えるかもしれない。けれど、日和にはそういったやり方のほうが嬉しい。自分でできるはず、という信頼を得た気になるのだ。

「わかりました。調べてみます！」

「がんばってね。それにしてもいいなあ……長野。俺、野沢菜漬けが大好きなんだ。あんまり漬け込んでないきれいな緑色のやつ」

「了解、買ってきますね！」

お土産はきれいな緑色の野沢菜漬け、と心にメモし、日和は通話を終わらせた。

具体的な地名は挙がらなかったけれど、大きなヒントはもらえた。まずは『一筆書き切符』について調べるところからだった。


——すごい切符……

日和は、窓口で受け取った切符に驚きを隠せなかった。

乗車券には、『三月二十八日から四月二日まで有効』という文字が入っている。ちなみに本日は三月二十七日、これは明日からしか使えない切符である。

いつもはインターネットで予約して、電子チケットで改札を通る。発券するにしても出発当日の朝、少し早めに駅に着いて、という場合がほとんどで前日に受け取りに来るなんて初めてだ。

しかもこの切符の区間表示は『東京→東京』——これではぜんぜん移動していない。にもかかわらず、料金欄には五桁《けた》の数字が表示されているのだ。

生まれてこの方、日和はこんな表示を見たことはない。

ただ、目を凝らすと矢印で結ばれたふたつの東京という文字の下に、『新幹線・長野』に始まる経路が示されている。これは、東京を出発して、長野、名古屋《なごや》を巡り、また東京に戻ってくる片道乗車券、今まで動画投稿サイトでしか見たことがなかった『一筆書き切符』だった。

——すごーい。これ一枚で長野に行って、名古屋を回ってまた東京に戻ってこられるんだ……

新幹線や長野から名古屋に移動するための在来線の特急券は別に買わなければならないが、全行程の乗車券が一枚で済むなんて思ってもみなかった。しかも、『一筆書き切符』という買い方をすれば、料金は乗車券だけでも三千円近く安くなる上に、片道切符扱いなので新幹線と在来線の乗継割引も適用されて、長野から名古屋への特急料金が半額になる。東京から長野、長野から名古屋、名古屋から東京、と別々に切符を買うよりもトータルで四千円近く安く済んでしまうのだ。恐るべし『一筆書き切符』、存在を思い出させてくれた蓮斗に感謝するのみだった。

窓口に来たついでに、新幹線や在来線の指定席特急券も発券してもらう。

乗車券は窓口でしか買えないが、新幹線や特急券はインターネットで買える。日和は窓口だと、早く決めなければと焦るに違いない。その点、インターネットなら席も落ち着いて選べる、ということであらかじめインターネットで予約しておいた。

指定席券だけチケットレスにすることも可能なのかもしれないが、どうせ『一筆書き切符』は紙の乗車券になるし、有人改札を使わなければならない。片方だけチケットレスにする意味はないと考えたのだ。

受け取ったチケットは全部で四枚、なかなかの枚数になってしまったが、指定席券が三枚入っているからこれ以下にはならない。なくさないようにしっかり財布にしまい、日和は駅の窓口をあとにする。鉄道オタクさながらの切符の買い方ができて、大満足だった。

三月二十八日午前九時二十五分、日和は予定どおり北陸《ほくりく》新幹線『はくたか五五七号』の座席に収まった。通路側だが車両の最前列なので電源がある。これなら安心してネットサーフィンや音楽を楽しむことができるはずだ。

足下近くにあるポケットに自動販売機で買ったミルクティーを入れる。駅弁に心を動かされかけたが、乗車時間は一時間半なので十一時には長野に着く。どうせならあちらで食べよう、と飲み物だけで我慢したのだ。

席について七分後、新幹線は無事に発車した。電光掲示板を流れる『金沢《かなざわ》行き』という表示に、さらに嬉しい気持ちになる。

金沢は蓮斗と再会し、初めて一緒にごはんを食べた場所だ。熱海《あたみ》での出会いは偶然だったかもしれないが、二度目となるともはや運命。再会を喜んでいる自分の気持ちに戸惑いながらも、恋という道を辿《たど》り始めた。道は今なお半ばだけれど、少しずつ目的地に近づいている気がする。

いつかきっと……という思いを新たに、日和は本日の行程について考え始めた。

一時間半後、新幹線が長野駅に到着した。

有人改札で途中下車のスタンプを押してもらったあと、長野電鉄長野駅に向かう。急ぎ足になっているのは、少しでも早く善光寺に着きたいという思いからだ。

ガイドブックには、JR長野駅から善光寺までは歩いても三十分前後と書かれていた。だが、現在時刻は十一時十分になるところなので、徒歩で向かうとしたら到着は十一時四十分を過ぎてしまう。しかも、三十分歩いて辿り着くのが善光寺の本堂とは限らない。門までが三十分で、本堂はそこから延々と歩いた先、などという罠《わな》があるかもしれない。

これまでも、やっと着いたと思ったらただの門だった、というのは何度も経験してきたではないか。

おまけに、道に迷う心配だってある。いくらまっすぐな参道でも、ふと気になるものを見つけて道を逸《そ》れた挙げ句、迷子になってしまう可能性はゼロじゃない。とにかく正午までに本堂に着きたい日和としては、長野電鉄を使う以外の選択肢はなかった。

長野電鉄なら善光寺下《ぜんこうじした》駅まで四分、そこから善光寺までは歩いて十分だ。これなら、十一時四十五分から始まる昼の法要に間に合う。電車代はかかるが、どのみちフリー切符を買うつもりだったから関係ない。本日の宿は長野電鉄の終着駅である湯田中の先だし、途中にある小布施《おぶせ》にも寄りたい。乗ったり降りたりを繰り返すなら、フリー切符のほうがお得なのだ。

フリー切符にはバスも使えるものもあったけれど、今日の目的地にバスでしか行けない場所はない。八百円以上という価格差も考慮して、電車だけの切符にする。

長野電鉄の改札に移動し、窓口で二日間使えるフリー切符を買う。こちらも有人改札でしか使えないが、そもそも長野電鉄には自動改札がない。それどころか無人駅とか、電車が来る時間しか改札を開けない駅もあるらしいので、まったく問題ない。

今回の旅行はとにかく紙切符がベースだ。なんともレトロで、さすがは日本で一番古いといわれる仏像を擁する町だ、と感心してしまった。

ふと見ると、電車がホームに止まっていて、まもなく発車する旨のアナウンスが流れている。大急ぎで改札を通って乗り込む。十一時十六分発の電車に乗ることができたおかげで、十一時三十分には境内に入ることができた。

こんなに息せき切ってやってくる参拝者も珍しいだろう、と思いながらも大きな香炉にお線香を供え、本堂にお参りを済ませる。法要まではまだ少し時間があったため、境内にあるほかのお堂もお参りし、経蔵前にある石の輪を回す。これを回せば功徳が積めて、極楽往生ができるそうだ。

ほかに人がいなかったのを幸いに、くるくるくるくる回しまくる。まあこんなもんでしょ、と満足したところで、本堂のほうから鐘の音が聞こえてきた。

なんだろうと思いながら戻ってみると、人がぞろぞろ本堂の中に入っていく。やがてお経を読む低い声が響いてきたから、法要が始まったに違いない。

あわてて日和も本堂に入る。畳敷きの内陣にはお金を払わないと上がれないが、入り口に近い場所からなら無料で拝観できる。畳に上がるかどうか迷っているうちに、内陣の左奥にある幕がするすると上げられた。

おそらくあれが蓮斗の言っていた瑠璃壇だろう。内厨子の中は空っぽという噂も聞いたけれど、瑠璃壇だけでも十分ありがたみがあるなあ……と思う間もなく、幕が下ろされた。

お寺の職員、あるいは近隣の常連参拝客らしき人の「はい終わりー!」と言う声に、周囲からため息が漏れる。時間にしておよそ十秒、まさに邂逅《かいこう》だった。

――これが毎日ある『御開帳』なんだ……見られてよかったあ！

長野駅からのんびり歩いていたら間に合わなかったに違いない。電車で来てよかった、と安堵《あんど》して踵《きびす》を返す。

本堂では、御本尊の真下にある通路を巡って『極楽の錠前』に触れられれば御本尊と直接ご縁を結べる『お戒壇巡り』ができるそうだが、通路の中は真っ暗だという。閉所恐怖症気味の上に、暗いところも苦手な日和には無理そうだし、『御開帳』を見られただけで満足だった。

それでも、せっかく来たからには……と山門に上がってみる。高い山門から参道を歩いている人を見下ろしていると、ついつい『下々の者たちよ、達者で暮らせよ』なんて、偉そうなことを考えてしまう。

あんたいったい何様のつもり？　と苦笑いする。あと数日で七年ごとの御開帳が始まる。前立本尊の指先と結ばれる回向柱もすでに納められているはずだ。善光寺そのものばかりではなく、参道の飲食店やお土産物屋さん、駅に至るまで『御開帳』という言葉が溢《あふ》れている。小さくて軽いから荷物にならない、と買った名物の七味唐辛子の缶にも『善光寺御開帳』と字が入れられていた。

準備万全、あとは御開帳が始まる四月三日を待つばかりといったところか。いずれにしても、これなら御開帳を見たのと同じようなものだ、と勝手に満足し、日和は善光寺をあとにした。

食事を先にしようかと思ったけれど、あいにく昼ご飯時だったのでどの店も混み合っている。少し時間をずらすことにして、日和は善光寺のほぼ隣にある長野県立美術館に行くことにした。

美術館を目指して歩いていた日和は、途中にあった『長野県立美術館（旧長野県信濃《しなの》美術館）』という案内板を見てほっとした。

ちなみに家からここまでキャリーバッグは引っ張りっぱなしだ。本数の少ない長野電鉄の電車に乗るために、長野駅は怒濤《どとう》の勢いで通過したし、善光寺下駅にはコインロッカーがなかった。

湯田中経由で渋温泉に向かうには断然特急のほうが便利なのだが、善光寺下駅には特急が止まらない。それぐらいなら参道をバス、もしくは三十分ほど歩いて戻り、始発になる長野駅から特急に乗るほうがいい、と考えていたのだ。

いずれにしても美術鑑賞にキャリーバッグは邪魔すぎる。持ち込みだって禁止されているに違いない。まずはコインロッカーを探さなければ、と周りを見回していると、受付の女性が声をかけてくれた。

「お荷物、こちらでお預かりしましょうか？」

なんて親切なんだろう……と日和は感心してしまった。

「ありがとうございます」

お礼を言って荷物を預け、入場券を買う。

エントランスに置かれていたパンフレットによると、この美術館はかつて長野県信濃美術館という名称だったらしいが、二〇二一年四月に長野県立美術館に名称を変更した。『開かれた美術館』を目指して無料ゾーンを設置したり、現代美術に関するプログラムを提供したりして、地域の人々の学びの場となっているそうだ。

そういえば、玄関の近くでお母さんと幼稚園に入る前ぐらいの年齢の子どもが遊んでいたが、途中で美術館の無料ゾーンらしき場所に入っていった。

ためらいもなく入っていったから、普段からちょくちょく利用しているのだろう。こんなふうに遊びの途中で立ち寄ることができれば、親だけでなく子どもにとっても美術館が身近な存在になる。

美術館、博物館はたくさんの人が訪れてこその存在だと思う。利用者数の減少によって、閉館を余儀なくされた施設も多い。『開かれた』というのは必要不可欠なコンセプトなのかもしれない。

キャリーバッグを預けて身軽になった日和は、機嫌良く階段を上がる。

長野県立美術館は規模としてはそれほど大きくない。ゆっくり観たところで大して時間はかからないと判断し、日和にしては珍しく最初からひとつひとつ作品を観ていく。

長野県出身、あるいは長野県とゆかりの深い芸術家の作品が並ぶ中に、奇抜な作風で有名な人や、教科書に紹介されていたような人の名前もある。

この人、長野出身だったのか……と驚きながらもしっかり鑑賞し、いよいよという感じで渡り廊下の向こうにある東山魁夷館《ひがしやまかいいかん》に向かう。

あいにく日和がこの美術館を訪れるきっかけとなった池のほとりを白馬が走っている絵は公開期間ではなかったが、いかにも冬らしい作品がたくさん並べられていた。中でも霧氷や山に映えるススキの絵には心を惹《ひ》きつけられ、これは絵葉書を買わねばと思う。

東山魁夷と言えば祇園《ぎおん》の月と桜を描いた絵が有名だけれど、どの作品にも魅力がある。全然違う風景を描いていても『東山魁夷らしさ』を感じる。こんなにたくさんの作品をまとめて見られるなんて、それだけでも長野を訪れた価値があるというものだ。

『遠くても一度は参れよ』と言われる善光寺と日本を代表する芸術家である東山魁夷の作品を堪能《たんのう》した。長野に着いてまだ二時間にしかならないのに、とんでもない満足度である。

ただし空腹はそろそろ限界だ。心の満足のあとはお腹、ということで、日和は食事をすることにした。

——信州《しんしゅう》と言えばやっぱりお蕎麦《そば》よね！

長野は蕎麦の名産地だ。山がちで米が作りにくいため、土地が痩《や》せていても育つ蕎麦しか栽培できなかったという話も聞く。それでも、信州の蕎麦を食べに全国から人が集まってくるのだから、それはそれでよかったのではないか。美味しくてヘルシーな蕎麦は魅力以外の何物でもない。

長野での最初の食事を決めるにあたって、日和の頭には蕎麦以外の選択肢はなかった。善光寺近辺には蕎麦の有名処がいくつかある。昼時には行列ができるそうだが、時刻はすでに午後一時を過ぎているから、さすがにそれほど混んでいないはずだ。

ところが、そう考えて向かった最初の店は満席、外でもたくさんの人が待っていた。美術館から一番近い場所だから、という理由で選んだのだが、美術館に近いということは善光寺にも近い。

空腹は限界なのにこれ以上待ちたくない。パスだ！　とばかりに歩を進め、次の店を目指す。

ただ、次の店は参道に面している上に、テレビや動画でよく紹介されている有名店だ。最初の店があの様子なら、次も満席かもしれない。ところが、半ば諦め気分で行ってみると、行列はできていない。店内にはまだ片付けていないものの、いくつか空席があり、日和と同年代ぐらいの女性店員に声をかけられた。

「すぐに片付けますから、ちょっとお待ちくださいねー」

そう言いながらも女性店員は店内を動き回り、あっという間に日和の席を作ってくれた。

それほどの人気の店じゃないのかな、と思ったけれど、日和のあとから次々とお客さんがやってくる。どうやらタイミングがよかっただけらしい。

品書きにはずらりと蕎麦の名前が並んでいる。どれも美味しそうだし、温かいものにするか冷たいものにするかというところから悩んでしまうが、蕎麦そのものの味を確かめるには盛り蕎麦が一番だろう。

あいにく品書きには『盛り』どころか『ざる』という文字もなかったけれど、『更科《さらしな》蕎麦』というのがあった。値段からして、これがいちばんシンプルな蕎麦のようだ。一瞬、天ぷら付きにしようかと迷ったが、このあと信州名物のおやきも食べたい。おやきは具を小麦粉や蕎麦粉で作った生地で包んだもので、かつては主食代わりにされていたと聞く。きっと食べ応《ごた》えも十分なはずだ。ここでお腹をいっぱいにしては食べられなくなると考えた日和は、更科蕎麦を頼むことにした。

五分ほど待って運ばれてきたのは、どちらかというと白っぽい、細くて透明感のある蕎麦だった。日和はもともと細くて歯応えのある蕎麦が好きだ。おまけにこの店のツユは出汁《だし》がきいていてほんのり甘く、これまた好みにぴったりである。店の外に並んでいる人のことを気にするまでもなく、日和はあっという間に食べ終えてしまった。

折良く運ばれてきた蕎麦湯でツユを割って楽しむ。蕎麦からツユに移った海苔が、温かい蕎麦湯に溶けていく。まとめて吸い込むと口の中に磯の香りが広がった。

――あー美味しかった。やっぱり信州のお蕎麦って別格よね！

大して蕎麦に詳しいわけでもないくせに、自分好みの味に満足して席を立つ。満腹具合は七割ほど、これならボリュームたっぷりのおやきでもひとつぐらいは食べられるだろう。

　支払いを終えて外に出た日和は、善光寺とは反対方向に向かって歩き出した。美術館からこの蕎麦屋に来るまでの間にもおやきの店はたくさんあったが、会計を済ませた際に耳寄りな情報を聞いたからだ。とはいっても、日和が直接聞いたわけではない。日和の席がレジの近くだったため、観光客らしき夫婦が支払いのときに訊《たず》ねていたのが耳に入ったのだ。

「ここから長野駅に戻る途中にも、おやきの店はありますか？」

「少し先にありますよ。大きな店ではありませんが、農家のお母さんたちが昔ながらの信州のおやきを作っていて、私のいちばんのおすすめです」

「へえ……お店で食べることもできますか？」

「できます、できます。席が作ってありますし、お茶も出してくれますよ」

「すぐわかりますか？」

「ええ。参道沿いですし、緑色のサンシェードが目印です」

　自分で訊《き》く勇気はなくても、ほかの人の質問の答えに耳をそばだてることはできる。以前函館《はこだて》の朝市に行ったときも、食堂で隣に座っていたお客さんと店の人とのやり取りから美味しいラーメン屋さんを知ることができた。盗み聞きはお行儀が悪いけれど、お店の人も訊いている人も声を潜めているわけではない。おすすめの店の情報なら、訊かせてもらってもかまわないはずだ。これも旅のノウハウのひとつ、と開き直ったのだ。

──食べ歩きってちょっと苦手だから、座れるのはありがたいし、お茶も出してくれるなんて最高じゃない！

やり取りを聞いたのは、日和が席に着いたばかりのときだ。少し時間が経っているから、質問をした夫婦がまだ店にいたとしても、盗み聞きをした客が付いてきたとは思われないはずだ。

キャリーバッグを引っ張りながら、長野駅に向けて参道を戻る。緑色のサンシェードの店はすぐに見つかった。確かに、そう大きくはない。なんというか……昔からある『なんでも屋さん』みたいな雰囲気の店だ。外から覗《のぞ》いてみたが、おばあさんがひとりお茶を飲んでいたものの、さっきの夫婦はいない。あの夫婦が日和を認識していたとは思えないが、やはり鉢合わせしないほうが気楽だ。

やれやれ……と思いつつ中に入ってみると、正面におやきを並べたトレーが置かれている。ほかにも手作りらしきお総菜や野菜、ちょっとしたお土産物も置いてある。やはり『なんでも屋さん』という印象は間違っていなかったようだ。

おやきはどれも大きい。しかも生地がお餅《もち》っぽく見えるから、さぞやお腹にたまることだろう。

野沢菜をはじめ何種類もの具があったが、せいぜいひとつしか食べられない。どれにしようかな……と思って横を見ると、そこにはミニサイズのおやきがあった。直径四センチぐらいで具の種類は大きなものと同じ、これならふたつぐらいは食べられそうだ。野沢菜は当選確実として、もうひとつはどうしよう、と迷ったあと、野菜ミックスに決める。レジに持って行くと、店の人が「食べてくかい？」と訊いてくれた。慌てて頷《うなず》くと、小さな平笊《ひらざる》にふたつのミニおやきを載せてくれた。奥のほうに、ついたてで区切られた大きなテーブルがある。いわゆる相席だが、席は勝手に決めていいらしい。

テーブルの隅っこの席に決めて、平笊を置くと、座っていたおばあさんがポットと湯飲みが載ったお盆をこちらに押しやってくれた。ポットの中身はお茶、ここは自分で勝手に入れて飲むスタイルなのだろう。

まるでお祖母《ばあ》ちゃんの家に来たみたいだ、と思いつつお茶を注ぎ、ミニおやきを包んでいるラップフィルムを剝《は》がす。まずは野沢菜から、と食べてみると、思った以上にもっちりとした食感である。おやきってこういうものだっけ？　と思いながら調べてみると、おやきには焼く、蒸す、あるいはその両方という作り方があり、この店のおやきは『蒸しおやき』のようだ。

『蒸しおやき』は場所によってはおまんじゅうの一種とされるところもあるらしいが、長野全体で愛好される郷土料理に変わりはない。お米が取れなくてごはんの代わりにするならば、食べ応えがある『蒸しおやき』のほうがよかったのかもしれない。

ガイドブックには、長野のおやきの具は総じて味付けがしっかりしていると書かれていたが、この店はそれほどでもない。日和にとってちょうどいい味付けで、野沢菜のおやきはすぐに食べ終わった。

続けて野菜ミックスのおやきを食べてみる。こちらもほどよい塩気で、焙《ほう》じ茶によく合う。それでも、ふたつ目を食べ終わるころにはお腹はいっぱいになった。

使った湯飲みと平笊をレジに返し、大満足で店を出る。

信州名物の蕎麦とおやきを堪能できた。この店のおやきは地元の人にとても人気があるという。きっと昔ながらのおやきの味を保っているのだろう。日和が持っているガイドブックには載っていない店だったから、蕎麦屋さんにあの夫婦がいなければ寄らなかったに違いない。

一期一会ってこういうことなんだろうな、と思いながら、長野駅を目指して歩き出す。おやきを食べながら調べたところ、午後二時二十七分発の湯田中行きの特急があった。長野駅までは徒歩三十分、今は午後一時四十五分を過ぎたばかりだから、ゆっくり歩いても間に合うはずだ。

三月の長野はもっと冷えると思っていたが、風がないせいか思ったよりも寒くない。これなら余裕だ、と歩いていた日和は五分ほどで嫌な事実に気がついた。

寒さも歩くこと自体も気にならないが、キャリーバッグが邪魔すぎる。引っ張って歩くだけとはいえ、石畳なのでときどき思わぬ方向に曲がりかけるし、引き戻すには力もいる。正直、このまま三十分歩くのか、と嫌になりかけたとき、日和は案内板を見てはっとした。そこに『権堂商店街《ごんどう》』と書かれていたからだ。

――権堂って確か駅があるところだよね？

長野電鉄の路線図に『権堂』という駅名があった。確か長野と善光寺下の間にある駅で、特急も止まるはずだ。長野駅に戻らなくても、権堂に行けば特急に乗れる。始発ではないので座れない可能性もあるが、平日の昼間だからひとりぐらいなんとかなるだろう。

助かった、とばかりに大喜びで道を逸れる。そこから歩くこと五分、日和は無事権堂駅に到着した。

――長野駅まで歩かなくて済んだのはよかったけど、ちょっと早く着きすぎちゃった。特急が来るまでけっこう時間があるなあ……

権堂駅は本当に小さな駅で、階段を下りて改札前に行ってみてもほとんど人がいない。改札前でぼうっと立っているのもなんとなく嫌で、時刻表に目を向ける。

日和が乗るつもりだったのは『A特急ゆけむり　湯田中行き』という長野駅を午後二時二十七分に発車する電車だ。権堂は長野の次の駅だから、二分か三分後にやってくる。そこまでわかっているのだから時刻表を見る必要などないのだが、いわゆる『手持ち無沙汰《ぶさた》』、エレベーターの中で変わっていく階数表示を見つめるのと同じ感覚だった。

ところが、何気なく見た時刻表に大きな情報があった。あと数分で信州中野《しんしゅうなかの》行きの普通電車が来る。湯田中に行くためには乗り継ぎが必要になるが、途中にある小布施までなら乗り換えなしで行けるのだ。

小布施と言えば栗製品の代名詞のように扱われているが、葛飾北斎《かつしかほくさい》が逗留《とうりゅう》して絵を描いた町としても有名らしい。小布施には北斎の作品を集めた『北斎館』もあることだし、栗を使ったお菓子と浮世絵を楽しむことにしよう。

ちょうどそのとき、駅務室にいた駅員さんが改札に面した窓のところにやってきた。バッグから出した二日フリー乗車券を提示しながら通る。財布ではなくバッグからだったのは、このフリー乗車券が大きすぎて、ふたつに折っても財布に収まりきらなかったからだ。

――蓮斗さんはこの切符を使ったことがあるのかな……もしなかったら、見せたら喜んでくれるかな……

蓮斗の旅はいつもかなり駆け足だ。見たいものだけ見てさっさと次に行く日和が聞いても、びっくりするほど長距離を移動している。そんな蓮斗が端から端まで乗っても一時間少々、特急なら四十五分の長野電鉄のフリー乗車券、しかも二日用のものを使うだろうか。

『うわー、こんなのあるんだ！』と目を見張る蓮斗の顔が目に浮かぶ。にんまり笑いながらホームに降りた日和は、ほどなくやってきた信州中野行きの普通電車に乗り込んだ。

三月とはいえ、今年はずいぶん雪が多かったから、長野にはまだ雪が残っているかもしれない。いくらレンタカーを使い慣れたとは言え、雪道は運転したくない。そんなふうに考える観光客は日和だけではないはずだ。

——お客さんはあんまりたくさん乗ってないし、経営も大変そうだけど、とにかく頑張ってね。次に来る私みたいな観光客のためにも！

そんなことを考えながら、窓の外を眺める。

遠くに見える山の頂はしっかり雪に覆われているし、線路脇にも雪が残っている。それでも、ときどき見える線路沿いの桜らしき木は、ほんのり桃色に染まっている。おそらく開花が近いに違いない。

権堂駅からおよそ三十分、冬と春の狭間を電車で駆け抜けるという素敵な体験を楽しんだあと、日和は小布施駅に降り立った。

改札の横にコインロッカーを見つけ、ラッキーとばかりに荷物を預ける。善光寺下駅とは異なり、小布施駅なら間違いなく戻ってくるので迷う余地はなかった。身軽になって改札を出る。

まだ二時半だし、お昼ごはんを食べたばかりなのでおやつはもう少しあとのほうがいい。そこで日和は、まずは北斎館に行ってみることにした。

駅前の信号を渡ったところに矢印つきの『北斎館』という案内板が立っていた。しばらく歩くとまた案内板……さすがは北斎の町である。これならスマホに頼ることなく辿り着けるだろう。

二度ほど角を曲がったところで、少し広い道に出た。両側におしゃれなお店が並んでいるから、おそらくこれが小布施観光の中心街に違いない。

『北斎館』の案内板を探しながら、どんどん歩いて行く。途中で歩道に木で作られたブロックを敷き詰めた場所があったが、たぶんこれが栗の木だろう。

なかなか風情があるな、と頷きつつ通過、駅から十分ぐらいで『北斎館』に到着した。

だが、日和が入館料を払って中に入ろうとしたところ、受付にいた女性がひどく申し訳なさそうに頭を下げた。

「申し訳ございません。本日は展示替えのために一部しかご覧いただけません。ですが、入館料は無料になっておりますので、ご自由にお入りください」

「あ、そうなんですか……」

そういえば駅にも来る途中にも、現在開催中の企画ポスターが貼られていなかった。季節ごとに企画を変えたりせず、一年中同じ作品が見られるのかと思っていたが、単に企画が終わったばかりだったかららしい。

季節だけじゃなくて企画も狭間か……とがっかりしつつ、中に入る。せっかく来たし、『無料』なら見ない手はない。もともと浮世絵に興味津々というわけではないのだから、むしろ無料で見られてありがたいと思うべきだ。

早くも善光寺にお参りした御利益が……なんてにんまりしながら祭屋台を見物する。祭屋台と御神輿《おみこし》はどう違うんだろう、と思って調べてみると、祭屋台——いわゆる山《だ》車《し》は車がついていて人が引っ張って動かす、御神輿は担いで移動するものだそうだ。

さらに、大がかりな祭屋台で移動する神様と、御神輿に乗る神様はどこが違うの？もしかして神様にも格式が？　もしくはフォロワーというか信者や氏子の数の違い？とか考え始めたが、罰が当たりそうなのでやめにした。

最後にこれぞ北斎、と有名な波飛沫《なみしぶき》を描いた作品をじっくり眺め『北斎館』鑑賞は終了した。ものすごく短時間だったけれど、本物が見られてよかった。若干物足りないが、東京にも北斎の作品を扱う美術館があったはずだから、帰ったら行ってみるのもいいかもしれない。

興味がなかったはずの北斎なのに、ちょっとだけ見たせいでもっと見たくなる。これはまるで、最初の数話だけ無料公開にして、続きを買わせるネット小説と同じやり方ではないか、と苦笑いが湧く。

だがそれも、一種の出会いだ。無料でも気に入らなければ、もっと見たいとは思わないのだから、これはこれでよしとすべきだろう。

『北斎館』のあと、すぐ近くにあった『髙井《たかい》鴻山《こうざん》記念館』にも入ってみた。

髙井鴻山は小布施出身の画家で、北斎との交友が深かったそうだ。北斎が小布施に逗留したのはここに鴻山がいたかららしい。北斎の影響を受けているとのことなので、どんな作品があるのか見てみたくなったのだ。

ところが、展示場になっている倉庫に入った日和が思い出したのは、北斎ではない人物の作品だった。

――この人の絵って、お祖父《じい》ちゃんの絵手紙みたい……

正しくは鴻山が祖父に似ているのではなく、祖父が鴻山に似ているのだろう。ただ、祖父が鴻山の作品に触れたことがあるかどうかは定かではない。日本画に共通する構図とか、色の使い方があるような気もする。

それでも鴻山の作品が、季節ごとに祖父が送ってくれた絵手紙を思い出させることに違いはない。興味を持っていることについては時折饒舌《じょうぜつ》になることはあったけれど、基本的には言葉数の多い人ではなかった。

父が育った家に行くとたいていテレビを見ていて、「来たのか」なんて頷いたあと、またスポーツ番組に目を戻す。机に向かっているな、と思うと手には絵筆があった。さらさらと動く筆の先から生まれる絵は、雀《すずめ》だったり花や竹だったりで、なんだかすごく趣があった。おそらく祖父は、自分の気持ちを言葉ではなく絵に乗せていたのだろう。

もう亡くなってしまったけれど、日和にとっての祖父は『絵のうまい人』で、髙井鴻山の作品に囲まれていると、祖父のことを次々に思い出す。

日和は絵を描くことは嫌いではないし、図工の授業で褒められたこともある。母は『お祖父ちゃんの血ね』と言っていたけれど、美術ではなく図工、つまり小学校までのことにすぎない。祖父の血というのなら、もっともっと上手《うま》いはずだと思う。

一度だけ、成人式のお祝いのお礼をかねて絵手紙を送ったことがあったが、祖父は喜んでくれたのだろうか。やっぱり「俺の孫にしてはへたくそだな」なんて、笑ったのだろうか……

祖父の思い出に触れ、日和は温かい気持ちで『髙井鴻山記念館』をあとにする。

日常の中で、ふと故人を思い出す。長らくお墓にも仏壇にもお参りできていないけれど、こうして思い出すことがなによりの供養だと日和は信じている。

魁夷、北斎、鴻山……長野には人の心を惹きつけるような作品がたくさんある。きっと豊かな自然に触発されて生みだされたものなのだろう。今回は、絵を通じて祖父を思い出すことができた。正直に言えば、『髙井鴻山記念館』に寄ったのは『北斎館』が少ししか見られず、時間に余裕があったからだ。そもそも長野に来たこと自体が、父の旅行手配サイトの特典を消化するため……ただただ偶然の出会いに感謝するばかりだった。

——さて、お祖父ちゃんの思い出にはたっぷり浸ったし、おやつにしますか！　喉《のど》が渇いたから、美味しい紅茶が飲みたいなあ……

足取り軽く『髙井鴻山記念館』を出た日和は、観光客に人気のカフェに向かった。

栗を使ったお菓子やおこわが有名で、栗の季節にはこれでもかと言わんばかりに栗クリームを絞り出した限定モンブランを目当てに行列ができる。

ただ、あいにく今はまだ三月、限定モンブランの季節ではない。それでもモンブランそのものは年中提供されているようだし、なにより店の雰囲気がいい。インターネットやガイドブックの写真を見ただけでも、落ち着いてお茶が飲めそうな静かな雰囲気が伝わってきた。

芸術を楽しんだあとの休憩にこれ以上相応《ふさわ》しい場所はない。新栗の季節でもないし、駅にもさほど人はいなかった。いまならすんなり入れそうだ、と日和は思ったのである。

だが、そんな日和の期待はあっさり裏切られた。店の前に着く前に、外まで続く人の列が見えてしまったからだ。

そうかそうか、と思いながら店の前を通過する。

なんだか、列に並ぶという行為自体が、今の日和の気持ちにそぐわない気がしたのだ。高井鴻山の絵には縁があった。モンブランには縁がなかった。ただそれだけの話だ。もしも新栗の季節に来ることがあったら、そのときはこの店に入ろう。季節限定、そのときにしか食べられないモンブランなら行列に並ぶに違いない。

素敵なカフェでのティータイムは諦めたものの、喉が渇いていることは間違いない。通りにはいくつかカフェがあったけれど、おやつどきのせいか、どの店もいっぱいだった。ここもだめ、次もだめ、と歩き続けること十分、日和は駅に戻ってきてしまった。

時刻は午後三時三十五分、改札の上には三時五十五分発の湯田中行き特急の案内が表示されている。次の特急は五時十一分発なので、これを逃すと一時間以上待つことになる。普通電車を乗り継ぐこともできるが、普通電車が来るのも四十分以上あとだから、湯田中到着が午後五時ごろ、宿に着くのはさらに遅くなるだろう。

それなら自販機で飲み物を買って特急に乗ったほうがいい、ということで、駅の売店に入っていった日和は、そこにイートインコーナーがあることに気づいた。コーヒーや紅茶、栗ぜんざいという文字も見える。座って飲めるし、電車が来るまでの時間つぶしにはもってこいだった。

──栗ぜんざいはおいしそうだけど、ちょっと重そうだな……。ケーキと一緒なら紅茶がいいと思ってたけど、飲み物だけならコーヒー……あ、リンゴジュースがある！　長野と言えばリンゴの名産地だ。ジュースだって美味しいに違いない。歩き回って渇いた喉に、冷たいリンゴジュースは素敵すぎる。

早速レジのところでリンゴジュースを注文する。ふと見ると、カウンターの端におにぎりが置かれている。真ん中に大きな栗が見えるし、黒胡麻《くろごま》が振りかけてあるから、栗おこわのおにぎりに違いない。せっかく小布施に来たのに、ひとつも栗を食べないのは残念すぎる。リンゴジュースと栗おこわは合うのだろうか、という疑問はきっぱり無視し、日和はおにぎりも買うことにした。

リンゴジュースには濁ったタイプとクリアタイプがある。この店はどちらだろう、と思いながら待っていると、プラスティックカップに入れられたジュースが出てきた。入っていたのは黄色と白の間、やや白寄り、という濁ったタイプだった。

そのときイートインコーナーにいたのは日和ひとりだけ。席も選び放題だったが、ひとりでテーブルを占拠するのは気がひけて、壁沿いのカウンター席に座った。早速ジュースを飲んでみると、濃厚なリンゴの味が広がり、口から鼻へと香りが抜けていく。それでいて後味はすっきり……これぞ天然果汁百パーセントのリンゴジュースだった。

さすがに合わないだろうという自覚のもと、リンゴジュースを飲み干し、ペットボトルの水を一口飲んでから栗おこわのラップフィルムを剝がす。

何気なく見た材料や製造元を示したシールに、ついさっき入れなかったカフェの経営会社の名前を見つけて驚く。

喜び勇んで食べてみると、普通のごはんとまったく違うもっちりとした食感、ほどよい塩気の一方で栗が甘みを主張する。駅売店のイートインコーナーでこれが食べられたのなら、展示替え中の『北斎館』も入れなかったカフェの無念さも帳消し。それほど感動的な栗おこわだった。

まったく知らずに買っただけに喜びもひとしお、短いけれど実りの多い時間だったと満足し、日和は改札を抜ける。

あと数分で湯田中行きのA特急が来る。早めに宿に入って温泉を楽しむつもりだった。


午後四時十八分、日和は湯田中駅の改札を抜けた。

駅前には何台も車が止まっている。ほとんどが旅館の名前が入った車で、小さな旗を持っている人もいる。どうやら宿泊客を迎えに来たようだ。

本日泊まる予定の宿のホームページには、電話をかければ迎えに来てくれるようなことも書いてあったが、日和としては仕事以外の電話は極力かけたくない気持ちが強い。

偶然ほかの客を迎えに来ていないかと淡い期待を抱いたが、目指す名前は見つからない。どうやら、本日の幸運は栗おこわで使い果たしたらしい。スマホの道案内によると、徒歩二十分ぐらいで着けるようなので、日和は歩いて向かうことにした。

キャリーバッグを引っ張って川沿いの道を歩く。

善光寺近辺では桜がほころび始めていたのに、ここではまだ川原に雪が残っている。遠くに見える山は標高が高いから頂が真っ白なのは当然としても、普通に歩いて触れられるところにこんなに残っているのはやはり今年が豪雪だった証《あかし》だろう。

大変な冬だったんだろうな……と思いながらもどんどん歩き、十五分と少しで宿に到着した。

自動ドアが開いたのに気づいたのか、すぐに旅館の人が出てきてくれた。若いけれど落ち着いた感じの女性で、上品な和服を着こなしている。

少し驚いた顔をしたのは徒歩、しかも二十代の女性がひとりで来たというのが珍しいからだろうか。父の特典がなければ日和には泊まれそうにないクラスの宿だけに、納得の反応だった。

「お電話をくだされば……」

そこで言葉を切ったのは、すでに到着した客に言っても仕方がないと判断したからに違いない。

いらっしゃいませ、と改めて深くお辞儀をしたあと、宿泊カードに連絡先の記入を促す。宿代は事前精算済みなので、手続きとしてはそれだけでエレベーターに案内された。

若女将《わかおかみ》風の女性は、日和をエレベーターに乗せ、深いお辞儀とともに言う。

「お部屋は三階でございます。いってらっしゃいませ」

——えーっと……鍵《かぎ》は？

ひとり旅を始めて三年になるが、これまでフロントで鍵を渡されなかったことは一度もない。もしや鍵のない部屋なのでは……と不安に思いながらエレベーターで三階に上がる。ドアが開いたところに、若い男性が待っていた。

「いらっしゃいませ、梶倉様。お部屋はこちらでございます」

「ありがとうございます……」

口の中でもごもごと呟《つぶや》き、男性についていく。少し歩いて角を曲がったところに、ドアが開いた部屋があった。『梶倉様』と書かれた紙も貼られているから、ここが日和の部屋だろう。

なるほど、鍵はすでに開けてあるってことね、と納得しつつ中に入る。建物そのものは少し古いようだが、清掃が行き届き、少し狭めで落ち着けそうな部屋だった。

「ようこそいらっしゃいました。ただいま、お茶をお持ちいたします」

——お茶も淹《い》れてくれるのね。本当に昔ながらの温泉旅館って感じねえ……

キャリーバッグのキャスターが畳に触れないように持ち上げ、部屋の奥に運ぶ。ホテルの絨毯《じゅうたん》敷きの床なら気にならないのに、畳だと気になるのは、やはり『土足厳禁』だからだろう。

純和室だと立ち居振る舞いまで上品、というか気を遣う。気楽に旅を楽しみたい日和としては少々辛《つら》いが、たまにこういう経験をするのは大事なことなのかもしれない。

お茶を持ってきてくれた男性に食事の時刻を訊ねられ、少し考えて夕食は午後六時半、朝食は七時半に決めた。

ではごゆっくり、と男性が去ったあと、座椅子にもたれてお茶とお着き菓子をいただく。

『飲む』ではなく『いただく』と表現したくなるほど上等のお茶だったし、お着き菓子の温泉饅頭《まんじゅう》もよくある丸くて褐色のものではなく、長円形で色もうんと薄い。とにかく上品なのだ。

場違い感がすごい、と思いつつも、滋味深いお茶と優しい甘さの温泉饅頭を堪能する。今はひとりだから足を伸ばして座椅子にもたれているけれど、あの男性やフロントにいた女性が現れたら、慌てて正座に戻すかもしれない。これではお金を払って緊張しに来たようなものだ、と情けなくなってしまう。

両親はこんな感じの旅館に泊まっても、堂々としている。経験を重ねれば、自分もおどおどせずに過ごせるようになるのだろうか。

――そんな日が来る気がしない。そもそもお兄ちゃんは私ぐらいの年の時はもっと堂々としてたよね。家族なのに、なんで私だけこんなに引っ込み思案になっちゃったの……って、当たり前か。ああいう家族がいたら、私が表に出る必要なんてないもんねえ……

家族みんなにかばわれた結果、『人見知り女王』が出来上がった。なるべくしてなった『人見知り女王』をここまで脱却できたのだから、未来は明るい。

頑張れ私、と自分を励まし、日和は温泉饅頭の最後の一欠片を口に放り込んだ。

一息ついたあと、浴衣《ゆかた》に着替えてお風呂に入りに行く。

渋温泉には九つの外湯があり、宿泊客はすべての外湯に無料で入れるそうだ。一番から九番までの湯処名が記された祈願手ぬぐいを買えば、スタンプラリーさながらに湯巡りを楽しめ、最後に渋高薬師《しぶたかやくし》にお参りすることで満願成就となるという。

日和はあらかじめそれを知ってはいたが九ヶ所、つまり九回の入浴はできそうにない。空欄のある祈願手ぬぐいを持って帰るのはなんだか悔しい気がして、買わないことにした。

いずれにしても、まずは旅館のお風呂に入るのが礼儀というものではないか。

我ながら変な思い込みだと苦笑しつつ、エレベーターで地下に降りる。細い通路を進んだ先に湯処があり、女湯を示すピンク色の暖簾《のれん》がかけられていた。

早い時刻だったせいか大浴場には誰もいない。隣の人にお湯を飛ばす心配なくシャワーが使えて嬉しい状態だが、なかなかシャワーから温かいお湯が出てこない。

おそらく源泉から風呂場までの導管が長い上に、誰も使っていなかったせいで冷めてしまっているのだろう。この旅館は源泉掛け流しだそうだが、源泉そのものは川の向こうにあるそうだ。

これぱかりは構造上の問題だから文句を言っても仕方ない。震え上がるほどの冷水でもないし、とさっさと流し、湯船に入る。

シャワーとは打って変わって、湯の温度がずいぶん高い。梶倉家は総じて熱い風呂が好きで、日頃から湯の設定温度が高いからいいようなものの、温《ぬる》めの湯に慣れた人には耐えられないかもしれない。

――あー気持ちいい……このお湯が肌に染みる感じがなんとも言えないよねえ……

冷えた身体と熱い湯がせめぎ合う。ヒリヒリでもビリビリでもない、ピリピリとした感覚が徐々に失われていくまでの間は、寂しいようなほっとするような不思議な時間だ。にごりもぬめりもなく、湯の花も浮いていない透明なお湯は、硫黄《いおう》の匂いだけで『温泉』を主張する。日和が一番好きなタイプの温泉である。

しばらく浸かっていたあと、今はここまで、と湯から上がる。熱いお湯だけに、長湯をすると湯あたりしてしまう。せっかく料理自慢の宿に来たのに、ぐったりして食事を楽しめないなんてもってのほかだった。

浴衣を着直し、脱衣場の化粧ブースで髪を乾かす。

ドライヤーには、社名が変わってしまったメーカーの名が記されている。社名が変わったのはかなり前のはずだから、古いドライヤーに違いないが風はしっかり出てくる。なにより、送風口にも排気口にも埃《ほこり》ひとつついていない。最新型のハイパワードライヤーは便利だけれど、まだ使えるものを捨ててまで買い換えることはない。長く使えたのは旅館の手入れがよく、お客さんの扱いも丁寧だったからね、なんて頷きつつドライヤーを元の位置に戻した。

部屋に戻って少し休んでいるうちに、食事の時刻になった。

食事処は一階にあるそうなので、スマホだけ持ってまたエレベーターに乗る。広い食事処でグループ客ばかりの中、ひとりでテーブルに着くのは寂しいかも……と思っていたが、案内されたのは個室だった。

部屋の入り口にはやはり『梶倉様』という貼り紙がある。

本当に昔ながらの旅館なんだな、と感心しつつ中に入ると、テーブルに小型のコンロと口取りの長細い皿、いくつかの小鉢と漬け物、それに食前酒らしきグラスが並べられていた。

旅館に着いたときに案内してくれたお兄さんが、飲み物の品書きを持ってきてくれた。どうやらこのお兄さんが、本日の日和の担当のようだ。

迷った挙げ句、飲み物は日本酒の小瓶を注文した。地ビールも美味しそうだったが、どう考えてもこの料理なら日本酒を合わせたい。だが、品書きを見る限り、日本酒はグラスでは注文できないらしい。一番小さい瓶でも三百ミリリットル入り、と日和には呑みきれるかどうか怪しい量だ。

湯上がりの渇いた喉に冷たいビールはたまらないけれど、全体的には日本酒を選んだほうが満足度は高そう、ということでビールは断念したのである。

日本酒の小瓶はすぐに届いた。ラベルに『縁起《えんぎ》　吟醸生詰』と書かれている。志賀《しが》高原で作られている地酒らしい。

旅先で今まで知らなかったお酒と出会う。最初は一合ですら呑みきれなかったのに、今では二合近い量を、まあ食べながらゆっくり呑めばなんとか……と注文するようになった。

どんどん呑兵衛《のんべえ》になっていくというのは、二十代女性として喜ぶべきことなんだろうか、と首を傾げてしまうが、酒豪の両親なら成長のひとつと捉えてくれるかもしれない。少なくとも、眉《まゆ》を顰《ひそ》めたりしないだろう。

美味しい食事とほどよい量のお酒は、旅に彩りを添えてくれる。酔って人に迷惑をかけない限り問題はないはずだ。

早速グラスにお酒を注ぎ、一口呑んでみる。冷たくて素朴な味わいだ。純米という文字がないから醸造用アルコールが入っているのだろうけれど、口の中に米の味がちゃんと広がる。

父が、昔は純米じゃないというだけで一段低く見られたものだが、最近の醸造用アルコール添加酒——いわゆる『アル添』は馬鹿にできない、と言っていた。いたずらにアルコール度数を上げるためではなく、純米酒独特の癖を消し、すっきりとして呑みやすい酒にするために加えているそうだ。

両親の好みからか、梶倉家には純米酒や純米吟醸酒ばかりが揃えられている。おそらく日和が『アル添』の酒を意識して呑んだのは初めてだと思うが、全然悪くない。むしろこの瓶を空にするには、これぐらいの呑みやすさがありがたかった。

——よかった……すごくしっかりしたお酒だったらきつかったけど、これならなんとかなりそう。それにこのお料理、どれもすごく美味しい！

筍《たけのこ》の穂先の味噌和《あ》え、鱒《ます》の稚魚を柔らかく煮たもの、ナメコと蕎麦の実を和えたもの、店によっては酸っぱすぎて閉口する帆立のマリネも酸味と甘みのバランスがちょうどいい。もちろん、どれも選んだ酒によく合う。

信州サーモンの刺身や岩魚の昆布締め、蓋付きのお椀《わん》に入っていたのは冷たいお蕎麦、刺身や指先サイズの押し寿司《ずし》の皿も置かれている。大喜びで食べ進めていると、先ほどのお兄さんがやってきて山女の塩焼きをテーブルに置いてくれた。もちろん焼きたて熱々だ。

続いてお兄さんはコンロの火を点《つ》ける。コンロの上の鉄板には、野菜を巻き込んだ牛肉が載っている。春巻きをふたつ合わせたぐらいの大きさだから、さぞや食べ応えがあるだろう。

そこに至って、日和は別の心配に襲われた。

——ちょっと待って……これ、全部食べきれる？

どれも美味しすぎて残したくない。だが、品書きによるとこのあとも蒸し物や天ぷらが続くし、締めには山菜雑炊とある。

自分の胃袋の大きさがこれほど不安になったことはない。お腹を壊すのを覚悟で全部食べきるか、涙を呑んで残すか……辛すぎる二択だった。

コンロの上で、肉がジュウジュウと焼けていく。品書きには蒸し料理のように書かれているが、陶板を使っているせいか、焼いているようにしか思えない。席に着いたときにそっと蓋を取って見たら、鮮やかな赤に脂身の薄いクリーム色が混じり、丁寧に織り上げられた絨毯のようだった。

今は蓋で隠れているが、あの赤い絨毯が端っこから徐々にくすみのある深い茶色に変わっていく様が目に浮かぶ。全体が茶色に染まるころには、包み込まれた野菜もしんなりとして甘みを増していることだろう。肉だって口に入れた瞬間に溶けるほどの柔らかさに違いない。

迷いつつ待っている間に届けられた天ぷらは、これまた揚げ立て……しかもリンゴまで入っている。リンゴの天ぷらなんて食べたことがないが、バナナのフリッターに象徴されるように、果物を揚げると生のときよりずっと甘くなる。リンゴは歯応えもしっかりしているし、端っこに塩を少しつけて食べたらどれほど美味しいだろう。

——ああもうダメ、お腹なんて痛くなってもかまわない。とにかく完食する！　それと、あと三日ぐらいは体重のことは考えない！

究極の二択を、『いけいけどんどん』精神で選び、陶板に被《かぶ》せられていた蓋を取る。ポン酢に浸して食べてみた牛肉巻きは、肉はトロトロで薄いながらもたっぷり脂を含んでいる。肉だけ食べたらしつこさを感じたかもしれないが、包み込まれた野菜が脂っこさをほどよく和らげてくれた。

リンゴの天ぷらは予想どおりシャキシャキで、甘みと酸味のバランスが絶妙だ。添えられていたのはただの塩ではなく、季節にぴったりの桜塩。口の中まで一気に春になった。

料理の合間にお酒を挟みながら、ひとりきりの食事が進む。

ほかのお客さんどころか、旅館の人すらいない個室で味わう食事は、日和にとってそれだけでありがたい。その上、どれもこれもこんなに美味しいなんて『至福』としか言いようがない。写真だって撮り放題だ。出来立てを運んできてくれるのだから、真上からスマホのシャッターマークをぱっと押すだけで、とにかく記録として残す。父や母にも、この素晴らしさを伝えたいという一心だった。

雑炊はさらさらで胃に負担をかけないタイプ、デザートは果物をふんだんに入れた手作りゼリーだった。大粒のイチゴ、酸味の強いオレンジ、まったりと甘いキウイ、と彩りも抜群、ゼリーそのものの滑らかさは呑み込むのが惜しいほどだった。

「ごちそうさまでした」

心の底から湧いた声とともに、両手を合わせた。

その場には誰もいない。それでも、きっと気持ちは伝わる。お腹ははち切れんばかりなのに、もう一度最初から食べ直したいと願う。こんな食事は初めてだった。

部屋に戻ってみると、座卓が隅に寄せられ、布団が敷かれていた。

布団はベッドのようにスプリングが利いていないので倒れ込めないのが残念だが、とにかく横になりたい。身体よりも胃がそう訴えていた。

時刻は午後八時になるところ……夕食は六時半からだったから一時間半かかったことになる。

このところ、外での食事は『さっさと食べて帰る』ことを主眼に置いていたが、今日は個室だったせいか本当にゆっくり食べることができた。お酒もちゃんと呑み干せた。

本来の食事はこうあるべきだ、と思いつつ、日和は心地よい眠りに引き込まれていった。

「あー気持ちいい。夜はちょっと冷えるけど、湯巡りにはちょうどいいね」

「うん。冬は寒すぎて外に出る気にならないし、夏は暑くて何度もお湯に浸かっていられない。今ぐらいがベスト」

廊下から聞こえてきた声で、日和は目を覚ました。おそらく外から戻ってきた人たちなのだろう。

枕元に置いていたスマホで確かめると時刻は午後八時半、三十分ほど眠っていたようだ。

お酒も呑んだし、お腹はいっぱい。このまま朝まで爆睡コースでも不思議ではなかっただけに、たまたま眠りが浅くなったタイミングで、廊下を通ってくれた人たちに感謝する。外湯は午後十時まで開いているらしいから、今ならひとつかふたつは入れるだろう。

布団に入るときに脱ぎっぱなしにした半纏《はんてん》を着直し、緩んだ浴衣の帯も結び直す。外湯にはタオルが置かれていないとのことなので、部屋にあったバスタオルと旅館の名前が入った薄いタオル、スマホと財布をエコバッグに入れる。

財布やスマホだけならまだしも、バスタオルを持ち歩くにはやっぱり大きめの手提げ袋がほしくなる。無料のレジ袋が廃止されたときは、かなり不便に感じたけれど、エコバッグを持ち歩く癖がついたのはいいことなのだろう。

外湯に入るには旅館から鍵を借りる必要がある。時刻が時刻だからフロントは無人の可能性が高い。わざわざ呼ぶのはちょっと……と思いながらエレベーターから降りると、そこに旅館の名前入りの半纏を着た男の人がいた。ずっと日和の世話をしてくれていた若い人とは別の男性だ。

「外湯に行かれますか？」

「鍵はまだでしたね。今、ご用意しますね」

目の前の客が誰なのか、そしてこの客に鍵を渡したかどうかまでちゃんと把握している。

本当になにからなにまで行き届いているなあ……と感心して待っていると、男の人は大きな札のついた鍵を持ってきてくれた。さらに、行く先を示しながら言う。

「湯巡りでしたら、裏口からのほうが近いのでご案内します」

「あ、はい……」

「ありがとうございます」

草履を借りてドアを抜けると細い道に出た。この旅館に来たとき通ったのは少し広めの道だったが、川沿いだったこともあり、民家が目立った。

その点、この道は両側に店や旅館が並んでいる。着いたときにもらった地図を見ると、外湯もこの道沿いに点在しているらしいし、おそらくこれが昔からこの町の中心となっている通りなのだろう。

旅館から二、三分歩いたところで、日和は最初の外湯を見つけた。古びたドアの横に『三番湯』という札と『綿の湯』と入った幟《のぼり》がある。

渋温泉の九つの外湯にはそれぞれ違った効能があると聞いた。早速調べてみると、『三番湯』の効能は『切り傷、おでき、子宝』とあった。

おそらくどこにも切り傷もおできもないし、子宝の予定は今のところない。ひとつかふたつしか入れないなら、ここはパスだろう。

ごめんなさーい、と心の中で謝りながらまた歩き始める。次にあったのは『二番湯』とされる『笹《ささ》の湯』、こちらの効能は湿疹《しっしん》でこれまた『今はパス』案件だ。

ここに至って、日和は方針を変えた。通りかかるたびに調べるよりも、あやかりたい効能を目指したほうがいい。

道ばたに立ったまま調べた結果、日和が選んだ効能は胃腸。なんのことはない『笹の湯』の次に出てくる外湯である『一番湯』だった。

調べても調べなくても同じ結果だったか、と苦笑しながら行ってみる。外湯はどこもこぢんまりとした作りのため、一度にたくさんの人は入れない。地元の人も利用しているそうなので、先客がいたら遠慮するしかないと思ったけれど、鍵を開けてみると中には誰もいない。

これ幸いと浴衣を脱ぎ、かけ湯を済ませて湯船に入る。

あとから来る人のために湯を温くしすぎないように、という主旨の注意があり、おっかなびっくり浸かってみたが、耐えられないほどではない。やはり日和は熱い湯に強い質《たち》のようだ。

とはいえ、のんびり浸かっていられるような温度でもないし、外湯巡りの終了時刻も迫っている。

はい次、と湯から上がってまた浴衣を着込む。

なるほど浴衣というのは脱ぎ着が簡単で、湯巡りにはもってこいなのね、と今更のように感心し、次の外湯に向かう。

——それにしても人が少ないなあ……遅い時間だってこともあるだろうけど、これはちょっと恐いかも……

旅館から出てくるまでは、もっとたくさん人がいると思っていた。なんといっても湯巡りは渋温泉の名物だし、食後の腹ごなしにもってこいだ。だからこそ、先客がいたら遠慮しなければならない、と思ったのだ。

それなのに、湯殿ばかりか通りを歩く人の影すらほとんど見ない。時折、地元の人が自転車で通り過ぎるぐらいである。

人気《ひとけ》のない道をひとりで歩くのはちょっと恐い。そして、平日とはいえ、こんなに人が少なくて大丈夫なんだろうかと心配になる。もちろん、よそ者の日和には関係ない話なんだろうけれど……

それでもせっかく出てきたのだから、と歩き出す。時間的にも入れるのはあと一ヶ所、それなら『渋大湯』を目指すべきだろう。

『渋大湯』は渋温泉最大、そして唯一宿泊客以外を受け入れている外湯である。渋温泉に来て『渋大湯』に入らない法はない。父ならまた、「ローマを見て死なないようなものだ」という訳のわからない自説を振りかざすだろう。

——『一番湯』と『九番湯』に入れば、オセロ効果で全部入ったってことになるよね？『九番湯』は『結願《けちがん》の湯』、効能だって『万病に効く』だし、これにて満願成就！

父に負けず劣らず意味不明な理屈を持ちだし、日和はお湯にとぷりと浸かる。濃い硫黄の匂い、黄土色の濁りは鉄分が豊富だからだそうだ。湯の温度はかなり高く、熱い湯に強い日和ですら、ちょっとだけ水を入れてもいいですか？　と聞きたくなるぐらいだった。それでも根性で我慢し、五十まで数えて湯から上がる。

日和と入れ違いに入ってきた女性が当たり前みたいな顔で、水道の蛇口を捻《ひね》る。浴衣姿ではなく、タオルにも旅館の名前は入っていない。いかにも使い慣れた感じがするし、このあたりに住んでいる人だろう。地元の人でも水を入れたくなるほどの高温に耐えきった自分が、ちょっと誇らしい。オセロ効果はまずありえないだろうけれど、外湯巡りはこれでおしまいにしよう。あとは明日の朝にでも、旅館のお風呂に入れば十分だ。

ほかほかになった身体で外に出る。来たときは時間が気になって飛び込むように入ったけれど、改めて見回すと、目の前にずいぶん明るい建物があった。

どこかで見たような……と思ったとき、とあるアニメ映画の一シーンが浮かんだ。物《もの》の怪《け》の世界に迷い込んだ女の子がお風呂屋で働く話だ。確か、ガイドブックにも映画に出てくるお風呂屋のモデルになったとされる旅館があると書かれていた。照明の色も建物の感じもそっくりだから、この旅館に間違いない。

いいものが見られた、と喜びながら旅館への道を戻る。

途中で一軒だけお土産物屋さんが開いていて、端っこのほうにジェラートのショーケースが見えた。湯上がりで渇いた喉にジェラートなんて嬉しすぎる。旅館は目と鼻の先だし、身体はほかほかでも気温自体はさほど高くない。持ち帰っても溶けきることはないはずだ。

「よかったら見ていってくださいね」

一瞬立ち止まった日和を見つけたのか、店の人がにっこり笑って言う。うるさく声をかけられるとうんざりするが、こういうさりげない誘いは嬉しい。軽く会釈して店に入り、お土産を物色する。

長野名物の野沢菜漬けがあった。しかも、蓮斗が大好きだというあんまり漬け込んでいないきれいな緑色に仕上げたタイプだ。すぐさま家用と合わせてふたつ、ついでに雷鳥の絵がついたお菓子の箱、半生タイプの戸隠《とがくし》蕎麦も買うことにする。

戸隠は全国屈指のパワースポットだ。パワスポオタクを自認する日和としても是非とも行ってみたい。ただ、戸隠はかなりの山奥で、平地ですら雪が残る三月に訪れるのは少々勇気がいる。歩く時間も長そうだし、今回は『呼ばれてない』ということで行かないことに決めた。

それでも未練はたっぷりで、せめてお蕎麦だけでも味わいたい、という思いがあった。

野沢菜漬けとお菓子と戸隠蕎麦をレジに運び、ジェラートを注文する。地元産の牛乳をたっぷり使ったという焙じ茶ミルク味である。見た目は茶色と言うよりもクリーム色、バニラと言われても疑わないかもしれない。だが、一口だけ……と食べてみたところ、焙じ茶の香ばしさをはっきり感じるものの、これ以上濃くしたらミルクの風味が台無し、という絶妙の配分だった。

夕食のゼリーも美味しかったけれど、湯上がりはやっぱりアイスクリーム系が嬉しい。遅くまで開けていてくれたお土産物屋さんに感謝しつつ、日和は大急ぎで旅館に戻る。渋温泉、いや長野はなにもかもが素敵だ。明日もきっと楽しい一日になることだろう。


翌日、予定どおりに朝湯を楽しんだあと、朝食に挑んだ。

あえて『挑む』と表したのは、昨晩同様胃袋との戦いだとわかっていたからだ。夕食があれほど素晴らしかったのだから、朝食だってすごいに決まっている。でも大丈夫、昨日の『一番湯』のおかげか胃腸の不調はない。気分は、さあ来い！　だったが、やはり敵は強者《つわもの》だった。

どの料理も美味しいことは言うまでもなかったが、味噌汁にも和え物にもとにかく野菜がたっぷり使われている。旅に出ると野菜不足に陥りがちだが、朝からこれだけ食べられれば安心できる。

しかも、朝ご飯につきものとされる卵料理は、ふるふるの茶碗蒸《ちゃわんむ》し。ほどよい温度と滑らかな舌触りに、思わずため息が出る。残そうと思っても手が勝手に口に運ぶ。結果としてすべてを平らげたけれど、気分は『完敗』だった。

その後部屋に戻り、布団に吸い込まれそうになるのをなんとか堪《こら》えて荷物をまとめる。

時計の針が午前八時を指したのを確認し、キャリーバッグを置いたまま部屋から出た。目的は十分ほど歩いたところにあるお菓子屋、そこで売られているパンを買いに行くのだ。柔らかい生地でマーガリンを包み込み、カスタードクリームを渦巻き状にトッピングしてあるパンで、地元の人なら知らない人はいないとされている。日和はけっこうパン好きだが、とりわけマーガリンを包み込んだバターロールには目がない。

問題は、現在はお腹がいっぱいで、いくら美味しいパンでも一口も食べられそうにないということだが、賞味期限は三日ほどあるらしいので、移動途中で食べればいいだろう。

ただ、店は八時から開いているけれど、渋温泉名物の『うずまきパン』は昼近くにならないと買えないという書き込みも見た。まあ、買えなかった場合は縁がなかったということで、と行ってみたところ、店頭にはたくさんのパンがならんでいた。『うずまきパン』のほかにも餡《あん》やチョコレート、チーズ入りのものまである。マーガリンはもちろん、チーズも大好きな日和はふたつのパンをゲット。こんなにお腹が空いていないのに、ふたつもどうする気だ、と呆れる結果となってしまった。

とはいえ、ここでしか買えないものを買うのは当たり前、連戦連敗に悔いなし！　である。

その後、宿に戻った日和は、ふわふわのパンをキャリーバッグの一番上になる部分にそっとしまい、意気揚々とチェックアウトした。

午前九時五十分、湯田中駅に『A特急ゆけむり』が入線してきた。旅館の人が車で駅まで送ってくれたおかげで時間に余裕があり、車両をじっくり眺めることができたのだが、なんだか妙に見覚えがある。

昨日、小布施から乗ってきた『A特急スノーモンキー』と同じ車両には違いないのだが、長野に来る前にどこかで見たのだ。気になって調べてみると、この車両は以前首都圏で走っていた『小田急ロマンスカー』を譲り受けたものだという。

権堂から小布施に移動した際乗った車両は、かつて東京メトロで使われていたものだそうだし、東急電鉄で使われていた車両も走っているらしい。これでは、見覚えがないほうが嘘だ。

このままもう一泊したくなる気持ちを抑え、特急に乗車する。先頭車両に行けば眺望は満点だろうけれど、そこまですることはない。フリー切符で乗れる自由席で十分だった。

午前十時四十二分、日和は長野駅に到着した。

あれほど満腹だったのに、長野に着いてみると少しお腹が空いている。早めの昼ご飯にしてもいいのだが、今日はこのあと名古屋に移動することになっている。

長野から名古屋は在来線特急『しなの』に乗る予定だが、その出発時刻が十二時だ。

揺れることで有名な振り子特急だし、酔う恐れがある。キャリーバッグには渋温泉で買ったパンも入っていることだし、今は軽くお茶でも飲んでおいて、電車に乗って大丈夫そうならパンを食べることにしよう。

ではでは……と駅ビルに行ってみる。ここにはショッピングセンターがあり、お土産も買えるらしい。せっかく小布施に行ったのに栗のお菓子を買っていない。

ここにならあるはず、と案内板で探してみると、昨日入れなかったカフェの経営会社の名前があった。あの美味しい栗おこわの店だ。しかも、イートインコーナーも併設されている。

昨日断念したモンブランが食べられるかもしれない。ただし、ここも大人気で行列ができている恐れはある。どうか、空いていますように……と祈るような気持ちで行ってみると、誰ひとりいない。日和はあっけなくテーブルに着くことができた。

モンブランとアイスコーヒーを注文する。

ショーケースのほうには次々と人がやってきて、ケーキやおこわを買っていく。日持ちしそうな焼き菓子があれば買っていこう、と思っているうちに、モンブランが運ばれてきた。

午後ならケーキのお供は紅茶の気分だったけれど、朝なら断然コーヒーだ。特に今日は旅館の朝ご飯でお腹いっぱいになったせいで、コーヒーが飲めなかったから、ここで飲めてよかった。

コーヒーはかなり本格的で日和好み、つまり濃くて酸味が弱い味だ。甘いケーキにはこれぐらいがちょうどいい。濃厚な栗の味がするモンブランと好みにぴったりのコーヒーが、長野の最後の思い出となった。

――お父さんが特典を譲ってくれたおかげでこんなに楽しい旅ができた。お父さん、本当にありがとう。いつかきっと、私がお父さんを招待するからね。もちろん、お母さんも一緒に！　あ、でもそのときは私も一緒に来たいなあ……

三人分の旅費はいくらになるだろう。すぐに貯められる金額とは思えないが、とにかく少しずつ頑張ろう。

そんな思いを新たに、日和は長野をあとにした。

第二話　名古屋

——きしめんとあんかけスパ

午前十一時五十五分、日和は特急『しなの』十二号に乗り込んだ。

昼ご飯時だったけれど、駅弁は買っていない。電車の中で駅弁を食べるのはとても素敵だと思うが、電車酔いが心配だったし、そもそも隣に知らない人が座ったらお弁当を開く気にはなれない。空腹が我慢できなくなったら、今朝買ったパンを食べるということにしたのである。

キャリーバッグを棚に上げたり、スマホをいじったりしているうちに電車が走り出した。

日和が座っているのは指定席だが、隣どころか前後左右斜めに至るまですべて空席だ。ざっと数えてみたが、同じ車両に十人ぐらいしか乗っていない。いくら長野駅が始発でも、これはちょっと少なすぎるのではないか。

平日昼間の『しなの』はがらがらとは聞いていたが、ここまで空《す》いているなら自由席でもよかったかもしれない。ただ、それはあくまでも結果論だ。

——これならほぼ隣に人が来ることはないはず。安心して乗っていけるじゃない！

指定席券代はもう支払い済みだ。いつもなら後ろの席の人を気にして倒せないシートをリクライニングさせ、ゆったりと身体を預けた。

思ったほどの揺れは感じないが、今はまだ長野を出発したばかりだ。

この電車は長野を出たあと、松本、木曽福島《きそふくしま》、多治見《たじみ》……などを経由して名古屋に至る。山の中ばかりを抜けて行くのに所要時間は三時間一分、猛スピードと言える速さである。そのスピードを支えるために採用されているのが『振り子式車両』で、急カーブでもスピードを落とさずに曲がっていけるのだそうだ。

とはいえ、乗客にとっては一長一短だ。早く着くのはありがたいが、このスピードでぶん回されたら普段は酔わない人でも酔いかねない。

電車に酔わない一番の対策は、乗るなり寝てしまうことらしいが、昨夜《ゆうべ》しっかり眠ったせいで、眠気はまったくない。乗り物酔いするか否かは、精神状態に左右される部分もあるはずだ。大丈夫、私は乗り物酔いをしない質《たち》！　と自分に言い聞かせ、窓の外に目をやる。

山肌にはところどころ雪が残っているが、名古屋はすでに桜が咲いているだろう。冬から春へと変わっていく景色を楽しんでいるうちに、三時間ぐらい過ぎてしまうに違いない。

午後三時一分、特急『しなの』十二号は定刻で名古屋駅に到着した。

振り子式車両との戦いは快勝ならぬ辛勝といったところ。なぜなら途中でお手洗いに立った際、危うく酔いかけたからだ。

適度にシートを傾けていたせいもあって、座っている間は平気だった。途中でお腹が空いてパンも食べたし、自販機で買ったミルクティーも飲んだけれど、気持ちが悪くなる気配もなかった。

ところが、やっぱり私は乗り物酔いには強い！　とにんまり笑い、ゴミを捨てがてらトイレに行こうと歩き始めた瞬間、ものすごい揺れに襲われた。

たまたま急カーブにさしかかったのだろうけれど、右へ左へと身体が揺れ、まっすぐ歩くことすら難しい。その上、トイレまでの距離が長かった。いつもなら車両の先頭の席を指定するのに、インターネットの口コミに『振り子式車両で酔いにくいのは中央あたりの席』と書かれていたため、わざわざ車両の真ん中の席を取ったからだ。

しかも、車両とともに大きく揺れながら辿《たど》り着いたトイレはまさかの和式だった。この揺れの中で和式は無理、とさらに進み、なんとか次のトイレで用を済ませて戻ったものの、気分はまさに這々《ほうほう》の体。席まであと数メートルあったら確実に酔っていたと思う。

その後は一切席を立たず、ひたすらシートに張り付いていた。ネット情報によると、これでもひとつ前のタイプの車両よりも揺れは改善されたという。まさに、恐るべし振り子式車両だった。

ともあれ、日和は辛うじて無事にホームに降り立った。

降りたとたん、急激に空腹を覚える。『うずまきパン』は見た目どおりふわふわで、外側に渦状に絞られたカスタードクリームの甘さと、中に入っているマーガリンの塩気が引き立て合っていた。

買ったときにお店の人は「食べるときに少し温めてください」と言っていたし、その場で食べるときはお店で温めてくれるらしい。でも、このままで十分美味《おい》しい、というよりもこのままのほうがいいな、なんて思いながら完食したが、あまりにもふわふわすぎて昼ご飯としては物足りなかったのだ。それでもチーズパンに手を伸ばさなかったのにはわけがある。名古屋駅に着き次第、食べたいものがあったのだ。

――えーっと、確かホームに……あ、あった！

日和が探していたのはきしめんの店だ。きしめんは名古屋名物として有名だが、名古屋駅ホームにある立ち食いスタンドのものが手軽で美味しいと評判だ。

以前新幹線で名古屋駅に停車したときに、開いたドアから入ってきた出汁《だし》の濃い香りに生唾《なまつば》を呑《の》んだ。そのときは名古屋で降りる予定ではなく、泣く泣く諦《あきら》めたが、いつかきっと食べようと思った。

とうとうその機会がやってきた、と立ち食いスタンドに向かいかけた日和は、向かいのホームを見て足を止めた。

――ちょっと待って、あっちにもある。あ、反対側のホームにも……これって全部同じ味なの？　チェーン店でも、店によって味が変わることがある。ラーメンのスープひとってもAは薄めだけれどBは濃いなんてよくある話だ。

早速スマホで調べてみると、案の定、出汁はそれぞれの店で取っているらしい。きっと少しずつ味も違うのだろう。だが、選ぶ基準がわからない。そもそも日和はまともにきしめんを食べたことがない。この空腹具合なら、どれだって美味しいに違いない。そのまま同じホームにあった店に行ってみる。立ち食いスタンドは食券式なので気が楽だ。

一番シンプルなものにしようかと思ったけれど、お腹の虫がうるさすぎてエビの天ぷらと卵が入った『ワンコイン』を選ぶ。

自販機で買った食券をカウンターの中の女性に渡し、セルフサービスの水を汲《く》む。使い古されたプラスティックカップがなんともいえない。これぞ立ち食いスタンドという感じだなあ、と思いながらきしめんが出来上がるのを待つ。おそらく一分、もしかしたらもっと早いかもしれない。なんといっても乗り換えの合間にさっと食べられる早さが、駅の立ち食いスタンドの持ち味なのだから……

ところが一分が過ぎ、二分が過ぎ、三分経ってもきしめんは来ない。

なんでこんなに時間がかかるのだろう、と思って首を伸ばしてみると、従業員の女性がフライヤーからエビ天を引き上げているのが見えた。

立ち食いスタンドで揚げ立ての天ぷらが食べられるとは思わなかった。それなら時間がかかるのは当たり前だ、と納得したところに、待望のきしめんが出来上がった。

「はーい、お待たせ」

この人は、一日にこの台詞《せりふ》を何百回言うのだろう。きっと言い飽きているだろうに、ちゃんと笑顔を添えるところがすごい。

それだけでひと味上がる気がする、と思いながら箸《はし》を取った。

東京で食べる蕎麦《そば》やうどんの濃い茶色とも、関西《かんさい》風の金色とも違う。ちょうどその中間ぐらいの色のツユの中に真っ白な麺《めん》が横たわり、揚げ立てのエビ天と生卵が載せられている。大きめに削られた鰹節《かつおぶし》が、ひらひらと踊りながらツユに沈んでいく。

麺もひらひら、鰹節もひらひら……と楽しくなりながら嚙《か》んでみると、思ったよりも歯応《はごた》えがある。ただのひらひらじゃなかったのね、と頷《うなず》き、今度はエビの天ぷらを食べる。日和のために揚げてくれたのだから、熱いうちに食べるのが礼儀というものだ。

はっきり言って大きなエビではない。もしかしたら家で母が揚げてくれる天ぷらのほうが、太くて長いかもしれない。それでも揚げ立てのエビは芯《しん》まで熱を持っていて、衣のかりっとした部分とツユに浸って柔らかくなりつつある部分の両方が楽しめる。

麺類に卵が入っている場合、黄身をいつ崩すかという問題は永遠の課題だ。最初に崩して混ぜ込む人もいれば、ツユの熱で徐々に白っぽくなっていく様を楽しんだあと最後に食べる人もいる。日和はどちらかと言えば後者だが、今回は中を取って麺が半分になったところで割ってみた。

白身も黄身もまだ柔らかく、ツユにきれいに溶けていく。甘みが増したツユに絡めてすすり込んだ麺はそれまでとは違う味わいで、目尻《めじり》が勝手に下がる。ワンコインが連れてきてくれた幸せに、日和は名古屋という町が一気に好きになってしまった。

お腹はほどよく満たされた。現在時刻は午後三時三十五分、ホテルに向かうのにちょうどいい頃合いだ。ホテルは地下鉄で一駅のところにあるので、JRの改札で途中下車の検印を受けてから乗り換えることになる。有人改札で途中下車を申し出るのはちょっとどきどきするが、長野でも同じことをやったからなんとかなるだろう。

ところが、駅員さんは日和が差し出した切符をまじまじと見ている。どうしたのだろう、スタンプをひとつ押すだけのはずなのに、と思っていると、彼はとんでもないことを言い出した。

「この乗車券では、名古屋で途中下車はできません」

「え……」

続く言葉が見つけられなかった。

――どういうこと!? だってこれ、わざわざ駅の窓口に行って作ってもらった切符だよ？ 長野から名古屋を通って東京に帰ってきたい、ってちゃんと伝えたのに、途中下車できないなんてことある!?

どうしてこんなことになったのだろう。ここで降りられないとすれば、東京に戻るしかない。ホテルも予約してあるし、明日の予定だってもう決めてある。名古屋から東京に向かう新幹線の指定席まで押さえてあるというのに……

ところが、途方に暮れる日和に、駅員さんはひどく機械的な口調で言った。

「金山《かなやま》から名古屋までの往復分をお支払いいただければ大丈夫です。ここで精算できますよ」

「そ、そうなんですか……」

だったら最初からそう言ってよね、と心の中で言い返す。口に出せる性格ならどれほどすっきりするだろう、とは思うが、それはそれで余計なもめ事を増やすだけかもしれない。

まあ、これが私だし、と諦めて差額を精算し、なんとか改札を抜ける。払った金額は三百四十円、たったそれだけの金額にきしめんの幸せをあっけなく壊された気分だった。

——そりゃあね、聞きかじりで『一筆書き切符』なんて使おうとした私が悪いのはわかってるよ。でもさ、買うときにちょっと教えてくれたっていいじゃないの……

しつこく心の中で文句を唱えながら、地下鉄のホームに降りる。電車を待っている間に調べたところ、日和の『一筆書き切符』に記載されているルートの場合、金山駅と名古屋駅の間が重複となる。在来線から新幹線に乗り換える分には問題ないが、名古屋駅で改札外に出るには金山で途中下車したことにして、名古屋までの重複分を精算する必要があるらしい。

なるほどね……とひとまず納得したが、やはり恨みがましい気持ちは消えない。再び心の中で窓口の人に文句を言いかけて、切符を買ったときのことを思いだした。

『東京から長野に行って、名古屋経由で東京に戻ってきたいんですけど……』

それが、日和が窓口で告げた言葉だ。名古屋で途中下車するなんて一言も口にしていない。察してよ、と思わないでもないが、それは日和の勝手な思いだ。窓口の人は、日和が言ったとおりの乗車券を作ってくれただけのことである。

——結局、私の言い方が悪かったのね……

電車の路線はひどく複雑だ。名古屋以外にも、こういう駅があるのかもしれない。次に『一筆書き切符』を使うときにはもっとしっかり調べよう。

結論が出たところで入ってきた地下鉄東山《ひがしやま》線に乗り込む。隣の伏見《ふしみ》駅までは三分、空席を探すまでもない乗車だった。


ホテルは伏見駅から歩いてすぐのところだった。

昨日泊まった旅館とはまったく違うビジネスホテルだが、日和にはこちらのほうが落ち着ける。使い慣れていることもあるし、なにより部屋に誰も入ってこないという安心感がある。部屋にいない間に布団を敷きに来てくれるとわかっている旅館では、食事に行くときですらある程度片付けていかなければならない。旅館の人は気にしないのかもしれないけれど、やはり散らかしっぱなしの部屋を見られるのはいやなのだ。

ドアの前にキャリーバッグを放置し、なにはともあれ、とベッドにダイブする。正確にはダイブと言うより倒れ込んだという感じだ。

三時間に及ぶ『振り子式車両』との戦いのあと、一瞬きしめんで幸せになったものの改札で足止めされて意気消沈した。気持ちはもちろん、身体もなんとなくだるい。夕食は外に出なければならないが、まだ午後四時を過ぎたばかりだから、少しぐらい休んでも大丈夫だろう。

しばらくして、日和はサイレンの音で目覚めた。どうやら窓の下を救急車が通っていったらしい。枕元の時計は午後五時半を指している。思ったより長く寝てしまったが、頭はすっきりしているし、身体のだるさも取れている。昼寝の効果は絶大だった。

――えーっと、晩ご飯をどうしようかな……

近くに商店街があるのはわかっている。むしろ、それを目当てにホテルを決めた。大須《おおす》観音の門前町である大須商店街で食べ歩きをする。それが、今回の名古屋観光の目的のひとつだった。

伏見から大須観音までは地下鉄で一駅だが、距離としては〇・八キロぐらいしかない。ホテルは大須観音寄りにあるので、まっすぐ向かえば距離はもっと短くなる。途中に公園もあるようなので、散歩がてら歩くことにした。

裏通りに面したホテルの玄関を出て、大通りに向かう。大須観音はこの道沿いにあるので、迷う心配はなかった。

歩いていてもカラカラ……という音がついてこない。今回の旅はずっとキャリーバッグを引っ張って歩いていたので、お供がいないようで寂しい気がするが、楽なことは確かだ。しかも行く先々でお土産を詰め込むから、キャリーバッグはどんどん重くなっていく。やはり積みっぱなしにできる車とは段違いだろう。

とはいえ、今回は『一筆書き切符』の旅だから電車利用が前提だ。長野と名古屋で別々に車を借りることもできたのだろうが、長野はまだ雪が残っている可能性もあったし、名古屋なら電車とバスでどこにでも行ける。なにより、今、日和が歩いているのは国道沿いだが、交通量は多いし、どの車ものすごい勢いで走っていく。たとえ車を借りたところで、この流れに乗ってスムーズに運転できる気がしない。今回のレンタカーを借りないという選択は、大正解に思えた。

さすが大手自動車会社のお膝元《ひざもと》、走っている車のほとんどがそのメーカーのものだ。ほかのメーカーの車だとやっぱり肩身が狭いのかな、などと考えながらどんどん歩き、十五分ほどで大須観音に到着した。

大須観音は東京の浅草《あさくさ》観音、三重の津《つ》観音と合わせて日本三大観音と呼ばれているそうだ。

太陽はホテルからここまで歩いているうちに沈んでいった。まだあたりは明るいけれど、日没後のお参りはなんとなく躊躇《ためら》われる。お参りは明日にして、商店街に行ってみることにした。

スマホの地図アプリを頼りに大須観音を迂回《うかい》し、細い道を何度か曲がりながら進んだところにアーケード街があった。『大須観音通』と掲げられているから、このあたりが大須商店街に違いない。

大阪に行ったときに訪れた天神橋《てんじんばし》筋商店街は『日本一長い商店街』だそうだが、大須商店街は『日本一元気な商店街』と言われているらしい。

――長いとか短いって距離の問題だからわかりやすいけど、元気な商店街ってどういうことだろう。店の人もお客さんもものすごくはしゃぎ回ってるとか？　だとしたらちょっと困っちゃうなあ……

そこら中に呼び込みの声が響き渡っていたらどうしよう、と思ったけれど、いざ入ってみると静かなものだ。人は確かに多いけれど、誰もが急ぎ足で通り過ぎていく。店頭に並べてある品物をしまい始めた店も目につく。もともと大須観音にお参りする人が目当てなので、閉店時刻が早い店が多いのだろう。

食べ歩きには遅すぎた。昼寝なんてしてないでさっさとくればよかった、と後悔したが、ホテルに入ったときはきしめんを食べたばかりでお腹は空いていなかった。荷物を置いてすぐに来たところで食べ歩きはできなかったはずだ。どうせ明日改めてお参りに来るのだから、食べ歩きもそのときでいい、ということで日和は晩ご飯を確保することにした。

名古屋は、美味しいものがたくさんあることで有名だ。しかも、気軽に楽しめる『B級グルメ』が多い。さすがに代表格の『鰻《うなぎ》のひつまぶし』は手が出そうにないけれど、

『味噌カツ』や『天むす』なら大丈夫。スパイシーで独特の風味と評判の『あんかけスパゲティ』だって食べてみたい。

この三択だな、と思ってスマホで調べてみると『味噌カツ』も『天むす』も『あんかけスパゲティ』も、今いる場所から歩いて行けるところに店がある。どれも食べてみたいから選ぶのが大変だ、と思いながらさらに検索を続ける。

――『味噌カツ』は魅力的だけどほかよりちょっと遠いな。『天むす』と『あんかけスパゲティ』は商店街の中にお店があるのね。じゃあ『天むす』にしよう……って、だめじゃん！

『天むす』ならテイクアウトできるし、『渋温泉』で買ったチーズパンと合わせればちょうどいい量になると思ったが、営業が午後六時までと書かれていた。今は五時五十分、急げば間に合うかも、と考えた矢先、火、水曜日定休という文字を見つけた。つまり今日も明日も休みということになる。

やっていないなら仕方がない。縁がなかったと判断し、『あんかけスパゲティ』の店に向かう。

歩くこと十分、日和は地図アプリが示す場所に到着した。ただし、目に入ったのは有名チェーンステーキ店だけで、赤と緑に彩られたレトロな喫茶店風の店はそこにはない。慌てて調べ直してみると、その店の閉店情報が見つかった。日和が着いたのは『あんかけスパゲティ』の店があった場所、どうやらグルメサイトの情報が古いままだったようだ。

『天むす』に引き続き、『あんかけスパゲティ』にも振られてしまった。けれど、頭もお腹もすっかり『晩ご飯はあんかけスパゲティ』と思い込んでいる。今更『味噌カツにして』と言われても、納得してくれそうになかった。

かくなる上は、ほかの店を探すしかない。レトルトソースを販売するほど手広く商売をしているし、『元祖あんかけスパゲティ』と銘打っている店だから、この場所以外にもあるはずだ。

この際電車に乗ってでも行く。でも、なるべく近くにありますように、と祈るような気持ちで検索する。その結果、歩いて十五分のところにも店があることがわかった。なんのことはない、ホテルから徒歩十分の場所だった。

これは大須観音を素通りした罰と善光寺のご利益のせめぎ合いだろうか、なんて思いながら歩くこと十五分、日和は今度こそ、赤と緑に彩られたレトロな喫茶店風の店に到着した。

――あーよかった！　これで念願の『あんかけスパゲティ』が食べられる！

どれでもいい『三択』だったはずが、いつの間にか『念願』に昇格している。それでも、いや、だからこそ食べられるのが嬉《うれ》しかった。

人気店の上に夕食時だから満席かもしれないと思ったけれど、それほど混み合っておらず、日和はあっさりカウンター席に案内された。

目の前では、白いコック服を着た男性が勢いよくフライパンを振っている。フライパンの中で躍っている麺は、びっくりするほど太い。なんでも『あんかけスパゲティ』に使われる麺は、太さが二・二ミリもあるそうだ。

日和の家では普段は一・六ミリのスパゲティだし、冷製パスタは一・四ミリを使っている。たまに売り切れで一・八ミリを使うことはあっても、二・二ミリなんて見たことがない。その太いスパゲティが飛び跳ねる様は、圧巻としか言いようがなかった。

呆然《ぼうぜん》と見ていると、アルバイトらしき女の子が水を持ってきてくれた。見とれている場合ではない。なにを食べるかさっさと決めなければ……とメニューを開く。

お皿にソースが敷かれ、その上に炒《いた》めた太い麺を載せるところまではどれも同じだが、トッピングの種類が驚くほど多い。

とにかくびっくりすることばかりだ、と思いながら選び出したのは『ミラネーゼ・カントリー』、略して『ミラカン』だった。

『ミラカン』はピーマン、タマネギ、マッシュルームといった野菜とハム、ベーコン、ウインナーを炒めてトッピングする。ホームページにも、この店の人気第一位と書かれているし、おそらく『あんかけスパゲティ』の店で、メニューに『ミラカン』が入っていないところはない。『ミラカン』を食べずに『あんかけスパゲティ』を語るな、と叱られそうに思うほど代表的なメニューだった。

炒めては盛り付け、盛り付けては炒め、コック服の男性は休むことなく作業を続けている。袖《そで》に隠れて見えないが、二の腕には相当な筋肉がついていることだろう。さもなければあんなに重そうなフライパンを軽々と振れるわけがない。

飲食業は体力勝負なんだな、と改めて思いながら見ていると、五分ほどでピーマン、タマネギ、マッシュルームがフライパンに放り込まれた。続いて刻んだハムとベーコン、ウインナーは皮が赤いタイプだ。昔よくお弁当に入れてもらったな、と懐かしくなる。

コック服の男性はほぼ無表情、かつ怒濤《どとう》の勢いで炒め終わり、具を麺の上にざっとあける。待望の『ミラカン』の完成だった。

目の前に皿が置かれるやいなや、フォークを持つ。

いただきます、と小さく唱え、早速一口食べてみる。まず感じたのは、野菜の甘みでも赤いウインナーの柔らかさでもなく、思わず「うほっ！」と息を吐くほど圧倒的な『熱』だった。

具も麺もソースも熱い。さらにソースは舌を刺すほどスパイシーだ。茶色いから醤油《しょうゆ》ベースかと思いきや醤油の味はまったくせず、ほのかな酸味がある。おそらくケチャップやウスターソースが使われているのだろう。ピリ辛の正体はもちろん胡椒《こしょう》だ。

『あんかけスパゲティ』のソースはほかのどこでも食べられない独特の味だと聞いていたが、確かに今まで食べたことのない味である。

――思ったよりも辛い……。でも、これは本当に癖になる。それに辛いソースのおかげで野菜の甘さがものすごく引き立てられてる。こんなに太い麵をラードで炒めたらしつこくなるんじゃないかと思ってたけど、これぐらいじゃないとソースに負けちゃうんだ……。

一人前にしてはボリューミーだったが、きれいに平らげることができた。さらに、パンがあれば皿に残ったソースを拭《ぬぐ》うのに、と残念になる。パンがあっても食べられそうにないほどお腹はいっぱいなのに、ついそんなことを思うほど『あんかけスパゲティ』は魅惑の味だった。

店を出てホテルに向けて歩き出した日和は、広い道——伏見通に出たところで足を止めた。名古屋市科学館の入り口を調べていなかったことに気付いたからだ。

名古屋市科学館は今回泊まるホテルを決めたあと、周辺情報を調べた際に出てきた場所だ。世界一大きなプラネタリウムドームがあり、休日は入場希望者の行列ができるという。

——大変、大変。明日は朝一から並ばなきゃならないんだから、入り口はちゃんと調べておかないと！

ホテルとは反対方向に曲がり、名古屋市科学館に行ってみる。五分もしないうちに名古屋市科学館がある広い公園に到着、案内板の矢印に従って歩いて行くと右手頭上に大きな金属製の球が見える。

その球の下を通り抜けたところが、日和が目指す入り口だった。

――やっぱりちょっとわかりにくい。いきなり来ても、私のことだから気持ちばっかり焦って見つけられなかったかも……下見しておいて正解。これで明日の準備は万全。あとはホテルでゆっくりしよう！

途中でコンビニに寄り、パウチ容器に入ったアイスクリームを買う。デザートは別腹なんて、わざわざ語るほどのことではない。どれほどお腹がいっぱいでも、アイスクリームなら入るに決まっている。

ホテルの冷蔵庫についている製氷スペースでは、アイスクリームはすぐに溶けてしまう。けれど、パウチ容器なら手を洗ったり、着替えたりする間ぐらいはなんとかなる。ホテルに持ち帰って食べるアイスクリームはパウチ容器入りに限る、というのは、旅を重ねるうちに日和が得た結論だった。

部屋に戻って製氷室にアイスクリームを突っ込み、シャワーを浴びる。大急ぎで済ませた甲斐《かい》あって、アイスクリームはほどよい溶け具合だ。

トロトロで吸い込みやすいアイスクリームを堪能《たんのう》、ついでに買ったままになっていたチーズパンまで平らげて『一筆書き切符』の旅二日目が終了した。


旅行三日目、日和は午前七時三十五分にホテルを出た。ただし、チェックアウトではなく外で朝食を食べるためだ。

ひとり旅をするようになってから、日和はたいてい朝食付きのプランを選んできた。にもかかわらず朝食をつけなかったのは、母の助言による。せっかく名古屋に行くのに『名古屋モーニング』を楽しまない手はない、と言うのだ。

コーヒーしか注文していないのに、トーストやゆで玉子、時にはサラダや茶碗蒸《ちゃわんむ》しまでついてくる。しかも『モーニング』と言いながら午後遅くまで注文可能。

もともと名古屋は喫茶王国で、より楽しんでほしいという思いからか、コーヒーにおまけがついてくる。小さなクッキーだったり豆菓子だったりするが、その最終進化形が『名古屋モーニング』ではないか、というのが、日和の母の解釈だ。

母は笑いながら言った。

「名古屋の喫茶店は普段からお菓子をおまけしてくれるのよ。モーニングならこれぐらい張り込まないと、って感じなんじゃない？」

「張り込まないと、って……」

意味がわからない、と首を傾げる日和に、母はさらに加えた。

「名古屋って、金ピカの鯱《しゃちほこ》をお城のてっぺんに乗っけちゃうような土地柄よ。昔はお嫁入り支度だって大変だったって聞いたし、喫茶店にしても、最低でもお菓子、一日頑張って働かなきゃならないんだから朝ごはんのときはもっともっと、思いつく限りサービスしちゃえ、ってなったんじゃない？」

どう考えても暴論だ。それでも、おまけが多いのに文句を言うほどひねくれてはいない。

郷に入《い》っては郷に従え、ではないが、せっかくの機会だから楽しませてもらうことに決め、名古屋にやってきた。

けれど、結果として日和が選んだのは、おまけたっぷりのモーニングではなく『あんトースト』――名古屋グルメのひとつとして有名なトーストに餡《あん》を挟んだサンドイッチを出す店だった。

そもそも朝八時にもならない時刻から、チェーン店でもない喫茶店が開いていること自体が驚きなのに、名古屋にはそんな店がいくらでもある。ホテルから歩いて行ける範囲だけでも、三つも四つもあった。

その中からあえて『あんトースト』の店を選んだのは、その店がグルメドラマに登場した店だからだ。なんてミーハーな、と言われそうだが、ドラマの中で主人公の男性が食べていた『あんトースト』があまりにも美味しそうで、いつか食べてみたいと思っていたのだ。

口コミ情報を調べたところ、その喫茶店の開店時刻は午前七時四十五分と午前八時のふたつが出てきた。季節や近隣でおこなわれるイベントなどによって開店時刻が変わることもあるが、午前七時四十五分に間に合うように行っておけば間違いない。まさか朝一番から行列ができてはいないだろうし、喫茶店までは徒歩十分、ということで七時三十五分に出かけたのだ。

ホテルの玄関を出て通りに沿って歩き出す。

目指す店は名古屋の代表的な劇場である『御園座《みそのざ》』の近くらしい。『御園座』は名古屋市科学館がある公園の斜め向かいにあり、昨日何度も前を通っているので、迷う心配もない。

午前七時四十五分、日和は喫茶店の前に到着した。鳥の名前の看板が出ているのでここで間違いないだろう。予想どおり行列はない。それどころか、日和が一番目の客だった。

開けっ放しのドアからテーブルを拭《ふ》いて回る女性の姿が見える。

これはもう開店しているのだろうか、それとも……と思っていると、女性が顔を上げてこちらを見た。おそらく店主なのだろう。二秒ほど見つめ合ったあと、おそるおそる声をかける。

「あの……もう……」

「大丈夫ですよ。いらっしゃいませ」

言い終わる前に返ってきた言葉に安心し、店の中に入る。茶色を基調とした落ち着いた装飾に、『純喫茶』という文字が頭に浮かぶ。

アルコール飲料を出さない喫茶店を『純喫茶』と呼ぶらしいが、今現在、喫茶店でアルコールを出す店はどれぐらい残っているのだろう。もしかしたらそちらのほうが珍しいのかも……と思いつつ、壁際のテーブルに座る。

すぐに女性が紙製のおしぼりと水を持ってきてくれた。

テーブルに立ててあったメニューに手を伸ばす。表に飲み物、裏にはサンドイッチやカレー、焼きそばなどの名前が並んでいる。添えられた写真がどれも美味しそうで、『あんトースト』を食べると決めてきたのに心が揺らいだ。

――だめだよ、日和！　ほかのサンドイッチもカレーもホットケーキもすごく美味しそうだけど、それはきっと東京にもある。今日は名古屋ならではの『あんトースト』を食べるのよ！

迷いを断ち切るようにメニューを戻すと、少し離れたところにいた女性が注文を取りに来てくれた。

店名の入ったブレンドコーヒーと『あんトースト』を注文し、スマホをいじりながら待つ。十分ほどで注文したものが届いた。思ったより時間がかかったが、開店早々だったこととパンを焼いてから餡とバターを挟んで切るという工程を考えれば無理もない。

『あんトースト』はピザトーストのように具材を載せて焼いたタイプではなく、サンドイッチ形式になっている。食パンが二枚使われていて、食べきれるか不安になるが、薄切りの食パンだからなんとかなるだろう。

コーヒーは真っ白なカップに入れられており、黒々とした色が濃く深みのある味を予想させる。最後にテーブルに載せられたのは、ゆで玉子と豆菓子の小袋が入った小皿だった。

確かに、メニューには『ドリンクをご注文の方にはトーストとゆで玉子をお付けします』という文字があった。

日和はコーヒーを注文したのでモーニングサービスを受ける権利はあるが、『あんトースト』とトーストの両方は食べられない。そういう人にはモーニングサービスは付かないのだろうな、と半ば諦めていただけに、ゆで玉子の登場は嬉しい。『あんトースト』で口の中が甘くなったあと、塩をつけたゆで玉子はさぞや美味しいことだろう。

少しでも熱いうちに、と店主が去るなりコーヒーを一口飲む。

予想どおり濃く深い味わい、これなら『あんトースト』にぴったりだ。そういえば、長野でモンブランと一緒に飲んだアイスコーヒーもすごく美味しかった。

今回の旅はコーヒーに恵まれているなあ、と思いながら『あんトースト』に手を伸ばす。四つに切られているため、それぞれが二等辺三角形になっている。直角部分に齧《かじ》り付いてもいいが、それだと最後に食パンの耳の部分だけ残って味気ない。食べやすさからいっても、鋭角になっている部分から攻めるべし、なんて悦に入りながらガブリと齧る。

かりっとしたトーストの食感と思ったよりあっさりした餡の甘み、そしてマーガリンの微《かす》かな塩気が口の中に広がった。

――うわあ……これは癖になる！　餡とマーガリンを挟んだコッペパンを食べたこと

があるけど、あれとは別物。コッペパンはコッペパンで大好きだけど、両方出てきたらダントツこっちだ！

一切れ食べ終わってまたコーヒーを飲む。餡の甘みをコーヒーの苦みが消していく。口の中は確かにすっきりするけれど、ちょっと残念な気持ちになる。甘みも苦みもずっと残っていてほしい。『あんトースト』とブレンドコーヒーは、そんな無理なことを願いたくなるほど素敵な組み合わせだった。

塩をたっぷりかけたゆで玉子も、衣の食感がカリカリと嬉しい豆菓子も完食し、ほう……とため息をつく。

ちょうどそのとき、ふたり連れの男性客が入ってきた。その時点で、店内には日和のほかにもうひとりお客さんが入っていた。キャリーバッグを持っていたし、『あんトースト』を注文していたから、日和同様ドラマを見て訪れたのかもしれない。けれど、今入ってきたふたり連れは、店主と交わした挨拶《あいさつ》からもあきらかに常連さんとわかる。

実のところ、一見《いちげん》でも常連でも日和には関係ない。問題は、ふたりが座るなりテーブルに置いた小さな箱だった。しかもふたりの席は日和のすぐ隣なのだ。

――禁煙とは書いてないから、たばこを吸う人がいるのは当たり前なんだよね。いやなら自分が帰ればいい。ちょうど食事も終わったところだし、出るとしますか！

全国的に『禁煙』を謳《うた》う飲食店が増えている。そんな中、あえて『喫煙可』とする店は、たばこを吸う人にとってオアシスのような場所に違いない。

食事中にたばこを吸う客がいなかったのはラッキーだった。朝一番でやってきたのは正解だったかも、と思いながら支払いを終え、日和はホテルに戻る。

現在時刻は八時半になるところ、さっさとチェックアウトして名古屋市科学館に行かなければならない。日和の、今日一番の目的は名古屋市科学館のプラネタリウムを観ることだ。

しかも、あとの予定を考えたら開館早々の午前十時から始まる回を観ておきたい。名古屋市科学館のプラネタリウムドームは世界最大規模だそうで、観に来る人がとても多いという。

どれほど大きなドームであっても、一度に入れる人数には限りがある。インターネットで予約もできないし、春休み中だから平日でも親子連れが詰めかけているかもしれない。とにかく早めに行って席を確保するしかないのだ。

キャリーバッグをどうしようかと思ったけれど、チェックアウトの際にフロントで訊《き》いてみたところ預かってくれるという。

プラネタリウムのあとは大須観音と商店街に行くつもりだったが、これで身軽になった。ひとり旅を始めたころは、こんなことはできなかった。たいていのホテルが、チェックインの前やチェックアウトしたあとに荷物を預かってくれるし、ホームページにも明記しているのに、そんなことすら知らなかったのだ。

それが今は、荷物はホテルに預けるのが当たり前、たとえホームページに書かれていなくても、ためらいもせずに「荷物を預かってもらえますか？」と訊《たず》ねることができるようになった。

我ながら、なんて成長したんだろうと思う。ひとり旅をすすめてくれた小宮山社長には、感謝しかなかった。


午前九時十五分、日和は伏見通の交差点を折れ、名古屋市科学館プラネタリウムの入り口に向かった。

周りに歩いている人の姿はない。一瞬、入館希望者が押し寄せているかもしれないから開館から並ばなければ、というのは東京育ちの杞憂《きゆう》だったか、と思った。

ところが、銀色の巨大な球の下をくぐって入り口のほうに行ってみると、白いボードを持った職員らしき人がいて、彼の向こうには長い列ができていた。

「プラネタリウムですか？」

「はい」

「何時からがご希望ですか？」

「できれば十時から……」

「はい、大丈夫ですよ」

そして彼は白いボードに書かれていた『十時〜』という欄にチェックを入れる。どうやら彼は、上映回ごとの入場者数を管理しているらしい。これなら、せっかく並んだのに希望の回に入れないなんて悲劇は発生しない。日和も無事に十時からの回を観られそうだ。

午前九時五十分、日和は無事に指定された席に収まった。目の前にはSF映画に出てきそうな機械がある。おそらくあれが投影機だろう。

シートは映画館や劇場のように連なっているかと思いきや、ひとつひとつが独立している上に座面がかなり広い。クッション性が高く座り心地は抜群、しっかりリクライニングするので天井を見上げても首が痛くならない。ほぼ上を向きっぱなしになるプラネタリウムに最適のシートだった。

子どももたくさんいるというのに、場内は意外なほどに静かだ。幼稚園に入る前ぐらいの子が入り口から駆け込んで来たが、すぐに母親に窘《たしな》められて席に着いていた。やんちゃというよりも、体力が有り余っていたのだろう。

シートに収まったまま左右、上下と見回す。プラネタリウムに来たのは初めてなので、なにもかもが珍しい。残念なのは、このプラネタリウムドームは世界一の大きさと言われても、比較対象がなくてわからないことだ。それでも、この半球形のドーム全体に星が映し出されたら、さぞや見事だろうと思える大きさだった。

やがて、女性の落ち着いた声が聞こえてきた。名古屋市科学館が世界に誇るプラネタリウム投影の始まりだった。

午前十時五十五分、日和はあまりにも残念な思いとともに階段を下りていた。内容がつまらなかったわけではない。むしろ、ここ数年でもっとも短く、もっとも魅惑的と思える時間だった。

投影時間の最後あたりで何万年もの未来の星の配置予想図が映し出され、そこから現在まで一気に時を遡《さかのぼ》ったときの映像は圧巻だった。年単位ではほんの少しずつしか位置を変えない、ほとんど動かないように見える星々であっても、数万年となるとかなり移動する。まるですべての星が頭上から降ってくる、あるいは星の世界をものすごい速さのロケットに乗って突き進んでいるような気がした。あの瞬間を味わうためだけにチケットの列に並び直し、このドームに戻ってきたい。とにかく、ここを去るのが悔しくてならない気持ちでいっぱいになっていた。

だが時刻はすでに午前十一時、大須観音へのお参りや商店街での食べ歩きに未練がないと言えば嘘になる。とりわけ大須観音は昨夜素通りしただけに、お参りせずに帰ったら罰が当たりそうだ。

――いつかまた来よう。プラネタリウムがこんなに素晴らしいんだから、ほかの展示だって面白いに決まってる。次はきっと……

自宅から名古屋市科学館まで二時間半ぐらいで来られる。チケット売場の表示によると、午後遅くの回には空席があった。朝一番の回を諦めれば、日帰りでもなんとかなるに違いない。今は、この素晴らしいプラネタリウムに出会えたことに感謝して帰ることにしよう。

通りに出る寸前、銀色の球形を見上げる。あの中では今もたくさんの人たちが星の世界を旅している。素敵な旅でありますように、と願いながら、日和は名古屋市科学館をあとにした。

伏見通沿いに歩くこと五分、大須観音に到着した。

参詣者の姿はちらほら見られるが、ごった返しているわけではない。昨夜と大きく異なるのは人以外、つまり鳩の数だ。

飛んできたり飛び去ったり、その間に餌をついばむ。しかも、その餌はここで売られているもので、お祖母《ばあ》ちゃんに買ってもらったらしき子どもが盛大に撒《ま》き散らしている。近頃鳩は厄介者扱いされることが増えているだけに、日和には驚きの光景だった。

鳩は案外頭がいい生き物なので、餌がもらえるとわかっていれば集まってくる。餌まで用意して群れさせておくのは『鳩は神様の使い』という認識が今も生きているからだろう。

みんな幸せそうでなにより、と思いつつ商店街に向かう。

いよいよ食べ歩きだ。ガイドブックには美味しそうなものがたくさん紹介されていた。

お腹もいい感じに空いてきた。気分は、片っ端から食べちゃおう、だった。

ところが、『いよいよ』感たっぷりで行ってみた大須商店街は、なんだか人通りが少ない。人通りというか、開いている店が少ない。

――どういうこと……？　もしかして営業は夕方からとか？

呑み屋ばかりでもあるまいに、と思いながら近づいてみると、下りたシャッターに『定休日』の貼り紙がある。そういえば、昨日調べた天むす屋さんも火曜、水曜は定休日と書かれていた。天むす屋さんに限らず、この商店街では水曜日に休む店が多いのだろう。

一匹ずつ焼き上げる鯛焼《たいや》きも、お茶屋さんの抹茶ソフトも食べられない。楽しみにしていた気持ちが急速にしぼんでいく。こんなことなら、プラネタリウムをもう一度観ればよかった、と思いかけたとき、日和は小さく息を呑んだ。

少し離れたところに赤い建物があった。ローマ字で書かれているのは、東海《とうかい》地方にしか存在せず、愛知県民のソウルフードと名高いラーメンと甘味の店の名前だ。

日和も一度だけインスタントラーメンを食べたことがあるが、かなり気に入った。とんこつとも塩ラーメンとも違う独特のスープが美味しくて、塩分が気になりながらもすっかり呑み干してしまった。インスタントラーメンタイプがこれほどなら、お店で食べたらどれほど美味しいだろうと思っていたのだ。

――ここにあるならあるって言ってよ！　だったらこんなにがっかりすることなかっ

たのに！

喜びを通り越して怒りが湧く。

お門違いに決まっているし、ガイドブックを作った会社にも言い分はあるだろう。日和が買ったガイドブックはかなりコンパクトタイプだったから、名古屋ならどこにでもある店まで載せきれなかった、もしくはわざわざ紹介するまでもないと思ったのかもしれない。

それでも、ガイドブックを使うのは地元以外の人間に決まっている。一言ぐらい書いておいてほしかった、と思いながら、店の中に入る。

まだお昼になっていない時刻のせいか、はたまたこの店は食事ではなくおやつに使われる店だからか、店内はがらがら……というか、奥のテーブル席に親子連れが一組いるだけだ。

これならゆっくり食べられそう、と安心し、ラーメンを注文する。チャーシューがたっぷり載った『肉入り』とか、生卵を落とした『玉子入り』もあったけれど、このあともなにか食べたいものが見つかるかもしれない。チャーシュー一枚とメンマ、あとは青ネギが入っているだけのシンプルな『ラーメン』にしておくのが無難だろう。

ほかに一組しかお客さんがいないせいか、厨房《ちゅうぼう》の人ものんびりしているように見える。ゆったりと麺をほぐして湯の中に投入し、丼を用意している。どれほどゆっくりやったところで、一杯のラーメンを作るのにかかる時間などたかが知れている。混み合う時間帯には息をつく暇もなくなるのだろうから、今はのんびりしてもらってかまわない、と鷹揚《おうよう》な気持ちで出来上がりを待った。

「番号札、三番の方――」

呼び出しの声でカウンターに向かった。

お盆ごと渡されたラーメンは、値段相応で期待どおりのシンプルさだ。これでこそ、一度食べただけで『お気に入り認定』したスープを堪能できるというものだ。

おおこれが……と感心しながら金属製のスプーンでスープを掬《すく》う。

先が三つに割れていて麺が掬える上に、スプーンの役割も果たすことで有名な『先割れスプーン』である。これ一本で食べ切る人は少ないかもしれないが、箸が上手《うま》く使えない人にとっては便利な食器に違いない。ただ、フォークとスプーンの融合体だけに掬えるスープの量はわずかなものだ。

レンゲのほうがありがたいかも、と思いながら一口……うん、と頷いてまた一口。それから、麺を一箸啜《すす》り込む。インスタントとはまったく違う生麺ならではの食感に思わず口角が上がった。

――どれだけインスタントラーメンが美味しくなっても、やっぱりお店で食べるのとは全然違う。ずっと食べてみたかったから、ここにお店があって本当によかった！

おそらくこのラーメンは、一般的なラーメン店に比べたら少し麺が少ないのだろう。一杯全部食べきってもまだまだ食べられそうな気がする。なにかデザートでも……と壁に貼られた写真に目をやった日和は、そこでクスリと笑った。麺の量が少し控えめな理由に気がついたからだ。

——なるほど、ラーメンってやっぱりちょっとしょっぱいから、あとで甘いものが食べたくなっちゃう。『別腹』持ちの女性は特に……。でもお腹がいっぱいだとデザートまで入らない、ってことで麺が少なめなのね……。なんて親切！

ただの憶測に過ぎない。もっと経営上の理由があるのかもしれない。それでも、お腹がはち切れそうになっていてもデザートを残せない日和にとって、この量はありがたい。

ふと見るとメニューの隅に『ミニラーメン』の文字がある。ラーメンだけではなく、ソフトクリームにまでミニサイズがあるようだ。食べ歩きをしたい人にも、一杯を食べきれない子どもにも嬉しいメニューである。

ただ美味しいだけではソウルフードにはなり得ない。店や会社の気配りがあってこそ、地域の人たちに長く愛されるのだろう。

ミニサイズで頼んだソフトクリームは『絞りたてミルクをたっぷり使いました』が売りの濃厚さとは別物、さっぱりしていてどこか懐かしい味がした。

幸い、まだ少しお腹に余裕がある。あとひとつぐらいはなにか食べられそうだ。

とりあえず商店街の端まで行ってみよう、と歩き出す。目につくのはなぜか唐揚げやタピオカといったアジアンフードのお店ばかり。やはりカラフルな装飾のせいだろうな、と思いながら万松寺《ばんしょうじ》通の端まで行ってみる。

ガイドブックの説明によると、大須商店街は大須観音通から始まり、仁王門《におうもん》通、東西に延びる万松寺通、赤門《あかもん》通、東仁王門《ひがしにおうもん》通、それらを南北に繋《つな》ぐ大須《おおす》本《ほん》通、門前町《もんぜんちょう》通、新《しん》天地《てんち》通からなるらしい。

東西はいずれも六百メートルと南北が四百メートルぐらいだそうなので、全部歩いて歩けなくはないだろうけれど、時刻はすでに正午を過ぎている。明日は仕事なので、できれば夜にならないうちに帰り着きたいと思っている日和には、大須商店街踏破は難しい。いつか、今度は水曜日じゃないときにまた来よう、ということで伏見通に戻ることにした。

『一筆書き切符』を使って旅をすると決めたとき、長野の次にどこに向かうか考え、名古屋を選んだ。『名古屋グルメ』も堪能したかったし、日本最古といわれる仏像がある善光寺に行くのなら、逆に科学の最先端であるプラネタリウムを観てみようと思ったことも確かだ。

けれど、それらはすべて後付けで、最たる理由は東京から長野、名古屋を通って東京に戻ってくるというルートが、一番きれいな一筆書きになると思ったことにある。

長野駅から名古屋駅まではおよそ二百五十キロメートル、三時間の距離である。こんなに離れたふたつの町を一度の旅で訪れようとしたことはない。思いつきで決めたルートに希望を全部突っ込んだ結果、いつも以上に駆け足の旅になってしまった。

――ちょっと欲張りすぎだったなあ……でも後悔はしない。人生で一度しか来ちゃいけない場所なんてないんだから、気に入ったのなら何度でも来ればいい。むしろ、お楽しみを次に残しておくのはいいことよ！

前向き上等、後戻りしないのが『一筆書き切符』の旅、と自分に言い聞かせた日和は、次の瞬間笑いだした。今まさに、ついさっき歩いてきた道を戻っていると気付いたからだ。

こんなこともある、と開き直り、万松寺通に入ってすぐあたりにあった店に向かう。ガイドブックによるとハンバーガーの有名店で、ハンバーガーフェスタで愛知県代表になったこともあるそうだ。

実は、ラーメンと甘味の店よりも先にその店を見つけていたのだが、すでに行列ができていたため素通りした。行ってみて空いているようなら、食べてみようと思った。とはいえ、日和の狙いはハンバーガーではない。店頭に立てられた看板にあった『チーズホットク』が気になったのだ。

まさか、と驚かれそうだが、日和は『チーズホットク』を食べたことがない。数年前にブームが到来したとき、どこもすごい行列だった。いつか食べてみたいと思いつつ、機会がないままにブームはなんとなく下火になり、『チーズホットク』を売る店も減っていった。このまま食べることなく終わっていくのかと思っていただけに、ここで会えたのは嬉しい。

見た感じ、アメリカンドッグにそっくりだし、軽めのラーメンとミニソフトクリームのあとならちょうどお腹がいっぱいになる量だろう。

どうか空いていますように、という祈りが通じたのか、店の前は商品を受け取って食べている人ばかりで、これから注文する人の列はなかった。

やったーと喜んで注文、待つこと十分で『プレーンチーズホットク』を渡された。アメリカンドッグみたいだと思っていたが、アメリカンドッグよりずっと重い。

さてはおぬし、空洞ばっかりじゃないな？　なんて喜びながら齧ってみたら、とんでもなく熱い。どうやら上顎《うわあご》を火傷《やけど》したようだ。

昨日の『あんかけスパゲティ』といい、『チーズホットク』といい、大須商店街は『熱いものは熱く』に命をかけているのか？　と思ってしまう。

それでも熱々の『チーズホットク』のチーズはテレビで見たとおりの伸びっぷり、たっぷりかけられたケチャップとグラニュー糖の相性も心配したほど悪くない。伸びすぎるチーズに悪戦苦闘しながら食べた『チーズホットク』は、よくこの組み合わせを思いついたなーと感心するほどの味だった。

長い行列に並んででも食べたいと思う人の気持ちも少しだけわかるものの、東京に戻ってからまた食べに行くかと言われたら微妙なところだ。『チーズホットク』は位置づけが難しい。食事には軽すぎるし、このボリューミーなスナックをおやつとして楽しめるのは、せいぜい大学生まで……そんな気がしてならなかった。

年がら年中食べ過ぎているわけではない。たまに旅に出たときぐらいは食べたいものを食べてもいいではないか。現状、お腹はほぼいっぱいになっている。でも、ラーメンとソフトクリームと『チーズホットク』では物足りない。食べ歩きというなら、せめてもう一品ぐらいなにか食べておくべきだ。

自分にそんな言い訳をしつつ、歩き出す。狙いは串《くし》カツ、有名な味噌カツ店が串カツに特化して作った店で売られているものだ。幸い店は、大須観音からすぐのところだ。荷物を預けるときホテルの人に昼過ぎには取りに来ますと伝えたから、串カツを食べて戻ればちょうどいいだろう。

『チーズホットク』の串と紙皿をお店の人に返して捨ててもらい、串カツの店に向けて歩き出す。着いてみると、五人ぐらい並んでいたが、揚げた串カツを受け取るだけならそれほど時間はかからないはずだ。食べ歩きの人は食券を買って渡すシステムのようなので、入り口すぐの自販機で二本組みの串カツの食券を買う。

味はソースと味噌があったが、もちろん味噌カツを選ぶ。有名な味噌処である愛知の味噌カツを味わってみたかった。

予想どおり、行列の消化は極めて早く、並び始めて五分もしないうちに串カツを受け取ることができた。だが、串カツを受け取った瞬間、日和は首を傾げてしまった。

——味噌味が食べたかったんだけど……

縁日の屋台でよく使われている長方形の発泡スチロールの皿に、串カツが二本載せられている。

二本入りを注文したのだから当然だが、串カツの上にかけられているのは味噌ダレではなく、ウスターソースに見える。ソースの串カツは嫌いではないが、ここでは味噌が食べたかった。日和のすぐ前の人がソース味を注文していたから、間違えてしまったのかもしれない。

日和のあとから次々にお客さんがやってきて、行列はかなりの長さになっている。店の人もものすごく忙しそうだ。すでに食べ歩きの人向けの窓口を離れてしまったし、今更戻って文句を言う気になれない。諦め気分で串カツを齧ってみた日和は、口の中に広がる味に目を見張った。

――これ、味噌味だ……こんなにさらさらでソースをかけたようにしか見えないのに、ちゃんと味噌の味がする！

東京でも味噌カツを出す店はあるが、たいてい赤茶色でとろみのある味噌ダレを使い、上に白ごまをパラパラ……という感じだ。名古屋のお土産でもらったチューブ入りの味噌ダレにしても、やっぱり赤茶色でとろみがあるタイプだった。こんなにさらさらの味噌ダレなんて見たことがなかったのだ。

味噌ダレは串カツ全体にかけられている。濃厚な味噌ダレではしょっぱすぎると感じたかも知れないが、これだけさらさらだとちょうどいいし、揚げ立てカリカリの食感も損なわれていない。

大阪で食べた二度漬け禁止のソースもやっぱりさらさらだった。味噌、ソースを問わず、揚げ物とさらさらのタレというのは相性がいいに違いない。

瞬く間に食べ終わり、改めて店の中に目をやった。厨房の人が次々と串カツを突っ込んでいるのは、おでんが入っている鍋《なべ》だ。そういえば食券の自販機に味噌おでんという文字があった。この店ではおでんと串カツが同じタレなのだろう。

おでんも食べてみたかったな……と思いながら店を離れる。

——プラネタリウムといい、大須商店街といい、なんだか未練が多くなっちゃったなあ……。やっぱり無理やり予定を組んだのが悪かったのかな……

食べ歩きをするにはもっとたくさんの時間が必要だし、下調べもちゃんとしてくるべきだった。どこまで下調べをするかは、旅における大きな課題だが、食べ歩きについては調べまくるほうに軍配を上げる。食べ歩きができるスポットというのはそれだけ魅力的な店が多い。いくら時間をかけても全部なんて回れっこないのだから、絞り込む必要がある。

次に食べ歩きをするときは、もっとしっかり調べて、店を回る順番まで決めてから来よう。それが本日の食べ歩きで日和が得た結論だった。

ホテルに着いたのは、午後一時になる寸前だった。

一時まではぎりぎり『昼過ぎ』だよね、と思いながら大慌てで荷物を受け取りに行く。本音を言えば、もう少し預かっていてもらいたかった。なぜなら、大須商店街からここまで歩いてくるうちに、もうひとつ行きたい場所を思いついてしまったからだ。

それは、行きたいと言うよりも、せっかく名古屋に来たからには行くべき場所、名古屋城だった。

――ここからそんなに遠くないし、やっぱりあの金の鯱は見ておきたいよね！

どんどん『城オタク』の世界が近くなるなあ、と思いながら、キャリーバッグを引っ張って地下鉄の駅に下りていく。ここから名古屋城の最寄り駅である浅間町《せんげんちょう》駅までは鶴《つる》舞《まい》線で二駅、たったの四分だ。そして浅間町駅から名古屋駅に行くためには、伏見駅に戻って東山線に乗り換えるのが便利だ。どのみち伏見に戻ってくるなら荷物は預けっぱなしのほうがいいに決まっている。

それに日和のことだから、名古屋城の隅々まで見学するはずがない。公園から天守閣を見上げて「おー金ピカだ！」なんて思いながら、写真を一枚、二枚撮るのがせいぜいだから、時間だって大してかからない。たとえホテルの人に『昼過ぎに取りに来る』と言ってあったとしても、夜まで預けっぱなしにするわけじゃないから文句を言われたりしないだろう。

そこまでわかっていても、やっぱり荷物を取りに行く。もはや臆病《おくびょう》なのか律儀なのかわからなくなるけれど、それが日和という人間だし、言ったことを守るのは悪いことじゃない。

ちょっと見てくるだけならキャリーバッグと一緒でも大丈夫だ。それに、伏見に戻るにしても一度改札を出てしまったら料金が余計にかかる。

これでいいのよ、とキャリーバッグを引っ張って地下鉄に乗る。

いつもならキャリーバッグはホテルとか車の中に置きっぱなしにしているのに、今回はやたらと持ち歩くことが多い。全国いろいろなところを一緒に旅したというのに、名所も旧跡もろくに見ていないのはかわいそう。気分はむしろ『あんたにも、金ピカを見せてあげる！』だった。


二駅四分の乗車のあと、歩くこと十五分で日和は名古屋城天守閣前に到着した。

緑色の瓦《かわら》屋根の両側に金の鯱が見える。思ったよりも小さいが、それは遥《はる》か頭上にあるせいで、屋根から下ろしてみたらさぞや大きいことだろう。

そういえば数年前、この鯱は屋根から下ろされて、触ることもできたらしい。どうせなら触ってみたかったと思わないでもないけれど、善光寺の御開帳同様、人が押し寄せていたに違いない。いくらありがたい金の鯱でも、行列してまで触る気にはなれない。これはこれでよかったのだろう。

天守閣に上がるかどうか迷ったが、いつもどおり諦めた……というよりも、工事中で上がれなかった。上がらないことのほうが多いのに、駄目と言われるとなんだか気になってきて、天守閣について検索してみると、天守閣に上るためにエレベーターを設置するかどうかが議論を呼んだという話が出てきた。

結局設置されることになったそうだけれど、ふと、自分ならどう考えただろうと思う。天守閣に入るには入場料がいる。それらは城の保守に使われるに違いない。日和のように延々と狭い階段を上るのが苦手な人でも、時間とエレベーターがあれば天守閣に入る可能性はある。入場者が増えれば増収に繋がるから、と賛成するのだろうか。それともやっぱり、建立当時にはなかった文明の利器を歴史のある城に持ち込むのはいかがなものか、と反対しただろうか。

おそらく後者と思える人の顔が目に浮かび、日和はクスリと笑った。

スマホで撮った天守閣の写真を、『みなし反対派』のアドレスに送信してみる。送信キーをタップしたあとすぐに、しまったと思う。平日の午後一時半なんて、仕事中に決まっている。こっちは働いているのに呑気《のんき》なものだ、と思われたらどうしよう、と不安になったのだ。

ところが、送信して十分ほどでスマホがぽーんと鳴った。急いで連絡用のSNSアプリを開いてみる。送られてきたのは、画面いっぱいに広がる桜の写真だった。

すぐにメッセージも届く。

『どこかわかる？』

『たぶん……千鳥ヶ淵《ちどりがふち》？』

『正解！　ちょうど仕事で通りかかったんだけど、あんまりすごいから』

『もうこんなに咲いてるんですね』

『今日か明日ぐらい満開かな』

『すごくきれいです。いいものを見せてくださってありがとうございます』

『こちらこそ。桜が写り込む名古屋城なんて、この時季しか見られないからね』

　指摘されてもう一度送った写真を見てみると、確かに桜が写っていた。天守閣全体が写るように、と公園の外の道から撮ったので、堀と天守閣の間に桜並木が裾《すそ》模様みたいになっている。我ながら、季節感のあるいい写真に思えた。

『今、名古屋城？』

『はい』

『夜までいられる？』

『いえ……そろそろ帰ろうかと』

『そうかあ……夜までいられたらライトアップした名古屋城が見られるんだけどね』

『うわあ、残念。でも明日は仕事ですし……』

『あんまり遅くなると朝が辛《つら》いね。じゃ、気をつけて帰っておいで』

『ありがとうございます。あ、野沢菜を買ってきました！』

『やった！　じゃあ近々お土産宴会やろうよ。俺のところにいい酒があるし、今晩には浩介《こうすけ》が干物を抱えて戻ってくる』

　浩介というのは、麗佳の夫だ。蓮斗を含めた三人は高校時代の同級生で、今でも仲がいい。沖縄旅行からの帰り、日和は四国《しこく》から戻った蓮斗と羽田《はねだ》空港で遭遇した。その際に、いつかみんなでお土産を持ち寄って宴会をしよう、という話が出たのに、機会がないままに今に至っている。

あれはあの場だけの話だったのか、とがっかりしていただけに、蓮斗の言葉は嬉しかった。

ただ、それ以上に気になったのは『今晩干物を抱えて戻ってくる』という言葉だ。この話の流れだと、干物はお土産に違いない。だとすると、浩介も旅に出ていて、麗佳はひとりで留守番していたことになる。

麗佳はもともと旅好きだし、結婚してからでもひとりで旅に出ることもあるようだが、さすがに浩介が旅行するなら一緒に行きたかったに違いない。同じ時期に日和が休みを取らなければ夫婦で行けたはずだ、と思うと申し訳なさが募った。

『なんか……申し訳ないことしちゃいました……』

『なんで？』

『浩介さん、ご旅行だったんですよね？　私が休みを取らなければ麗佳さんが休めて一緒に行けたでしょうに』

『心配ご無用。だって浩介は出張だもん』

『出張⁉』

『そ。WEB会議じゃすまない案件があってさ。ちなみに俺の酒も出張土産』

『お疲れ様です……。でも、それならやっぱり申し訳ないかも。浩介さんがお留守なら、麗佳さんはひとりでどこかに行けたかもしれないのに』

『ないない。浩介が留守なら余計に、麗佳は家でくつろぎまくってるよ。麗佳って、ドライに見えるけどけっこう旦那《だんな》を大事にしてるからね。浩介がいたらあれこれ世話を焼きたくなるけど、いないなら羽も伸ばし放題』

『なるほど……確かにそんな感じはします』

『麗佳のことは気にしなくていいよ。そもそも麗佳なら休みたいときは休みたいって言うし』

『ならよかったです』

『帰りの新幹線はもう決めた？』

『十六時六分発の予定です』

『六時過ぎには家だね。八時ごろ連絡して大丈夫？』

『もちろん』

『ＯＫ。じゃ、浩介たちの意見も聞いて日取りを決めよう。そろそろ客先に着くからこれで！』

そのあと『またね！』と手を上げるペンギンのスタンプが送られてきた。どうやら蓮斗も移動途中だったようだ。『了解！』と敬礼するアザラシのスタンプを返し、やり取りは終了した。

ただの『連絡していい？』ではなく『八時ごろ』と書いてくれるところが蓮斗のやさ

しさだ。

蓮斗からの連絡ならば、日和はあてどなく待てる。むしろ疲れも眠気もふっとぶほどだ。でも、本人はそんなことは知らない。いくら楽しい旅でも、家に帰れば疲れが出るし早く休みたくもなる。いつ来るかわからない連絡を待つのは辛いはずだ、と気遣ってくれたに違いない。

それでも日を改めたりせず、今日のうちに決めてしまおうとするところがまた嬉しい。もともとちょっとせっかちなところがあるのかもしれないが、とにかく『お土産宴会』を開きたいという意欲が伝わってくる。

いよいよ『お土産宴会』が実現しそうだ。半ば諦めかけていただけに、喜びはひとしおだ。

持ち寄り宴会をするとなったら、野沢菜だけではぜんぜん足りない。名古屋のお土産も追加しよう。名古屋駅なら、酒のつまみやデザートもたくさん売っているはずだ。

麗佳や浩介がいてくれれば、緊張でかちかちになることもない。和気藹々《あいあい》の楽しい時間が過ごせるに違いない。

――なにを買って帰ろうかな。今日、明日ってわけにはいかないだろうから、日持ちのするものを選ばなきゃ。あーでも、美味しいものに限って賞味期限が短いんだよねえ……。そうだ！　名古屋にはすごく美味しいエビせんべいがある。あれならビールにも日本酒にもぴったりだ！

紫蘇《しそ》のふりかけと同じ名前のおせんべいは、梶倉家でも大人気だ。エビ料理はあまり好きではない兄ですら、あれには手を伸ばす。エビせんべいは、軽くて美味しい名古屋土産の筆頭だろう。

さらに、おつまみに最適といえば手羽先だ。一口で頬張れるほど小ぶりで、ちょっとスパイシーな味付けの手羽先はお酒にぴったりだし、お酒なんてなくても食べる手が止まらないという人も多いはずだ。

かく言う日和の父もそのひとりで、時間が許せば買ってきてくれ、と頼まれている。わざわざインターネットで調べて、お気に入りの手羽先店が名古屋駅の地下街にあることまで教えてくれたから、本音は『時間が許せば』どころではないのだろう。

日和だって手羽先は大好きだ。どうせ名古屋駅には行くのだから買うことは決めていたが、あれはどれぐらい持つのだろう。レトルトや冷凍タイプなら、揚げ立てを折に詰めたものよりも賞味期限が長いかもしれない。

日取りが決まっていないから一か八かになってしまうが、とりあえず買っていこう。なんなら、賞味期限を理由に『お土産宴会』の日取りを早くしてもらうことだってできるかもしれない。

――うわあ、あざとい！　いくら蓮斗さんに早く会いたいからって、そこまでするか！　でも、そこまで考えられるのって、逆にすごくない？

そして日和は、足取り軽く駅の階段を下りる。

人と人とが隔てられ、止まりっぱなしのようだった時間がやっと動き出した。もうすぐ四月、南から北へと桜前線が駆け上っていく。

誰もが待ちわびた春——日和は満開の花と同じぐらい、いや、それ以上に自分の頬が桜色に染まっている気がした。

第三話　東京お土産宴会

――手羽先とフルーツタルト

四月九日土曜日午後二時十七分、日和はJR両国《りょうごく》駅に到着した。

走り去る電車よりも自分の心臓の鼓動のほうが大きな音を立てている気がする。

改札を抜けてすぐに左右を見回したが、気にしていた相手の姿は見当たらない。ほっとして歩き始めたとたん、後ろから聞き慣れた声がした。

「かーじくーらさん！」

「うわっ！」

油断するのではなかった。ここは改札前なんだから、後ろから出て来ることだってある。

どうせ今日は会う約束だったし、予定時刻より二時間半も早いとはいえ、こんなことがあるのではないかとも思っていた。なにせ相手は神出鬼没の蓮斗なのだ。それでも、いざ目の前にいるとなるとやっぱり驚く。心の準備がーなどと嘆きたくなってしまうのだ。

たぶん蓮斗はもう見慣れているのだろう。目をまん丸にしている日和を見て、笑いながら言った。

「ごめん、またびっくりさせちゃった？」

「ちょっと……。というか、早くないですか？」

みんなで相談した結果、『お土産宴会』は日和が名古屋から戻った翌週の土曜日と決まった。

蓮斗は、日和が戻ってすぐの週末にしようと提案したが、あいにく四月二日から三日にかけて麗佳が出かける予定で、どうせならそのお土産も一緒にということになったのだ。

宴会の開始時刻は午後五時だったはずだ。もしや自分が時間を勘違いしたのか、と日和はさらに慌てた。

「もしかして五時じゃなくて、十五時でした⁉」

「違う、違う。五時で間違いないよ。ただ、浩介に呼び出されてさ。どうせ暇なんだろうから、さっさと来て手伝えって」

「手伝う？」

「酒の買い出しだと思う。麗佳は掃除したいって言ってたし」

「たくさん買われるんですか？　お土産のお酒もあるんでしょう？」

ふたりで持ちきれないほどの酒が必要なのか、と驚く日和に、蓮斗は苦笑しつつ答えた。

「あいつら底なしで、呑《の》み始めたら止まらないんだ。特に浩介がひどい。麗佳はそれがわかってるから、普段はあんまりたくさん家に置かないようにしてるんだけど、今日は人数も多いし、特別ってことだろ」

「そんなに呑まれるんですか……」

「うわばみ級。でも、酒乱でも依存症でもないから大丈夫。今は麗佳がしっかり手綱を握ってるしね」

「ならよかったです。それでお買い物のお手伝いってことなんですね。あ、じゃあ、私も……」

「いや、そんなの俺ひとりで大丈夫、ってか、本当は俺もいなくていいはずなんだけど」

学生時代ののりがそのまま続いてるだけだ、と蓮斗は言う。三人で過ごしてきた時間の長さを思うとため息が出るし、もっと早く出会いたかったとも思う。ただ、今更そんなことを思っても仕方がないし、そもそも年齢が四つも離れているのだから、学生時代に出会っていたとしてもこんな付き合い方はできなかったに違いない。『お土産宴会』に混ぜてもらえただけでも喜ぶべきだろう。

なるほど、と頷《うなず》いた日和に、今度は蓮斗が訊《たず》ねた。

「もしかして今さっき着いたところ？」

「はい」

「じゃあ、またしても同じ電車だったんだね」

相変わらずタイミングが合いすぎるな、と蓮斗は笑う。

金沢で偶然会ったときも、帰りは同じ新幹線だったし、麗佳の結婚式で姫路《ひめじ》に出かけたときは行きも帰りも同じ新幹線だった。さらに今日は、約束よりも二時間半も早く着く電車に乗ってきたというのに、やっぱり同じだった。一時間に一本とか二本しかないのならまだしも、五分に一本という運行頻度を考えれば、かなり奇跡的な出来事だ。

ことあるごとに同じ電車に乗り合わせるのだから、こんなふうに言われるのは当然だが、彼に否定的なニュアンスがないことは嬉《うれ》しい限りだった。

「ところで梶倉さんはどうして？　まさか麗佳に呼び出されたとか？」

「いいえ。私はちょっと寄りたいところがあって」

「寄りたいところ……」

そこで少し考えた蓮斗は、にやりと笑って言った。

「当ててみようか？」

「え……？」

「『すみだ北斎美術館』。違う？」

「どうしてわかったんですか⁉」

「そりゃわかるよ。だって、長野でろくに観られなかったんだろ？」

日和は唖然《あぜん》としてしまった。

確かに、長野旅行で小布施にある『北斎館』に寄ったものの、展示替えのために祭屋台しか観られなかった。そのせいで、もともと大して興味がなかったはずの北斎の絵をちゃんと観たいという気持ちが高まり、『すみだ北斎美術館』に行ってみたくなった。『お土産宴会』を開くことが決まり、会場となる麗佳の家が両国だと知ったとき、少し早く出れば『すみだ北斎美術館』に行けると思ったのだ。

だが、蓮斗にそこまで話した覚えはない。『北斎館』に行ったことすら告げていないはずだ。

それなのにどうして『すみだ北斎美術館』に行きたがっていることがわかったのだろう。驚きを通り越して、少し気味が悪くなるほどだった。

蓮斗が大笑いしながら言う。

「そんなお化けに会ったみたいな顔をしないでよ」

「だって……」

「じゃあ種明かし。実は、麗佳に聞いたんだ」

「麗佳さんにだって、小布施に行ったことぐらいしか……」

「小布施に行ったのなら『北斎館』は行くはず。で、調べてみたら、君が行ったのはちょうど展示替えの期間中。不完全燃焼みたいになってるところに、両国に行く予定ができたら『すみだ北斎美術館』に足を延ばしたくなる。ただし、これは俺の場合だけどね」

「私もです……」

「やっぱり！　さすがはしょっちゅう同じ電車に乗るだけあるね。俺たち、思考回路が似てるんだよ」

「ですかね……」

「そうか、『すみだ北斎美術館』かあ……いいなあ……」

「えーっと……一緒に行かれます？」

急激に期待が膨らむ。もともと一緒に過ごせる予定だったけれど、蓮斗と一緒に北斎の作品を観られるなんて素晴らしすぎる。蓮斗は博識だから、北斎についてもいろいろ解説してくれるだろう。たとえそんなものがなくても、一緒にいられる時間が増えるだけで嬉しい。

けれど、蓮斗の答えはあっさり、そして当然と言える内容だった。

「行きたいのは山々だけど、浩介と約束しちゃってるし、そういう博物館系はひとりのほうが楽しめる。同行者がいると相手のペースを気にしなければならないから」

蓮斗の挙げた理由は大いに納得できた。一緒にいたいのは山々だが、よく考えてみたら、蓮斗はただの同行者ではない。隣に蓮斗がいるとなったら、集中して作品を観るなんて不可能だ。どれほど詳しい解説をしてもらったところで、右の耳から左の耳へと通り過ぎてしまうだろう。

日和としては、それでも蓮斗と一緒に行きたい気持ちが大きい。もしも作品に集中できなかったとしても、自宅からそんなに時間がかかるわけではないのだから出直せばいいだけだ。ただ、そんなことを告げる勇気はどこにもなかった。

「じゃあひとりで行ってきます」

「楽しんできてね。あ、時間があったら『刀剣博物館』も回ってくるといいよ」

「『刀剣博物館』？」

「うん。『旧安田《やすだ》庭園』の隅っこにあって、刀ばっかり集めてある美術館。マニアックだし、知らない人も多いのかもしれないけど、磨き上げた刀はすごくきれいだよ。あと、『すみだ北斎美術館』に行った人はちょっとだけ割引してもらえてお得」

「じゃあ、行ってみます」

「そうして。あ、それ、邪魔だろ。なんなら預かろうか？」

日和が持っているエコバッグに気づき、蓮斗が手を差し出してくれた。だが、このエコバッグの中には名古屋のお土産がたっぷり入っている。小型ながらも、保冷剤を詰め込んだクーラーバッグも入っているので見た目よりずっと重い。蓮斗自身がかなり大きな手提げ袋を持っているのに、日和の荷物まで持たせるわけにはいかなかった。

「大丈夫ですよ。コインロッカーに入れときますから」

「ロッカー代がもったいないよ。麗佳たちの家は『刀剣博物館』の向こう側だから、駅まで戻ってくるのも面倒だし、ついでだから持ってく。本人不在で申し訳ないけど、中身、適当に冷蔵庫に入れてもらって大丈夫？」

保冷剤が入っているとはいえ、コインロッカーに入れっぱなしにするよりも冷蔵庫に入れたほうがいい、という蓮斗の意見に頷き、日和はエコバッグを渡した。

「すみませんが、よろしくお願いします。あ、麗佳さんたちにもよろしくお伝えください」

「了解。じゃ、またあとで。楽しんでね」

そう言うと蓮斗はさっさと歩き出す。

麗佳の家は『刀剣博物館』の向こう側にあると言っていた。『刀剣博物館』を先にすれば一緒に歩けるけれど、早く来た目的が『すみだ北斎美術館』だと言ってしまった手前、さすがにそれはできない。ここで会えただけでもラッキーだったと自分に言い聞かせ、日和は『すみだ北斎美術館』に向かった。

——確かに、なんとなく似てる。高井鴻山が北斎の影響を受けたっていうのは本当だったのね……

企画展会場を一回りした結果、日和が抱いたのはそんな感想だった。

北斎と言えば浮世絵の巨匠として有名なので、てっきり小布施の『北斎館』で観た波の絵、正しくは『冨嶽《ふがく》三十六景　神奈川沖浪裏』のようなダイナミックな構図ばかりかと思っていた。

ところが、テーマが『北斎花らんまん』のせいか、展示されている大半は柔らかくて繊細な植物の絵で、祖父が描く絵手紙に似ていると思った高井鴻山と似通った印象を受ける。ただ、北斎が描く植物はものすごく緻密《ちみつ》で、言葉を憚《はばか》らずに言えば、この人は相当粘着質なのでは？　と思ってしまう。ぎりぎりまで顔を寄せ、なにひとつ見逃すまいと観察しては紙に写す北斎の姿が目に浮かぶ。

一方鴻山の絵には、まあこんな感じだよなーという余地のようなものが感じられた。その余地こそが素人である祖父の絵と似た印象を与えた原因なのかもしれない。もちろん芸術家にとって粘着質というのはけっして悪いことではなく、そんな北斎だったからこそ後世に名を残すことができたのだろう。

四季折々の花が溢《あふ》れる企画展を見終わり、一階上にある常設展会場に移る。そこでは北斎の暮らしぶりについての説明もあり、最後には北斎と娘の阿栄《おえい》が絵筆を執っている姿も再現されていた。

長屋のような狭い部屋で、かがみ込んだ背に薄い布団のようなものをかけて絵を描いている北斎。部屋の中には丸めた描き損じの紙が散乱し、まるでゴミ箱のようだ。しかもろくな生活用品も揃っていないように見える。それなのに北斎本人ばかりか、阿栄も平然と筆を執っている。

どうやら北斎の粘着質は絵を描くことだけに向けられ、それ以外には無頓着《むとんちゃく》、娘も似たような性格だったようだ。

ゴミ溜《た》めみたいな部屋で絵を描く親子は、豊かさとは無縁かもしれないが、かなり幸せそうに見える。紙に向かうふたりの眼差《まなざ》しは真剣そのもの、充実した暮らしだったに違いない。

説明によると、北斎は九十回以上も転居し、画号を三十回も変えたそうだ。平均寿命が四十歳と言われた江戸時代で九十歳まで生きたのだから、人の二倍の人生だったとしてもさすがにやり過ぎではないか。

——描きたいものをぼーっと描いて、はい次！　って感じだったのかなあ……。それにしても、人気の浮世絵師だったのなら、名前ぐらいずっと同じでよかったんじゃない？　ファンの人だっていただろうに、ころころ名前が変わったら追っかけるのも大変じゃない！

いい絵だと思ったら北斎さんの筆かよ。あの先生、また名前変えちゃったんだな、と呆《あき》れる贔屓《ひいき》客の顔が目に浮かぶ。天才のすることは凡人には理解しがたいわ、という感想を最後に、『すみだ北斎美術館』鑑賞は終了した。

『すみだ北斎美術館』を出た日和は、スマホの道案内アプリを頼りに『刀剣博物館』に向かった。

このあたりは古くから続いてきた町なので、道が入り組んでいるかもしれないという不安をよそに、『すみだ北斎美術館』から『刀剣博物館』への道順はまっすぐに歩いて行って、太い道に出たら左に曲がるだけというわかりやすいものだった。

蓮斗が教えてくれたとおり十分少々で到着できたし、建物自体もそれほど大きくはない。案内によると、展示物があるのは三階フロアだけらしい。

現在時刻は四時五分、北斎についてつらつら考えていたせいで、思ったより時間が経っていたが、これならゆっくり観てもそれほど時間はかからない。

それに、刀と言えば侍、それも江戸時代という印象が強い。北斎の作品のあとに刀というのは、同じ時代を違う視点から観られるようで素敵ではないか。

チケット売場で『すみだ北斎美術館』に行ってきたことを告げ、『北斎花らんまん』と書かれたチケットの裏側にスタンプを押してもらう。どうやらこれで一割引にしてもらえるらしい。

『すみだ北斎美術館』の文字の上に『刀剣博物館』のスタンプが押されているのは面白い。いい記念になるな、と思いながら財布にしまい、階段を上がって展示室へ。

チケットを見せに受付に行くと、外国人男性が係の人に話しかけていた。はっきりとは聞こえないが、なにか訊《き》きたいことがあったようだ。係員さんはよどみない英語で説明をしている。さすがは外国人がたくさん訪れる両国だけのことはある。外国人からの質問に答えるために、英会話の習得にも余念がなかったようだ。

——感心してないで、私ももうちょっと英会話の勉強をしないとなあ……

鎖国真っ最中の江戸時代を中心に扱う博物館に来て、英語習得の必要性を痛感するなんて自分ぐらいかもしれない。蓮斗のことだから、感想を訊いてくるかもしれないけれど、これだけは言わずにおこうと思う。なにより勉強が必要なほど英会話がイマイチだと知られたくない。麗佳も英語は堪能《たんのう》だが、本人は英語教育に力を入れていた高校のおかげだと言っていた。同じ学校で学んでいた蓮斗だってペラペラの可能性は高い。

とはいえ、日和は日本人ですらようやく普通に会話できるようになったばかりだ。たとえ英語が堪能だったとしても、見ず知らずの外国人相手とやり取りできるだろうか……

……英語力以前の問題だった、と少しうなだれつつ、展示室の中に入る。そのとたん、英語力も会話力もどうでもよくなった。磨き上げられた刃に惹《ひ》きつけられ、目が離せなくなってしまったのだ。

――すごい……これって目茶苦茶古いもののはずなのに、こんなにきれいなんだ！

日和は今まで、刀に興味は持っていなかった。ここに『刀剣博物館』があることも知らなかったし、蓮斗にすすめられなければ訪れることはなかった。当然、刀についての知識はほとんどなく、なにで作られているかもわからない。

それでも、この刀の美しさはわかる。隅々まで磨き上げられ、照明を反射してきらりと光る刃をいつまでも見ていたくなる。

おそらくこの刀は、江戸時代から今に至るまで大切に手入れされ、保管されてきたのだろう。刀である以上、どこかで人を斬ったのかもしれない。血を浴びた過去が、この刀にさらに妖《あや》しい魅力を与えている気がする。

凶器に美しさを覚えるのは罪深いことだろうか、と迷いながらも、展示されている刀を次々と見る。刃渡りの長いもの、短いもの、反り返ったもの、まっすぐに近いもの……いずれも刃の部分だけで、柄《つか》は付いていない。

柄を付けてしまうと、手入れや管理が大変なのか、あるいは刃全体を見せるためなのかはわからない。ただ、この美しい刃に柄を付け、高々とかざしてみたくなる。もちろん、日和の力ではこんなに長い刀を片手で持ち上げてかざすなんてできっこないだろうけれど……

それほど広くはない展示室をひとつひとつじっくりと眺めながら巡る。受付で、フラッシュさえ使わなければ撮影してもよいと言われていたので、気に入った刀の写真を何枚か撮った。

砂鉄を精錬するための鑪《たたら》の模型に見入ったのを最後に『刀剣博物館』の見学を終えた日和は、スマホを確かめてぎょっとする。時刻はすでに午後四時五十分、約束の五時まで十分しかなかった。

道案内アプリによると、ここから麗佳の家まで十分ぐらいだ。ぎりぎり間に合うとは思うけれど、連絡しておいたほうがいいかもしれない。

とりあえず外に出て、麗佳にこれから向かう旨のメッセージを送ったところ、すぐに返信が来た。

『今どこ？』

『刀剣博物館を出たところです』

『了解。気をつけて』

ひどくあっさりしているが、麗佳はいつもこんな感じだ。長々とやり取りするのは時間の無駄だと思っているのかもしれないので、こちらもしつこく返信したりはしないが、少々寂しいときもある。

十分後、日和は道案内アプリの画面を見つめて小さくため息をついた。

『すみだ北斎美術館』から『刀剣博物館』まではとてもわかりやすかったが、麗佳の家は同じようにはいかなかった。

大通り沿いではないため、何度か小さな角を曲がらなければならないのだが、目印がなくてわかりづらい。近くまで来ていることは確かなのに、目指すマンションがちっとも見つからないのだ。

仕方がないから麗佳に連絡して訊こう、と思ったとき、スマホが着信を告げた。メッセージではなく通話呼び出しだ。慌てて出てみると、心配そうな蓮斗の声が聞こえてきた。

「もしかして、道に迷ってない？」

「迷ってるっていうか……探してる途中というか……」

「やっぱり。そこでじっとしてて、今、下りるから」

「……助かります」

私がいる場所がわかるのだろうか、と思いながら待っていると、五十メートルぐらい先の曲がり角から蓮斗が現れ、大きく手を振った。

「こっちだよー！」

ほっとして駆けだそうとすると、さらに声がする。

「走らなくても大丈夫。ゆっくりおいで」

そうは言われても、待たせるのは申し訳ない。日和は小走りに近づき、ぺこりと頭を下げた。

「すみません。わざわざ迎えに来ていただいて」

「いやいや。たぶん迷うかな、とは思ってた。麗佳も麗佳だよ」

「連絡があったならあったって言ってくれ、って話。そしたら迎えに行けたのに」

「さすがにそれは……。麗佳さんだって、道に迷うなんて思ってなかったでしょうし」

「麗佳さん？」

「それがさあ……」

そこで蓮斗は大きくため息をついた。

蓮斗によると、麗佳の家は狭い路地の奥にある上にマンション名もはっきり出ておらず、これまでも辿《たど》り着けなかった人が続出していたそうだ。

「そんなにたくさんの方が、麗佳さんのお宅に行かれてたんですか？」

「人数的には大したことない。もっぱら親とか親戚《しんせき》らしいし。でも、確率で言ったら八割を超えてるんだってさ」

「そうだったんですか……じゃあ、私が迷っちゃうのも無理ないですね」

「そういうこと。だから、来るのが初めてだってわかってたくせに迎えも出さない麗佳が悪い。あ、でも、ちょっとは梶倉さんも悪い」

「やっぱりそうですよね。もっと目印とかちゃんと訊いておくべきでした」

けれど、蓮斗は日和の言葉をあっさり否定した。

「違う違う。薄情者の麗佳なんかじゃなくて、俺に連絡くれればよかったんだよ。そしたら『刀剣博物館』まで行ったのに」

「さすがにそれは……」

本日の訪問先は麗佳の家だ。遅れるかもしれないという連絡を蓮斗にするのはおかしい。百歩譲っても浩介だが、日和は浩介の連絡先を知らないから麗佳一択だろう。

それでも蓮斗は不満そうに言う。

「そりゃそうだけど、『お土産宴会』の企画立案者は俺だよ？　だったら俺でいいじゃない。おっと、着いた」

蓮斗が、マンションの玄関ドアを開けて入っていく。オートロックにもなっていないし、エレベーターにそのまま乗り込んだところを見ると、セキュリティーはあまりしっかりしていないようだ。

「大丈夫か、ここ……とか思ってる？」

「ちょっと……」

「この建物自体が古いからね。どうかしたら昭和じゃない？　建てたときは、オートロックとか考えもしなかったんだろう。その分、家賃が安いらしいけど」

「なるほど……」

「でも今時のマンションより構造はしっかりしてるし、あいつらの部屋は十二階だから眺めもいい」

「もしかして花火が見えたりします？」

「花火？　ああ隅田川《すみだがわ》のね。見えるよ。あんまり大きくはないけど」

「うわーいいなあ……私、花火は大好きなんですけど、人混みが苦手だから……」

「わかる。大きな花火大会だと、人を見に来たんだか、花火を見に来たんだかわからなくなるよね」

「でしょう？　でも、自宅からならそんな心配もなく見られますよね。羨《うらや》ましいです」

「じゃあ、今年の夏は花火宴会だね。ここに乗り込んで見せてもらおう」

「そんなこと勝手に決めて大丈夫ですか？」

「平気、平気」

　至って気軽な発言を続けながら、蓮斗はエレベーターを降りる。右のほうに少し歩いた先が、麗佳夫婦の家だった。

　チャイムを一度鳴らしただけで、開けてもらうのも待たずに中に入っていく。『勝手知ったる』を絵に描いたような振る舞いだった。

「おーい、迷子を保護してきたぞー!」

「いらっしゃーい! 結婚式ぶりー!」

奥のほうから浩介の声がする。確かに、麗佳には週に五日は会っているし、蓮斗にも何度も会っているが、浩介とは結婚式以来の再会だった。

水仕事でもしていたのか、手を拭《ふ》きながら麗佳が出てきて呆れ顔で言う。

「迷子を保護って、ほかに言い方があるでしょ」

「迷子にさせた張本人がなに言ってんだか」

「あら、せっかく『騎士役《ナイト》』をやらせてあげたのに」

「騎士って……。梶倉さんはこんな騎士はいやだろ」

「どうかしらね。まあいいわ。とにかく入って」

日和の気持ちを知っている麗佳は、にやにや笑っている。

こんな『匂わせ』はやめてーと思いながらついていくと、広い部屋があった。大きなテーブルがカウンターにくっつけて置かれ、カウンターの向こうには流しや調理台が見える。

確かに建物自体は古そうだが、インテリアはシンプルで床に余計なものはひとつも置かれていない。日和の家では障害物が多すぎてロボット掃除機は使えそうにない、と母が常々苦笑しているが、この部屋なら便利なあの機械も自由自在に動き回れる。実際に彼女がロボット掃除機を使っているかどうかはわからないが、いかにも麗佳らしい清潔で心地のいい空間だった。

麗佳はカウンターの中に入り、包丁を握る。どうやら今までかまぼこを切っていたらしい。

「なにかお手伝いすることは……」

いきなりどっかと腰を下ろすのは不躾《ぶしつけ》すぎるし、気遣いができない女だと思われたくない。そんな日和の気持ちを察しているのか、麗佳は日和に大きな丸皿を渡した。

「助かるわ。私はこれをすませちゃうから、唐揚げとか盛り付けてくれる？　菜箸《さいばし》はそこにあるのを使ってね」

流し台の端っこ、ガスコンロにぎりぎりの場所に金属製のバットが置かれている。中には揚げ物がたっぷり載せられていた。

「うわ、すごい量……。これ、ぜんぶ載せちゃって大丈夫ですか？」

「大丈夫よ。今日はほかにもお料理があるからこれぐらいにしたけど、いつもならもっと作るわ」

このふたり、馬ほど食べるから、と麗佳は笑う。そこで背後にあったオーブンレンジが、チーン！　と鳴り、浩介がカウンターの中に入ってきた。

「麗佳、これはこのままでいいの？」

「ちょっとだけグリルで炙《あぶ》って。アルミホイルを敷いておいたから、移してくれる？

あ、熱いから気をつけてね」

　了解、とオーブンレンジのドアを開け、浩介が皿を取り出す。

　そこで麗佳が、日和を見て言った。

「ごめんなさい。これ、あなたのお土産なんだけど、勝手に温めちゃった」

　改めて見ると、皿の上に載っていたのは手羽先、確かに日和が名古屋で買ってきたものだ。冷凍されていたので保冷バッグごと蓮斗に預けたが、『お土産宴会』の開始時刻に合わせて用意してくれたのだろう。

「そんなのぜんぜん……っていうか、もっと早く来てお手伝いすべきでした」

「いいのよ。大した手間でもないし、早くから温めても冷めちゃうだけだし」

　宴会用にしても、普段の食事にしても、慌ただしいのは食べる直前だけだ。それすらも、熱いものは熱く、冷たいものは冷たく食べたいという欲求を追求しすぎなければ、大騒ぎにはならない。

　準備段階では自分の好きなようにやりたいし、いくら普段から一緒に働いている日和といえども、早くから来てもらったら少しは気を遣う。今、このタイミングで手伝ってもらうだけで十分だ、と麗佳は言う。

　言われて見ればそのとおりだが、蓮斗は二時間半も前に呼び出されたはずだ。やはり、自分とは気心の知れ方が違うんだろうな……と少し落ち込んでしまう。

　だがそこで、微妙に陰った日和の表情を読んだように麗佳が言った。

「そういえば、駅前で蓮斗に会ったみたいね」

「あ……はい……」

「北斎を観に行ったんですってね。だったら蓮斗も連れてってくれたらよかったのに」

「でも、早めに来てほしいって浩介さんに呼び出されたって……。お手伝いが必要だったんじゃないんですか？」

そこで手羽先をグリルに移していた浩介が、ぶほっと噴き出した。麗佳にじろりと睨《にら》まれ、気まずそうに謝る。

「ごめん……」

「ごめんじゃないわよ。聞いてよ梶倉さん。こいつってば、早めに蓮斗を呼び出してなにをしてたと思う？」

「お手伝いを頼まれたって聞きました。お酒の買い出しだとばかり……」

「だったらまだ許せるわ。でも違うの。買い出しは買い出しでも、行き先は秋葉原《あきはばら》」

「秋葉原に大きな酒屋さんがあるとか？」

「あるにはあるわ。日本酒の品揃えがすごいお店が。でも、こいつらの目的は電器屋……というかパソコンショップね。怪しげなジャンクパーツを抱えて帰ってきて、そこからふたりがかりでパソコンの改造。お酒なんてとっくに買ってあったのに変だと思ったら……」

「だからごめんって！　本当はパーツを買うだけで済ますつもりだったんだけど、蓮斗が教えてくれたパーツ屋があまりにもすごくて、つい興奮しちゃって……それに、中をいじるとなったら、断然蓮斗のほうが詳しいし……」

「まったく……今日はお土産中心で、パックを開けるだけとかせいぜい温めるぐらいで食べられるものばっかりだったからよかったけど、普通のパーティーだったら許されない行為よ」

「そんなに怒るなよ、麗佳。仕事に使ってるパソコンなんだから、浩介がスペックを上げたがるのは当然だよ」

「蓮斗も蓮斗よ！　なんでわざわざ今日に限って、そんなマニアックなパーツ屋に連れて行くのよ。もうちょっとTPOを心得てると思ってたわ！」

「ごめん……でも、デザートだって買ってきたんだから許してくれよ」

「嬉しいけど、それとこれとは話が別！」

麗佳は日和よりも五センチぐらい背が高いが、それでも浩介や蓮斗よりはずいぶん低い。その麗佳が男ふたりを見上げつつ叱りつける様は、なかなかの見物だった。

それに、日和が盛り付けた揚げ物は、鶏《とり》の唐揚げ、野菜の肉巻きをフライにしたらしきもの、どう見ても手作りとしか思えないサイズのコロッケ……と多様だ。鶏の唐揚げにしても、市販の唐揚げ粉ではなく片栗粉が使われているので、下味が付けてあるに違いない。もしかしたら、サラダや汁物だって手作りしているかもしれない。

ただパックを開けるだけとか、せいぜい温めるだけとか、慌ただしいのは食べる直前だけとか言っていたが、浩介と蓮斗がパソコンに夢中になっている間に、ひとりでこれだけの揚げ物の用意をしたとしたら、さぞや大変だっただろう。麗佳が怒るのも無理はなかった。

「本当に済みませんでした！　以後気をつけます、ってことで、始めようよ。せっかく麗佳が作ってくれた揚げ物が冷めちゃう」

「そ、そうそう。ほら、手羽先もいい感じにパリッとしたし！」

へこへこしながら浩介が手羽先をグリルから出す。レンジで芯《しん》まで温めたあと軽く炙った手羽先は、表面で細かい脂が躍り、見ているだけでお腹が鳴りそうだ。揚げ物だってどんどん冷めていく。早く食べたほうがいい、という意見は正論だった。

「そうね。じゃ、始めましょうか」

ひとしきり文句を言って気が済んだのか、麗佳はかまぼこを並べた皿を持ってテーブルに向かう。その後ろから手羽先の皿を掲げた浩介が続くのを見て、蓮斗が笑いだす。

「女王様がお付きを従えてるみたいだ。おまえらの力関係は永遠に変わりそうにないな」

「うるさいわね！」

「うるせえ！」

「はいはい、台詞《せりふ》のシンクロありがとう。似合いの夫婦に間違いはないな。梶倉さん、その皿もらうよ」

蓮斗はカラカラと笑いながら揚げ物の大皿を受け取り、テーブルの真ん中に置く。テーブルの上には、それぞれの箸と箸置き、取り皿、醬油《しょうゆ》や塩胡椒《こしょう》、ソース、チューブの山葵《わさび》なども出されている。手羽先の皿を置いた浩介がまたカウンターの中に戻り、冷蔵庫を開けながら訊ねた。

「梶倉さん、飲み物はなにがいい？」

正直、一番に訊かないでーと思ったが、浩介にしてみれば、好みがわからないのは日和だけなのだろう。その証拠に、彼の手はすでにビールを取りだしていた。独特な形の小瓶だから、おそらくクラフトビールだろう。

「俺と麗佳はビールからだけど、酎《ちゅう》ハイもあるし、日本酒もウイスキーもワインもある。好きなものを言って」

「俺には訊いてくれないのかよ」

「おまえもビールだろ。俺様がはるばる小田原《おだわら》から運んできた地ビール。かまぼことセットで呑みやがれ」

「うーん……かまぼこなら日本酒のほうが、って言いたいところだが『箱根《はこね》ビール』か。揚げ物にはビールのほうが合うし、ビールだな」

「だろ？　梶倉さん、このビールはかまぼこ会社が、和食に合うように考えて造ったビールなんだ。もしよければ試してみない？」

「そんなビールがあるんですか……じゃあ、私もビールをいただきます」

「了解。じゃあみんなしてビールで乾杯だ」

「浩介、野菜室にグラスが冷えてるから、それも」

「そんなに一度に持てないよ」

「お盆ってものがあるでしょ」

「はいはい、女王様。仰せのままに」

そこでまた蓮斗が笑いだす。夫婦漫才のようなやりとりで、ようやく『お土産宴会』が始まった。

「で、梶倉さん。『一筆書き切符』の旅はどうだった？」

乾杯のあと、早速蓮斗に訊ねられた日和は、考え考え旅の様子を語った。

偶然とはいえ、御開帳寸前の善光寺を訪れたことを浩介はとても褒めてくれた。

「寸前、っていうのがすごくいいよね。三月末ならほぼ準備は調ってただろうし、もしかしたら回向柱も納まったあとだったんじゃない？」

回向柱とは、御開帳が終わったあとに建てられる柱のことで、御開帳のシンボルとされている。御本尊の指先と回向柱を繋《つな》ぎ、回向柱に触れれば御本尊に触れたのと同じ御利益があるという。善光寺の御本尊は秘仏で触ることはおろか見る機会も極めて少ないので、回向柱の存在はより価値が高い。

善光寺のホームページによると、回向柱の受け入れ式が三月二十七日におこなわれたそうなので、日和が訪れたときにはすでに善光寺内に回向柱があったということになる。

「そうみたいですね。たぶん、まだ御本尊とは繋がれてなかったでしょうけど」

「それでも、御開帳は始まってたみたいなものよ。私がもらった七味にだってちゃんと『御開帳缶』って入ってたし」

麗佳の言葉に、蓮斗が驚いて言う。

「あれ、そんなのもらったの？」

「え、蓮斗はもらわなかった？　それは悪いことを言ったわね」

そこでふたり、いや浩介も含めて三人が日和を見た。だが、日和にしてみれば『ちょっと待って』だった。七味はちゃんと蓮斗の分も買ってきたし、すでに渡している。

実は、蓮斗が指定したあまり漬け込まれていない野沢菜漬けは、賞味期限が早かった。漬け物だから多少は大丈夫だろうとは思ったけれど、風味が損なわれるかもしれないし、期限切れを渡すのもいやだったため、麗佳に頼んで浩介経由で蓮斗に届けてもらった。麗佳夫婦と蓮斗用に分けて野沢菜漬けと七味、お菓子もいくつか入れて渡したのだが、どうやら蓮斗の分に七味を入れ忘れたらしい。

「すみません。お渡ししたと思ってました……」

「あ、ごめん。そういう意味じゃなくて、俺がもらったのは『御開帳缶』じゃなかったから」

「あ、入ってたんですね。よかった。私、蓮斗さんは、『御開帳缶』よりもそっちのほうがいいかなと思っちゃって……」

「おい蓮斗。お土産をもらっておいて文句を付けるなんて失礼だぞ」

浩介に軽く責められ、蓮斗は慌てて言い返す。

「文句なんて言ってないよ。むしろ喜んでる」

「喜んでる？　蓮斗はどんなのをもらったんだよ」

「『ゆけむり十五周年記念』ラベルつきのやつ」

「ゆけむり……？　あ、長野電鉄の特急か！　そっちのがレアじゃねえか！」

ずるいずるいと騒ぎ出した浩介に、蓮斗は得意満面だった。

「やっぱりそうだよな！　俺も見た瞬間、おーっ！　って思ったもん。さすが梶倉さん、わかってるねえ、ってさ」

「ごめんなさい！　『ゆけむり十五周年記念』のほうはひとつしか買ってきてなくて、こんなことならどちらにも『御開帳記念缶』を渡せばよかった。でも、蓮斗は『ゆけむり十五周年記念』をこんなに喜んでくれている。やはり蓮斗に渡して正解だった気もする。

麗佳さんはそういうのあんまりこだわらないかと思って……」

テーブルには麗佳夫婦が並んで座り、浩介の向かいが蓮斗、その隣が日和となっている。蓮斗と浩介に交互に謝る日和を見て、麗佳が浩介の頭をぱしっと叩《たた》いた。

「文句付けてるのは浩介でしょ！　ごめんなさいね、梶倉さん。この七味はとっても美《お》味《い》しいから、いただけただけで私はすごく嬉しいわ。それに、私ならパッケージにこだわらないだろう、って判断も大正解よ。御開帳だろうがゆけむり十五周年だろうが、中身は同じ七味なんだから」

「そうそう、同じ同じ」

「そうそう、って……だいたいおまえが悪いんだろ。『そんなのもらったんだ』とか言われたら、気になるじゃないか」

「やめなさい、ふたりとも。梶倉さんが困ってるじゃないの」

「あ、ごめん……」

「俺もごめん。俺はちょっと『鉄オタ』も入ってるから、『ゆけむり十五周年記念』はものすごく嬉しくて、つい自慢したくなっちゃったんだ」

男ふたりにぺこりと頭を下げられ、日和はますます申し訳なくなる。接点がある人たちには同じものを渡すべきだとわかっていても、やっぱり特別なものを蓮斗に渡したい。

この小さなトラブルは、そんな気持ちが招いたものだった。

「本当に済みませんでした。今度から気をつけます」

「梶倉さんが気をつける必要なんてないわ。それに、いつもお土産を買ってきてくれるけど、そんなに気を遣わなくてもいいのよ？」

「麗佳、それは言っちゃだめだよ。お土産を買うのも旅の楽しみの一部。特に梶倉さんは、まだひとり旅を始めて三年だろ？　いろいろ買いたくなるのは無理もないし、お土産をもらえるんだから、ありがたいじゃないか」

「そう言われればそうね。ごめんね、梶倉さん。お楽しみを邪魔するようなことを言って」

浩介の言葉に、麗佳が素直に頷く。

言いたい放題しているようで、聞くべきことは聞き、悪いと思ったら正す。やはり麗佳と浩介は、羨ましくなるほどお似合いの夫婦だった。

「ま、御開帳の雰囲気はちゃんと味わえて、人混みに揉《も》まれもしなかった。渋温泉を堪能し、振り子列車にも負けず、名古屋で世界一のプラネタリウムも見られた。総じて、いい旅だったってことかな？」

蓮斗にさらっとまとめられ、日和はこくりと頷いた。

「そのとおりです。名古屋駅のきしめんも美味しかったし、途中下車できないって言われたときはどうしようかと思いましたけど、ちゃんと降りられました。それに、『天むす』も名古屋駅で買えたんです！」

思わず声が大きくなった。

日和が名古屋を訪れたのは火曜日の午後から水曜日にかけてだった。大須商店街にあった『天むす』の店は、火曜と水曜が休みだったために食べることができなかった。しかもインターネットで調べたところ、その『天むす』の店は市内にいくつもあるがどの店も水曜日は定休日、今回は縁がなかったと泣く泣く諦《あきら》めた。

それだけに、名古屋駅で『天むす』を見つけたときの喜びは大きく、思わず「やったー！」と拳《こぶし》を握った。ただでさえ長野で買ったお土産が重い上に、すでに手羽先やらお菓子やら買い込んだあとだったのに、五個入りの『天むす』を三つも買ってしまったほどだ。

荷物はとんでもない重さになったけれど、微塵《みじん》も後悔しなかった。なにより、新幹線の中で早速食べた『天むす』は塩気がはっきりしていて、疲れた身体に沁《し》みわたった。添えられたキャラブキの濃い醤油味と微《かす》かな甘みにさらに食欲をかき立てられ、あっという間に完食、危うく両親へのお土産の分にまで手を出すところだった。

『天むす』について熱く語る日和に、麗佳が優しい眼差しで言う。

「やっぱり旅っていいわよね。その土地ならではの美味しいものに出会えて。美味しすぎて、いっそ知らなきゃよかったって思うこともあるけど」

「ですね……。しばらくは『天むす』に焦がれちゃいそうです」

「わかるわー。私も『天むす』は大好き。梶倉さんが買ったのって、緑色の包み紙のやつ？」

「そうです」

「あれ、美味しいわよね。小さくてコロンとしてて、海苔《のり》がいい感じにしっとりしてて、プリプリのエビが入ってて……あー、思い出しただけで食べたくなっちゃう！」

『天むす』について語り合う麗佳と日和に、浩介が首を傾げた。

「え、でも『天むす』って東京でも買えるんじゃないの？　確か東京駅の地下街に店があったよね？」

「あるにはあるけど、このふたりが言ってるのはそことは違う店だと思う」

蓮斗の言葉に、浩介はさらに怪訝《けげん》な顔になる。おそらく『天むす』の有名店はひとつしかないと思っているのだろう。

「東京駅の地下街で買えるのもすっごく美味しいけど、梶倉さんが買ったのとは別のお店よ。東京で買えるのはエビの天ぷらが見えてるやつだけど、梶倉さんが買ったのはおにぎりの中にしっかり隠れてるタイプ」

「そうです。私、東京で買えるのしか食べたことがなかったんですけど、どうやら発祥は私が名古屋で買ったお店のほうらしいです」

「正確には、発祥のお店は三重県津市にあって、名古屋にあるのはその暖簾《のれん》分けらしいけど、東京にあるお店とは別ってことに間違いないわ」

「そうなんですってね。私はてっきり名古屋のものだと思ってましたから、びっくりです」

「というか、三重も呑気《のんき》だよなあ。『天むす』しかり、『味噌《みそ》カツ』しかり、『ひつまぶし』しかり。軒並み名古屋飯ってことになっちゃってる」

呆れたように言う蓮斗に、麗佳が驚きの声を返す。

「え、それ全部三重発祥なの!?」

「らしいよ。あと、イチゴ大福とか鯛焼《たいや》きも三重発祥じゃないかと言われてる」

「だったらもっとアピールしたらいいのに。つくづくのんびりしてるのねえ、三重の人って」

「そういう土地柄なのかもね」

いつのまにか三重の土地柄にまで話が及ぶ中、ビールも料理もどんどんなくなっていく。こういうのも手八丁口八丁というのだろうか、という疑問が浮かんでしまった。

「で、蓮斗の出張はどうだったの？」

そういえばそうだった、と思っていると、浩介が告げ口をする。

「こいつ、『お土産宴会』をやるって決まったあと、無理やり出張しやがったんだ」

「無理やりって言うなよ。取引先から打ち合わせの要請があってだなあ……」

「要請はあったけど、わざわざ行かなくてもオンラインで十分な案件だった」

「いやいや、ずっとオンラインばっかりだったし、たまにはちゃんとご挨拶《あいさつ》に伺わないと。なにより相手会社の担当が替わったんだ。顔合わせはしておいたほうがいいに決まってる」

「だったらあっちが来い、って話じゃね？　下請けなんだから」

「浩介、そうやって下請けを見下すような言い方はよくないぞ。下請けがいてくれなきゃ成り立たない仕事はたくさんあるんだからな」

「はいはい、おっしゃるとおりです。でもおまえ、『お土産宴会』がなくても出かけたか？」

「う……」

「ほら見ろ！」

浩介が鬼の首を取ったように笑った。

いずれにしても、蓮斗は下請け会社を見下すような人じゃないし、『お土産宴会』を楽しみにしてくれていたこともわかった。たとえそれが日和に会うことではなく、宴会そのものへの期待だったとしても、嬉しいことに変わりはなかった。

「そんなにうるさく言うなら、おまえは酒を呑むな。あー残念だなーせっかくいい酒を買ってきたのに！」

そう言いながら、蓮斗は冷蔵庫に向かう。黙って開けるのかと思いきや、そこで麗佳に声をかけた。

「麗佳、開けちゃっていいよな？」

「どうぞ、どうぞ。蓮斗のお土産は野菜室に入ってるわ」

「了解」

そんなやりとりのあと、蓮斗がテーブルに持ってきたのは緑の瓶に白いラベルが貼られた涼しげな四合瓶だ。ラベルに流れるような字体で書かれた銘柄を見るなり、浩介が歓声を上げた。

「『伯楽星《はくらくせい》』だ！」

「知らなかったのか？　俺が来てからずっと入れてもらってあったのに」

「野菜室なんて開けなかった。うわ、しかもこれ純米吟醸じゃねえか！」

「軽くて柑橘《かんきつ》系の香りが最高で、キレがよくてぐいぐいいける宮城が誇る銘酒。おまえが大好きな酒だし、おまえの土産の干物にもぴったりだからってわざわざ探して買ってきた。パソコンが二台も入った鞄《かばん》の上にこの酒……重くて大変だったんだぞ。ありがたく思いやがれ」

「ごめん。悪かった。おまえが正しい。もう一から百まで蓮斗様のおっしゃるとおりでございます！」

「だよな」

余裕綽々《しゃくしゃく》の態度で、キャップを捻《ひね》る蓮斗。ペコペコしながら日本酒用のグラスを出してくる浩介。

麗佳は大笑いしているし、日和も笑いを堪《こら》えきれなくなる。

――麗佳さんの結婚式のときにも思ったけど、蓮斗さんって、浩介さんや麗佳さんといると小学生みたいになる。やっぱり気心が知れてるからだろうなあ……

蓮斗は博識で、旅行に限らずいろいろなことを教えてくれる。頼りになる人に違いないが、こんなふうに友だちとじゃれ合う姿もとても魅力的だ。

ただ彼が魅力的だというのではなく、この空間そのものが堪《たま》らなく心地よい。もしかしたらふたりきりでいるよりも、楽しいかもしれない。

あまりにも情けない話だが、日和は蓮斗とふたりきりになるとドキドキしすぎる。心臓に直接イヤフォンでも繋げたのかと思うほど、鼓動が耳に響いてくる気がする。蓮斗は話し上手なので、ふたりでいても気まずい沈黙に悩むことは少ないけれど、やっぱり緊張してしまう。他に人がいなければ蓮斗の注意は常に自分に向くし、変な受け答えをしたらどうしようと思ってしまうのだ。

けれど、日和以外の人、特に浩介と麗佳がいてくれればそんな心配はない。彼らの会話を聞いているだけで楽しい上に、三人が三人とも上手に日和を会話に入れてくれる。蓮斗が日和に向ける注意は三分の一、でも日和は浩介たちとじゃれ合っている蓮斗を存分に眺められる。日和にとってこんなに都合のいいことはなかった。

美味しい酒と各地からのお土産と心地よすぎる空間――せっかく仲間に入れてもらえたのだから、しばらくはこのままでいたい、という気持ちと恋を叶《かな》えたい気持ちがせめぎ合う。

告白して断られれば、蓮斗だけではなくこの心地よい空間までも失ってしまう。絶対断られないという自信がなければ、告白なんてできない。だが、そんな自信を持てる日が来るだろうか。

現時点での答えはNOだ。結局、いつまでもこのままで、ある日突然、蓮斗に恋人ができたことを知る羽目に陥りそうだ。

浩介は、蓮斗がもったいぶって注いだ日本酒を呑んで目を細める。さっきはビールにぴったりだといっていたかまぼこを山葵醤油に浸して食べたあと、満足そうに頷く。

蓮斗は手羽先を丸ごと口に入れ、骨だけを器用に取り出して悦に入る。麗佳も真似してやってみたのにうまくいかなくて地団駄を踏む。普段から浩介や蓮斗に対して『姐《あね》御《ご》』っぽい言動をしているだけに、蓮斗ができて自分ができないという状況が許せないようだ。

「蓮斗のくせに生意気！」

誰もが知っている猫型ロボットアニメに出てきそうな台詞のあと、もう一回丸ごと手羽先を口に入れるがやっぱりうまくいかない。面白がって浩介がやってみたらあっさり成功して、さらに麗佳が悔しがる。

賑《にぎ》やかで楽しくて、日和にとってはほんのちょっぴり悩ましい。そんな時間があっという間に過ぎて行った。

半ダースのビールと日本酒の四合瓶、さらに白ワインを一本空にしたあと、浩介と蓮斗は『あかし』を呑み始めた。

スーパーでもよく見かける明石《あかし》産の地ウイスキーで、日和の父も愛飲している。なんでも、イギリスから輸入した大麦麦芽を使った本格的なスコッチタイプのブレンディッドウイスキーで価格も手ごろ、淡麗辛口で気軽に楽しめるそうだ。

大量の揚げ物、手羽先、かまぼこはあっという間になくなり、浩介のお土産の干物や日和が買ってきた西京《さいきょう》漬けも日本酒より先に消えた。

そのあと麗佳が出してくれたサラダを見て、浩介が出してきたのがこの『あかし』だった。浩介曰《いわ》く、シーザーサラダドレッシングを使っているし、生ハムとサイコロに切ったクリームチーズがたっぷり入っているから、ウイスキーのつまみにぴったりとのこと。

麗佳は慣れっこらしくて平然としているが、日和は、これだけ呑んでも酔っ払う気配もないふたりに目が点になりそうだった。しかも蓮斗と浩介は、ただ雑談しているのではなくパソコンの改造について議論を戦わせているのだ。

啞然としている日和に、麗佳が訊ねた。

「梶倉さんもウイスキーを呑む？」

「いえ……私はもうお酒は……」

「あらそう。じゃあ、お茶漬けでも作ろうか？」

「せっかくですけどそれも……。実はかなりお腹がいっぱいで」

「そっか。じゃあ、お茶でもいれるわ。コーヒー、紅茶、日本茶、どれがいい？」

そう言いながら立ち上がった麗佳に、浩介が声をかけた。

「麗佳、デザートを出してあげてよ。甘い物なら食べられるでしょ」

「あ、そうだったわね！」

麗佳はにわかに嬉しそうな顔になり、冷蔵庫に向かう。大切そうに掲げ持ってきたのは、赤と白の紙箱だ。テーブルに置くなり蓋《ふた》を開け、中を見せてくれる。箱の中には、様々なフルーツやクリームを使ったタルトが四種類入っていた。

「どれがいい？」

「うわあ、全部美味しそうですねえ」

「でしょう？　困っちゃうわよね。いっそ全部同じのを買ってくれればいいのに」

「それはそれで怒るくせに。選ぶ楽しみがない、とかなんとか言ってさ」

浩介の指摘に、麗佳はあっさり詫《わ》びた。

「ごめん。せっかく買ってきてくれたのに文句なんか言っちゃだめよね」

「なにも言わずに大喜びされても麗佳らしくないけどね」

「それもどうなの？　まあいいわ。で、梶倉さんはどれにする？」

「麗佳さんが先に選んでください。私は決められそうにありません」

「とは言っても、私も迷っちゃう。ミックスフルーツとマンゴーは前に食べたことがあるからいいにしても、この真っ赤なイチゴのも食べたいし、ブドウのも捨てがたいのよね」

決められそうにないほど美味しそう、と麗佳は嘆く。

同感です、と言いながらタルトを見ていた日和は、ふと既視感を覚えた。以前、日和が仙台《せんだい》で桃のタルトを食べたとき、隣の席の人がミックスフルーツタルトを食べていた。目の前にあるミックスフルーツタルトは、あれにそっくりだ。

タルトなんてどれも似たようなものかも知れないが、あの店は仙台だけではなく全国各地にあるし、ソラマチにも出店していたはずだ。もしかしたら、同じ店の物かもしれない。

「浩介さん、これって、もしかしてソラマチで買われました？」

「そうだよ。よく知ってるね。行ったことあるの？」

「仙台で食べました」

「けっこう並んだんじゃない？」

「それが、たまたま空《す》いててすぐに入れました」

「そりゃラッキー。東京はどの店も行列してるよ」

浩介の言葉で、麗佳がはっとしたように言った。

「ってことは、今日もけっこう並んだ？」

「それは大丈夫。前もって予約しておいたから、行列なんてすっ飛ばして受け取ってきた」

「あら、いつの間に。ずいぶん気が利くわね」

「それぐらいしないと、秋葉原突撃の罪は許されそうになかったからね」

「そこまでわかってて、なんでやるのよ！」

「うわあ、やぶ蛇！」

肩をすぼめた浩介を一瞥《いちべつ》したあと、麗佳が訊ねてきた。

「梶倉さん、仙台ではなにを食べたの？」

「桃のタルトです。それもすっごく美味しかったんですけど、隣の人がミックスフルーツを食べてて、あれも美味しそうだなって……」

「あら、そうだったの。じゃあ、梶倉さんはミックスフルーツにする？」

「え……っと……」

言葉に詰まった日和を見て、蓮斗が大笑いした。

「ミックスフルーツは定番だから、いつでも食べられる。だったら……って思ってない？」

「なんでわかるんですか……」

「なんとなく。でも、ミックスフルーツも季節によってちょっとずつ変わるらしいよ。定番だからこそ、一度食べてみるのもいいんじゃない？」

「なるほど……じゃあ私はミックスフルーツにしようかな……」

「選択肢が全然減らないわ……蓮斗はどれがいい？」

「俺はマンゴーがいいな」

「やった！　それなら、イチゴとブドウをシェアできるわ。浩介、半分こね」

麗佳が目を輝かせた。両方味わえるのが、よほど嬉しいのだろう。浩介がほっとしたように言う。

「わかった、わかった。なんならふたつとも食っていいぞ」

「やだ、太るもん」

あっさり言い返し、麗佳はデザート皿とフォークを持ってくる。両方はいらない。でも、タルトのシェアなんて、よほど仲のいい友だちか家族じゃないとできない。麗佳にしてみれば、願ったり叶ったりの状況だった。

ところが、大喜びでタルトを皿に移す麗佳を見ているうちに、日和はなんだか妙な気分になってきた。なぜそんなことを考えたかわからないが、ふと、蓮斗がマンゴータルトを選んだのは、麗佳のためではないかと思ってしまったからだ。

こういう場面なら蓮斗は「俺は残ったのでいいよ」なんて言いそうな気がする。にもかかわらず、彼はマンゴータルトを指定した。彼は、麗佳がもともとイチゴとブドウで迷っていたのを知っている。日和にミックスフルーツをすすめたのも、麗佳と浩介にイチゴとブドウを残すためだったのではないか……

ほかのタルトが食べたかったわけではない。ミックスフルーツを食べたいと思ったのも間違いない。それでもなんとなく、蓮斗にとっての優先順位は、自分より麗佳のほうが上だと突きつけられたような気がした。

さらに、もっと恐ろしい考えが頭に浮かぶ。

もしかしたら、もともと蓮斗は麗佳のことが好きだったのではないか。仲良し三人組の中で恋の争いが発生し、浩介が勝利した。

そういえば日和が蓮斗と知り合った当時、彼は麗佳の恋人だと思っていた。あのとき、麗佳は大笑いしながら否定したが、それはあくまでも麗佳の気持ちであって蓮斗がどう思っているかはわからない。親友たちの幸せを祈る陰で、涙を呑んでいた可能性だってある。

こうやって『お土産宴会』を開くのも、なにかと日和を気にかけてくれるのも、すべて麗佳のため、彼女によく思われたいからだとしたら……

――そんなこと考えちゃダメ！

必死に自分に言い聞かせる。

十中八九僻《ひが》みに違いない。むしろ、そうであってほしいと願う。たとえ日和に特別な気持ちを持っていないにしても、蓮斗がただのいい人、困っている人を捨てておけない性格だというほうがまだ耐えられる。

すべてが麗佳のためだった。しかも、麗佳にも浩介にも気取られないよう、蓮斗はこれまで必死に気持ちを隠してきた。それでもやっぱり彼らから離れることができなくて、心の中で泣きながら付き合い続けているとしたら……

そこまで考えたとき、麗佳の声が聞こえた。

「どうしたの、梶倉さん？　どこか痛い？」

「ほんとだ。なんか、顔色が悪いよ」

心配そうに言う浩介に、蓮斗が怒ったように返す。

「呑み過ぎたんだよ。おまえがどんどん注ぐからだ！　注がれたら呑むだろうに」

「ごめん。つい麗佳と同じペースで行けるかなと……」

「麗佳は特別だよ！」

麗佳は特別、麗佳は特別……

耳の中で蓮斗の声がこだまする。

振り払うように、無理やり微笑んで答えた。

「大丈夫です。酔ってないと思います。別にふらふらもしませんし、どこも痛くありません」

「そう？　ならいいけど……タルト食べられそう？」

「もちろん！　桃のタルトがあまりにもおいしくて、いつかミックスフルーツのタルトを食べたいと思ってたんです。だから、絶対食べます！」

そう言うなり、フォークを手に取った。真っ先に目についた真っ赤なイチゴを突き刺し、精一杯の笑顔で頬張る。正直、味なんてろくに感じなかったけれど、ほかの三人もほっとしたように食べ始めたから、空元気の効果はあったのだろう。

タルトを食べたあと、麗佳の家を出た。絶対に美味しいに違いないのに砂みたいに感じてしまった自分がつくづく情けなかった。

日曜日の朝、スマホを確認した日和は画面が真っ暗になっていることに気付いた。おそらく夜の間に充電が切れたのだろう。

スマホのアラーム機能を目覚ましに使っているため、普段なら充電残量を確かめてから寝るのだが、昨日は忘れてしまった。それほど心身ともに疲れ果てていたのだろう。日曜日でよかった、と思いながら充電器に繋ぐ。数秒後、明るさを回復したスマホの画面にメッセージの着信通知が表示された。

確かめてみると発信者は麗佳で、内容は『無事に帰れた？』というものだった。すぐに返信を打つ。現在時刻は午前九時半、会社の先輩に連絡を取るには微妙な時刻だが、メッセージなら問題ないはずだ。

『無事帰れました。昨日はありがとうございました。お土産宴会とっても楽しかったです』

『お土産宴会』については触れたくもなかったけれど、ここでお礼を言わないのは失礼すぎる。たとえ駅まで一緒だった蓮斗が忘れ物をしたと言って引き返し、日和はひとりで電車に乗ることになったとしても、麗佳の責任ではない。

日和が家に着く直前、蓮斗から無事に帰宅したかどうかの確認メッセージが送られてきたが、その時点でまだ彼は麗佳の家にいたようだ。

『浩介に捕まっちゃった。これからまたパソコンいじりだよ』というメッセージには、涙を飛ばすペンギンのスタンプが添えられていたが、本当に嘆いていたかどうか定かではない。むしろ三人で、いや、麗佳と過ごす時間が増えたことを喜んでいたのではないか──そして日和はさらに絶望的な気分になり、半ばふて寝状態でベッドに入ったのである。

麗佳のせいじゃない。そんなことは百も承知だ。だからこそ、一生懸命平静を装おうとしているのだ。できれば簡単なやり取りで終わってほしかった。それなのに、数分後にスマホが発したのはメッセージではなく、電話の呼び出し音だった。

「おはよう。今、電話してて大丈夫？」

「おはようございます。大丈夫です。あ、返信が遅くなっちゃってすみませんでした」

「とんでもない。体調はどう？」

「それも大丈夫です」

「よかった。返信がなかったからちょっと気にしてたの。帰りはひとりにさせちゃったし」

「ひとりって言っても、駅まではちゃんと蓮斗さんと一緒でしたし」

「ああ、駅までは送ったのね。ならちょっとは許せるか。まったく、あの馬鹿男たちときたら……」

「パソコン改造が始まっちゃったみたいですね」

「引き返して来るとは思わなかったわ。忘れ物が会社のIDカードが入ったカードケースじゃしょうがないけど、そのまま居座らなくていいと思わない？」

少なくとも忘れ物をしたのは本当だったようだ。そこまで疑っていたのか、と自分が嫌になるが、今の日和はマイナス思考にはまり切った状態だから仕方がない。蓮斗が嘘つきではなかったことがせめてもの救いだった。

「遅くまでかかったんですか？」

「遅くまでどころか、結局泊まりよ。あのふたり、パソコンをいじり出すと時間のことなんて忘れちゃうのよ。気がついたときには、終電が行っちゃってたわ」

「え……そういうことってよくあるんですか？」

「うーん……わりとあるわね。昔から浩介と蓮斗はお互いのところに泊まりあってたから。外に呑みに行ったときでも、近いほうの家で寝てたみたい。たぶんその感覚の延長なんでしょうね」

「それだと、麗佳さんも大変ですね」

「まあね。でもそういう人だってわかってて結婚したんだし、全然知らない人ならまだしも相手は蓮斗でしょ？　勝手にやってて、って感じ。昨日だって放りっぱなしで寝ちゃったし、起きたらふたりが朝ご飯を作ってくれたわ」

「朝ご飯……」

「簡単なものよ。トーストとコーヒー、あとオレンジぐらい切ってくれたかな？　あ、そうそう、蓮斗にオムレツを作らせてやったわ。あいつのオムレツ、けっこう美味しいから」

麗佳のためにオムレツを作る蓮斗――この三人はずっと昔からそうやって付き合ってきたのだとわかっていても、羨ましさに地団駄を踏みそうになる。

「で、またふたりして出かけていったから、こうしてご機嫌伺いと状況報告がてら電話をしたってわけ」

「心配をおかけして申し訳ありませんでした」

「ぜんぜん。とにかくすごく楽しかった。また『お土産宴会』をしましょうね。あ、お土産なんてなくても普通の宴会でいいけど」

「そう……ですね」

「また声をかけるわ。じゃあね！」

そして麗佳は電話を切った。

麗佳はいい人だ。いつだってこんなふうに蓮斗に関する情報を伝えてくれる。もちろんそれは、日和の気持ちを知っているからだろうし、日和にしても蓮斗の名前を聞けるだけで嬉しかった。さらに麗佳は、次の機会まで用意しようとしてくれている。恨みがましく思うのは、日和の心が歪《ゆが》んでいるからに違いない。

――麗佳さんには仕事でもプライベートでも散々お世話になってるのに、私はなんて嫌な性格なんだろう……

通話時間を表示したスマホの画面を見つめて長いため息をつく。気分は昨日の夜よりもさらに落ち込み、立ち直れそうなことなどひとつもないままに、日曜日が過ぎていった。

最悪の週末は、最悪の一週間を連れてきた。

月曜日から木曜日まで小さなミスが続いた。ただ、それらの大半はお気に入りのシャツを果汁で汚したとか、改札を通ろうとしたら定期の期限切れで引っかかって後ろの人に舌打ちされてしまったとか、プライベートに関わることだった。終始シャツの背中に入り込んだ切れ毛にチクチクと肌を刺されているような気分にはなったが、仕事に支障はなかった。

ところが金曜日、在庫管理システムが使えなくなった。営業部にはそういったトラブルにも対応できる人もいるのだが、あいにく出張中で不在だった。とりあえずＩＴ企業出身の斎木課長が調べてみたところ、システムそのものの不具合ですぐには直せそうもないとのことだった。

普段ならインターネットで確認できる在庫が調べられず、外回りの営業担当や取引先からの電話が鳴り止まない。営業事務だけでは対応できなくなり、総務課にも応援依頼が来た。

もちろん日和も応援に行った。幸い朝一番で出力した在庫表が見つかったため、それを見て納品可能かどうかを判断することになったが、日和は元々電話が苦手で声も小さく、何度も訊き直されたり訊き直したりと、とにかく時間がかかる。さらに取引先名と希望商品を書いたメモを紛失し、着信履歴を頼りに電話をかけ直さなければならなくなった。

そうこうしているうちにも、在庫状況はどんどん変わっていく。納品可能と答えた商品が品切れになってしまい、また慌てて電話をしたが『あると言ったんだから納めろ!』と叱られる。

結果的には月曜日に入荷予定の商品だったため、納品はできることになったものの、精も根も尽き果てた。

ただでさえ日和にあたりのきつい仙川《せんかわ》係長はここぞとばかりに叱った上に、嫌みを連発するし、課長の斎木ですら、ちょっといろいろ重なりすぎたねえ……とため息をつく。

麗佳は、滅多にあることじゃないから、と慰めてくれたけれど、わざわざ電話で連絡してきたのは、それほど急ぎでほしい商品があったからに違いないし、トラブルがあったときの対応は今後の取引を左右する。くだらないミスで印象を下げるなんて、仙川じゃなくても叱りたくなって当然だ。

幸い、その日のうちにシステムは回復したけれど、気分は落ち込んだまま戻らない。仕事もだめ、恋もだめ、もうなにをやってもうまくいかない気がする。

システムがダウンしている間も、麗佳は有能ぶりを存分に発揮していた。

在庫表から拾った主力製品の残数をホワイトボードに書き出し、注文が入るたびに数字を記入、現時点でどれぐらい残っているのかを可視化した。電話を取った人が次々と伝えてくる注文をすべて聞き取って反映させていく麗佳は、一度に七人の人の話が聞けたと言われる聖徳太子《しょうとくたいし》のようだった。

しかも麗佳がホワイトボードに書き出したのは、全商品ではなかった。限られたスペースでは書き切れない、あまり字が小さくなると離れた場所から読みづらい、と考え、よく売れていて在庫が少なそうな商品を選び出し、その的確さに営業部員が目を見張っていた。

これまでは、隣でそつなく仕事をこなす麗佳が目に入るたびに、すごいなあ、いつかああなりたいなあ、と思っていた。日和にとって麗佳は、まさしく憧《あこが》れと尊敬の対象だったのだ。

けれど今、日和の中には黒くてどろどろした気持ちが満ちている。なにもあそこまで『できる人』じゃなくていいじゃないか。麗佳があんなに素晴らしい人でなければ、蓮斗が自分を見てくれたかもしれないのに……と恨みたくなってくるのだ。

少しずつ前に進んでいると思っていたのに、振り出し以前に戻った気分だ。このままでは、これまで抱いていた麗佳への尊敬と感謝が僻みと嫉《そね》みに変わり、そのまま定着してしまう。さすがにそれは情けなさすぎる。

――こんなことじゃだめだ。なんとかして気分を変えないと！

這々《ほうほう》の体で辿り着いた終業時刻、日和は頰を両手で勢いよく叩いた。

パチンという音に、麗佳が驚いたようにこちらを見る。

「ど、どうしたの？」

「びっくりさせてすみません。ただ、今の私、あまりにだめすぎてちょっと活を入れなきゃ、って」

「そんなふうにする人、漫画でしか見たことないわ」

「私もです。でも、やってみると案外いいですね」

「痛いだけじゃない？」

「引き締まる気がします」

「うーん……ほかに方法はありそうだけど」

「もちろん、ほかにもなにか探します。気分を変えて、次はもっとうまく対処できるように」

「こんなことがたびたび起こるなんて勘弁して。でも、そうやって前向きに考えられるのはいいことね。健闘を祈るわ」

「はい」

こうやって話していても、麗佳を嫉む気持ちは消えない。麗佳も帰り支度をしているし、さっさと退社したほうがよさそうだ。

――麗佳さんは全然変わってないし、まったく悪くない。私が勝手に嫉んでるだけ。情けなくて汚い気持ちを捨てて、前みたいに素直に麗佳さんを尊敬できる私に戻る！

会社を出た日和は、早足で最寄り駅に向かう。どうすればもとの自分に戻れるのかはわからない。とにかくなにかしなければ、ただそれだけだった。

——どう考えても、私に足りないのは自信なんだろうなあ……

吊革《つりかわ》につかまって窓の外を眺めながら考える。

麗佳が優れた人であることは、最初からわかっている。仕事は言うまでもなく、今ではプライベートまで彼女に頼っている状態だ。

麗佳がべったり付き合わない、必要以上に手を貸さない性格なのでこの程度で済んでいるが、事と次第によっては『麗佳依存症』を発症していたかもしれない。

あまりにも麗佳が優秀すぎて、ただでさえ不足気味な自信が彼女の前では消失し、ついつい判断を仰いではその的確さにまた打ちひしがれる。やっぱり私なんかとは比べものにならない、という思いが頭から消えなくなる。その上、蓮斗の想いが彼女に向いているかも……などと思った日にはもうだめだ。目の前に巨大な壁が現れたようなものだった。

この状況を打破するには、自分に自信を付けるしかない。ひとつでもいいから麗佳を超えるものがほしい。いや、麗佳は関係ない。自分の中にある未熟な部分を消す。どんなに小さくてもいいから、苦手なことを克服できれば、この薄汚い気持ちを捨てられる気がした。

——苦手なことはたくさんあるけど、そう簡単に克服できそうなことなんて……

そのとき、日和の目にジェットコースターが飛び込んできた。ただし実物ではなく誰かがＳＮＳに投稿した画像だ。かなり高低差のある軌道で、いわゆる絶叫系アトラクシヨンというやつだろう。

それを見たとたん、日和ははっとした。

――そういえば、私はジェットコースターが苦手だった！　小さいころに乗って恐くて泣いてから、一度も乗ってない。こういうのを克服できたら、私だってやればできる！　って気持ちになれるかも……

どう考えてもナンセンスだ。そんなことは日和にだってわかっている。けれど仕事はすぐには上達しない。性格だって容姿だって、変えるには時間がかかるが、絶叫系アトラクション克服なら短時間でなんとかできそうな気がする。

――ナンセンスでも馬鹿みたいでもいい。大事なのは私自身を納得させることよ！苦手だったことを克服するというのは、自信を付ける上で最良の手段だ。たとえ仕事にまったく関わりないとしても、苦手なものを克服できたという事実こそが、今の日和に必要だった。

早速スマホで遊園地の場所を調べたところ、真っ先に後楽園《こうらくえん》が出てきた。後楽園ならそう遠くないし、絶叫系アトラクションもいくつかあったはずだ。

明日も明後日《あさって》も休みだが、一晩寝たら怖《お》じ気づくかもしれないし、今晩のうちに片を付けたい。

嬉しいことに、後楽園の遊園地は乗り放題方式だけではなく、アトラクションごとに料金を払って利用できる上に、五つ選んで乗れる割安チケットもある。このチケットなら、短時間かつ絶叫系アトラクションだけしか利用しない日和にもってこいだろう。

——よし、遊園地に行こう！　ジェットコースターでもウォータースライダーでも片っ端から乗ってやる！　なんならお化け屋敷だって入っちゃうんだからね！

絵に描いたようなやけくそぶりだが、勢いほど恐いものはない。鼻息も荒く、肩に力が入りっぱなしの状態で、日和は後楽園に向かった。

——恐い、恐い、恐い！　思ってた十倍恐い！

顔面蒼白《そうはく》とはこのことだった。

乗ってから降りるまでおそらく三分ぐらい、降りてからはすでに四分ぐらい経っている。にもかかわらず、現在形で表現しなければならないほど恐怖が去らない。

日和はほとんど乗ったことがないからよくわからないが、ジェットコースターというのはあんな速度で上っていいものだろうか？　ゆっくりゆっくり上って急降下、その速度差が堪らないというのが定説ではないのか。上るときからあんなに速くてどうする。しかも、敷地はかなり狭いのに隙あらば右に行ったり左に行ったりしようとするし、狭い穴は抜けるし、あまりにも建物が近い。途中でちらっと夜景が目に入ったが、堪能なんてできるわけがない。こんな勢いで走ったらレールから外れて吹っ飛んで、ビルにぶつかるんじゃないか、と生きた心地がしなかった。

唯一の救いは、今乗ったジェットコースターがこの遊園地で最大最強の絶叫系アトラクションと言われていることだ。最大最強を済ませたのだから、あとは楽になる一方、耐えられると信じるのみだった。それでも、ジェットコースターから降りて五分経った今、日和はちょっと不思議な気持ちになっている。なんとなく残念な気がするのだ。

――恐いのは恐かったけれど、もう一度ぐらいなら乗ってもいいかも。何度も乗ってみたら、けっこうはまる？　もしかしたら食わず嫌いだったのかな……

それが、ジェットコースターに乗ってみた日和の感想だった。

次に乗ったのはウォータースライダーだった。

こちらはジェットコースターより断然優雅で、ゆっくりゆらゆら進んでいき、思わずどこかに小魚でもいないかと探したくなった。

途中で目の前に壁が現れ、おいおい、こんな障害物を置くんじゃない、と思ったのもつかの間、コースが九十度曲がった。それからしばらく進んだあと、いきなりの急降下、周囲の人たちが絶叫を上げる中、水中に突っ込んでいく。もちろん先頭に乗っていた人はずぶ濡《ぬ》れ、前から五列目ぐらいにいた日和もけっこうな量の水しぶきを浴びた。とはいえ、恐かったのは一瞬だったこともあり、ジェットコースターよりもさらに楽しめた。最初に最大最強を済ませた日和の作戦勝ちだ。

――これでふたつクリア！　あとは……あの海賊船だね！

ジェットコースターもウォータースライダーも、軌道上を一定方向に動くアトラクションだが、海賊船は同一線上を行ったり来たりする。いわゆるブランコのような動きだし、小さいころはブランコが大好きだったから、それほど恐いはずがない。楽勝、楽勝と思いつつ乗り込む。

ところがこのブランコ、最初こそゆらゆらと大人しかったけれど、途中からとんでもない高さまで上り始めた。さらに上ったのだから下りるのは当然、とばかりにスイングを繰り返す。しかも、この巨大なブランコは公園や校庭にあるものと違って、自分で力加減もできなければ、途中で止めることもできない。いつ終わるとも知れないスイングにただ耐えることしかできないのだ。

乗っていた時間は三分もなかったようだが、あの大きなスイングがあと三十秒、いや十五秒でも続いていたら胃がとんでもないことになっていただろう。

これぞまさしく絶叫系アトラクション、ただし私の場合は絶叫するのは胃だ、と言いたくなる乗り物だった。

這々の体で海賊船を降りた日和は、空いているベンチを見つけて座り込む。ジェットコースターには辛勝だったものの、ウォータースライダーを余裕でクリアしたあと、こんな目に遭うとは思わなかった。

胃のむかつきが去るのを待つ間にも、ベンチの前をたくさんの人が通り過ぎていく。

ほとんどが友だち同士やカップルばかりで、ひとりで来ているのは日和ぐらいのようだ。千葉にあるのに東京だと言い張る巨大テーマパークには『おひとり様』がけっこういると聞いたが、どうやらここは誰かと一緒に来る人のほうが多いらしい。

かつてはひとりで遊園地に乗り込むなんて想像すらしなかった。ひとり旅を繰り返したおかげで、なんでもひとりでできるようになった。それは明らかな成長と言えるだろう。

立て続けに三つも乗ったがとりあえず生きている。ジェットコースターは確かに恐かったけれど、二度と乗りたくないとは思わなかった。ウォータースライダーは余裕だったし、海賊船だって途中までは楽しかったのだから、絶叫系アトラクションは克服したと言っていいはずだ。

なにより、予想以上に気持ちがすっきりしている。たぶん、海賊船で叫びまくったせいもあるのだろう。絶叫系アトラクションがストレス解消になるというのは本当らしい。

——本日の目的は達成、よくやった日和！　まとめて買ったチケットはあと二回分残っているけど、有効期間が半年もあるから、またいつか乗りに来ればいいよね！

また落ち込んだときに来よう、と思いかけて考え直す。またこんな目に遭うのは嫌だし、そのための保険を持っているのもまっぴらだ。

閉園までおよそ四十分、どのアトラクションを見ても並んでいる人はいない。待ち時間ゼロなら、チケットを使い切ることができるだろう。

午後八時五十分、日和はクスクス笑いながら後楽園駅に向かっていた。

夜の町をひとりきりで笑いながら歩く女——周りから見れば気味悪いだろうし、以前の日和なら人目が気になって仕方がなかったに違いない。けれど今の日和はまったく気にならない。それどころか、成し得た快挙に踊り出したい気分だった。

休憩を終えたあと、ベンチから立ち上がった日和はまっすぐにジェットコースター乗り場に向かった。何度も乗ったら好きになれるかもしれない、という思いを検証しようと考えたのだ。

二回目の乗車は、やっぱりちょっと恐かった。それでもどこで曲がるとかどこで上がり下がりするとかがわかっている分、一回目よりはマシだった気がする。

ジェットコースターから降りた時点で午後八時三十分、ホームページには、待ち時間がない状態で営業終了時刻の二十分から三十分前に受付終了と書かれていたから、そろそろ終わりだろう。

もう一回は無理かな……と思ったとき、三メートルほど先に、高校生ぐらいの女の子がいるのに気付いた。

女の子は腕時計とジェットコースター乗り場を交互に眺め、残念そうに俯《うつむ》く。おそらくジェットコースターに乗りたかったけれど、もう間に合わないと思ったに違いない。

服装も髪型もあまり目立ったものではなく、ちょっとおどおどした感じが学生時代の日和とよく似ている。自分を棚に上げて言うのもなんだが、よくぞひとりで遊園地に来たものだ。

もしかしたら、あの子もジェットコースターに乗って気分を変えたかったのかな……と思った瞬間、口が勝手にしゃべり出していた。

「あの、もう一回乗っていいですか？　チケットが一枚だけ残っちゃってるんです！」

係員が驚いたように日和を見た。

当然だ。この人は、日和がたった今、ジェットコースターから降りたばかりだと知っているし、たぶん一回目に乗ったときもこの人が案内してくれた。二回も乗ったのに、まだ乗るのか……と呆れられても仕方がない。

それでも、日和があまりにも必死な様子だったからか、もともと乗りたい人がいれば乗せるという方針だったのか、係員はあっさり頷いた。

「どうぞ、どうぞ！」

さらに係員は、例の女の子にも声をかける。

「乗られますか？」

「は、はい！」

駆け寄ってきた女の子とふたりでジェットコースターに乗り込んだ。

最初に案内された日和には、席を選ぶ権利がある。ジェットコースターマニアに言わせると、一番スリルを楽しめるのは先頭の席らしい。今の日和は『毒を食らわば皿まで』状態だ。いけいけどんどん！　とばかりに先頭の席に座り、後ろの席に座りかけた女の子に話しかけた。

「もし先頭がいいなら隣に……」

「いいんですか⁉」

女の子はものすごく嬉しそうな顔で隣の席に移ってきた。続いて三人組の男の子たちも乗ってきて、ほどなく、乗客五名のジェットコースターが動き出す。本日三回目、だが初めての先頭席乗車だった。

「キャー‼　キャー‼　キャー‼」

こんな細い身体のどこから……と唖然とするような声が飛ぶ。もちろん隣の女の子だ。つられて日和も大声を出す。先ほど海賊船でも相当叫んだが、その倍以上の声だ。カーブを曲がるたびに、急降下するたびに、大声で叫ぶ。三回目にして、これぞジェットコースターの真骨頂と言うべき体験だった。

「あー面白かった！」

降りた瞬間、素直にそんな声が出た。

女の子がぺこりと頭を下げる。

「ありがとうございました」

「どういたしまして。私、あんな声で叫んだの初めてだから、すごくすっきりした」

「……私もです」

「え……そうなの？」

「はい。ちょっと叫びたくなるようなことがあって、どこなら大声を出しても大丈夫かな、って考えてここに来ました。でも受付は終わってるみたいだし、誰も並んでないし、間に合わなかったのかーって。そしたらお姉さんが……」

「そうだったの。じゃあ、乗れてよかったわね」

「本当にありがとうございます。おまけに先頭席に座らせてもらえたし、思いっきり叫べました」

「私も、あなたが隣で叫んでくれたおかげで思う存分大声を出せたわ」

「よかったです。じゃあ、私はここで」

女の子は、飛び跳ねるような足取りで帰っていった。乗る前とは人が変わったようだから、さぞやすっきりしたのだろう。駅とは反対に向かったところを見ると、家は近くなのかもしれない。

去って行く彼女をしばらく見送ったあと、駅に向かって歩き出したとたん笑いが込み上げた。

——私、あんなことができるんだ！

一回分のチケットが残っていたとはいえ、明らかに受付終了時間になっているのにもう一度乗りたいと言い出すなんてあり得ない。自分にあんな大声が出せるとも思っていなかったし、見ず知らずの女の子に話しかけて隣の席に呼ぶなんて、今までの日和なら絶対にできなかった。

なにより嬉しかったのは、あの女の子とやりとりしている自分を、ちょっとだけ麗佳みたいだと思えたことだ。

絶対に敵《かな》わない、比べるのもおこがましいと思っていた。けれど、もし麗佳が同じ場面に遭遇したら、あの女の子のために係員に声をかけただろうし、隣の席にも呼んだだろう。麗佳との関係を変えることは難しいにしても、違う相手に麗佳みたいに接することはできる。

人見知り女王だった自分が人見知り姫になり、今では人見知りとは縁が切れたのではないかと思っていた。それなのに、大事な場面でまともに電話応対もできなくなり、やっぱり駄目だと落ち込んだ。緊急事態でも一切動じず、すべきことをこなしていく麗佳を見て、太刀打ちできないと思った。これでは蓮斗が麗佳に惹かれるのは当然だと……けれど、今夜の自分はけっこう頑張った。他人から見たらくだらないことかもしれないが、苦手な絶叫系アトラクションに挑み、完全とは言えないまでも克服した。困っている女の子も助けられた。

あの情けなさ過ぎる出発点を考えたら、三年でここまで来られたのなら十分ではないか。進歩や向上は望ましいけれど、立ち止まったり後戻りしたりすることもあるだろう。絶叫系アトラクションですら、前に進むだけじゃなくて、あの海賊船みたいに行ったり来たりするものもある。それでも十分アトラクションとして成り立つし、日和のようにあれがダントツ恐いと思う人間だっているのだから……

絶叫系アトラクションと同列に語ることではないか、と苦笑する。それでも、気分は来たときよりもずっと軽い。肩に入っていた力もすっかり抜けた。

——麗佳さんが魅力的な人だってことは前からわかってる。でもなにに魅力を感じるかは人によって違う。私が蓮斗さんに出会ったのは麗佳さんよりずっとあとだ。蓮斗さんだって私を見て、これぐらい抜けてる人間のほうが気楽だって思ってくれるかもしれない。そもそも麗佳さんには浩介さんって人がいるんだから！

麗佳や蓮斗からなにを聞いたわけじゃない。すべて日和の憶測だ。だが、僻みと嫉みと被害妄想がたっぷり入った薄汚い感情は、叫び声と一緒に吐き出した。叫びまくったおかげで、自分にも大きな声が出せることがわかった。それなら電話の声だって、もっと大きくできるはずだ。

今日、遊園地に来てよかった。あの子がいてくれてよかった。仕事も恋も、明日からまた素直な気持ちで頑張れるだろう。

ホームに着いたとたん、電車の到着案内が聞こえた。この時間帯は本数が減っているはずなのに、こんなにすぐに電車が来るなんて、運まで良くなったらしい。

散々だと思っていたけれど、終わってみればいい一日だった。会社であんなことがなければ、今日ここには来ていない。あの女の子を助けることもなく、自信を得ることもなく、これからも電話が鳴るたびに肩を震わせていただろう。

今日あったすべての出来事に感謝しつつ、日和は入ってきた電車に乗り込んだ。

第四話　高知・愛媛

——鰹のたたきと鯛飯

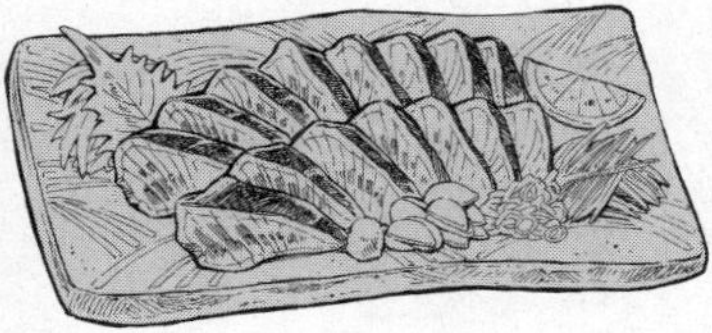

九月第三週の金曜日、日和はキャリーバッグのファスナーを開けた。

荷造りをするのはおよそ半年ぶり、春に『一筆書き切符』を使った旅をしたとき以来だ。

ひとり旅を始めてから、社会状況が許さないという理由以外でこんなに長く旅に出なかったのは初めてかもしれない。

仕事でへとへとで旅行どころじゃないというわけではない。もちろん金銭的な問題でもない。親に甘えっぱなしの実家暮らしだし、ほかにお金がかかる趣味があるわけではない。宿だってもっぱらビジネスホテルで、たまに温泉旅館に泊まることがあっても格安プランを見つけたとか、父のポイント特典を使わせてもらって、とかなので、経済的な痛手は少なかった。

少しずつでも貯金はできているし、二ヶ月に一度ぐらいの旅行なら許容範囲だと自分では思っている。

にもかかわらず半年も旅に出ていない。その理由が自分にもわからない。ただ、なんとなく気が乗らないのだ。

あれほど旅に出ることが楽しくて、見るもの聞くものすべてが珍しくて、旅に出る前夜はなかなか寝付けないほど興奮していたというのに、夜の遊園地で絶叫系アトラクション三昧《ざんまい》したあと、旅への欲求がぱったり止んだ。

おそらくあの日、階段を一段上ったのではないか、と自分では思っている。

見ず知らずの女の子のために、ジェットコースターの係員に声をかけた。それどころか、女の子本人に話しかけて、隣の席に誘った。まるで麗佳のような振る舞いができたことに自信を得たせいか、それ以後は仕事への取り組み方も変わっていった。

特に顕著だったのは、電話応対だ。自分はもともと大きな声が出せない質《たち》だと思い込んでいたけれど、最後に乗ったジェットコースターで過去最大というべき声量で叫べた。隣の女の子とどっこいどっこい、少なくとも後ろのほうに乗った三人よりは大きな声だった。

あの女の子は叫びたくて遊園地に来たと言っていた。叫ぶ気満々だっただけに、最初の小さな降下から絶叫していた。その女の子と同等に叫べたのだから、もともと声が出ないわけじゃない。

やればできる、と自分に言い聞かせて頑張った結果、七月半ばには電話口で訊《き》き返されることが減り、八月にはすっかりなくなった。以前は電話の呼び出し音が鳴るたびに、誰か出てくれる人はいないかと周りを見回したものだが、今ではためらいなく手が伸びるようになった。

受話器を取り、会社名を名乗る。相手を確かめ、取り次いだり用件を聞いたり、必要ならメモを取って内容を復唱する。訊き返されないというだけで、すべてがスムーズに流れていく。今では、こんな簡単なことがどうしてできなかったのか、と首を傾げるほどである。

苦手だった電話を克服したことで仕事のストレスは激減、日和の日常は極めて平穏だ。旅に出る必要性がなくなったということなのかもしれない。

ただ、それはそれでひどく悲しい事実だ。

──最近、憂さ晴らししたくなるようなことはなにも起こってない。旅に出たくなくなった理由がそこにあるとしたら、結局私の旅は逃げるための旅でしかなかったってことだ……

純粋に旅を楽しんでいると思っていた。

絶景に見とれ、美味《おい》しい料理や酒に舌鼓を打ち、しっかり楽しんでいるとばかり思っていたのに、現実逃避でしかなかったなんて虚《むな》しすぎる。

そんな感想を抱いてしまった日和は、お盆休みも旅に出ることはなかった。父方の祖父母の家に行って二年ぶりの再会を楽しんだが、あれはただの帰省だし、両親も一緒だった。それまでしていた旅とは全然違う。もう、あんなふうにひとりで旅をする日は来ないのかも……と自分では思っていた。

そんな九月上旬、蓮斗から連絡が来た。食事や入浴を終え、そろそろ寝ようかなと思っていたときのことだ。

『元気？』

SNSのメッセージアプリを使って送られてきたのは、彼がよく使っているペンギンのスタンプだった。

これまで蓮斗とのやりとりはもっぱら旅の相談や感想ばかりだったから、旅に出ていない以上、こちらから連絡することはできない。

前によく送られてきた酒の紹介もぱったり止んだ。麗佳によると、浩介は毎日残業が続いているらしいから、おそらく蓮斗も同様で、酒を探すどころじゃないのだろう。

ただ蓮斗からは時折、こんなふうにスタンプが届く。連絡をもらえれば嬉《うれ》しいけれど、なにを話していいかもわからない。結局、同じようなスタンプを返し、短いメッセージが数回行き交って終わる。そんな日が続いていた。

おそらく今回もそんな感じだろうな……と思いながら、送り返すスタンプを選ぶ。ところが、送信キーを押す前に今度はメッセージが届いた。

『次の旅行って、もう計画してる？』

蓮斗は、日和がこのところ旅をしていないことを知っているのだろうか。知っているとしたら、情報源は麗佳に違いないが、直接聞いたのだろうか。できれば浩介経由であってほしい。

とっさにそんなことまで考えるぐらいだから、蓮斗への想いそのものは消えていない。

ただ、これまで彼とは旅の話しかしてこなかった。計画や、旅の経過、お土産についての話……いずれも旅がらみだ。旅についての相談なら蓮斗に連絡が取れる。彼に迷惑がられることもないと思っていたに違いない。

あれほど次々と旅に出た理由は、ストレス発散だけではなく、蓮斗と連絡を取るためだったのではないか。なにかから逃げる旅以上に、誰かの気を引くための旅は情けなさすぎる。情けないというよりも、あまりにも浅ましい。

そんなことを考えたあと、日和はますます旅から遠のいた。正直、次の旅なんて……という気分だった。

諦《あきら》めと悲しみが入り交じった気持ちで、メッセージを返す。

『今のところ、旅の計画はありません』

『決算期だから忙しいのかな？』

『そうなんです。今年はなんだか大変で……』

蓮斗は根っからの旅人だ。旅が好きで好きで仕方ないらしい。そんな人に、今の日和の心境なんて言えないし、言ったところで理解されるとも思えない。

それなら、旅をしない理由を忙しさにしておくほうが無難だ。ここ二年ぐらい振るわなかった業績もなんとか回復に向かい、仕事は忙しくなる一方である。会社勤めの蓮斗なら、納得してくれるに違いない。案の定、蓮斗からも無難なメッセージが届く。

『そっか、残念。早く落ち着いて旅に出られることを祈ってるよ』

『ありがとうございます』

いつもなら、こんな感じでそこでやり取りは終わる。月に一度か二度、こうやって連絡をくれるのは、彼が自分のみならず他人の旅にも興味を持っているからに違いない。旅の話が聞けないならば、それ以上連絡をする必要はないのだろう。

ところが、その日に限ってやり取りは終わらず、また着信音が鳴った。

『実際に行けなくても、計画をするだけでも楽しいよ。どこか行きたいところはないの？』

小さくため息をついて、またメッセージを送る。

『うーん……この三年でけっこうあちこち行っちゃいましたしねえ……』

『確かに。でもまだまだ行ってないところはあるよね？　前に俺が行った四国とか、行ってみたいって言ってたじゃない』

『そういえば……』

沖縄から帰った日、空港で四国から帰ってきた蓮斗に出会った。あのときは、次の旅は四国だな、とまで思ったのに、父のポイント特典のおかげで長野に行くことになった。四国にだって温泉はあるんだから、四国に行けばよかったのだが、滅多に予約が取れない宿に惹《ひ》かれて長野に決めてしまった。まったく後悔はしていないが、宿題をやり残した気分にはなる。

——四国かあ……確かに四国はまだ行ったことがないなあ……

日和の部屋の壁にはコルクボードがかけてあり、小さな白地図が貼ってある。県境だけが書き込まれた日本地図で、三年間で行った県を塗りつぶしてあるのだが、四国だけは真っ白のままだ。

あれだけ旅を繰り返し、沖縄にまで出かけた。それなのに四国だけが空白というのは、ちょっとすっきりしない。ここでひとり旅を終えるのは中途半端な気がする。この真っ白な四県のどこかを塗りつぶしたい。

逃避でも話題作りでもなく、単にスタンプラリーの枡目《ますめ》を埋めたいという気持ちが湧き、日和はまたメッセージを送る。

『四国、行ってみたいです』

『だろ？　コースだけでも考えてみたら？　計画さえ固めておけば、暇ができ次第飛び出せるし』

『そうします。おすすめってありますか？』

『おすすめはたくさんあるけど、縁がなければ出会えない。四国ってそういうところだよ』

まったく参考にならないアドバイスでその日のやりとりが終わった。

翌日、日和は会社帰りに書店に寄り、四国のガイドブックを買い込んだ。家に帰るなり自室に籠もり、海や山の風景が溢《あふ》れるページを次々にめくる。

香川、徳島、愛媛、高知……表紙には『絶景ぐるり旅』なんて言葉も記されている。

だが、旅を始めて三年、さすがに『ぐるり旅』が口で言うほど簡単じゃないことぐらいわかっている。九州《きゅうしゅう》や四国は言うまでもなく、ひとつの自治体しかない北海道だって『ぐるり』と回るためにはどれほどの時間が必要か。

四国なんて、たかが県が四つあるだけでしょ？　と侮ることなかれ。四国は公共交通網もさほど便利とは言えず、中央に山脈があるせいか道路整備も遅れ気味だった。今でこそ高速道路も何本もできているが、それも北半分に集中し、徳島や高知の南部の地図に高速道路は表示されていない。

そんな状況で『ぐるり旅』をしようと思ったら、最低でも三泊、じっくり楽しもうと思ったら四泊か五泊の行程が必要となる。せいぜい二泊三日で、と考えた場合、行き先を絞らざるを得ないだろう。

――四国って言ったらやっぱり讃岐《さぬき》うどんよね。あ、徳島はラーメンも有名なんだ。ちょっと食べてみたいかな……おお、鰹《かつお》のたたきも美味しそう！

まず食べ物ありきの自分に苦笑しつつ、ページをめくっていく。

讃岐うどんの店は見開きいっぱいに紹介されていて、どれもものすごく食欲をそそられる。やはり、昔から四国旅行の目玉とされているだけのことはあるなあ、と感心してしまう。

ただ、本場の讃岐うどん店は一杯が少な目で、二、三杯は余裕で食べられると言われても、うどんばっかり立て続けに食べたくはない。それに、香川県は本州《ほんしゅう》と橋で繋《つな》がっているため、比較的訪れやすい場所でもある。それならいっそ、交通の便が悪くて車を使うしかない場所に行ってみてはどうか。ただでさえ豊かな自然を、より楽しめるのではないか……

――奥入瀬も車でしか行けなかったけど、ものすごくきれいだった。ああいうのを心が洗われる景色って言うんだよね……。そういえば四万十川《しまんとがわ》って四国じゃなかった？

高知県西部を流れる四万十川は四国最長の川であり、日本三大清流のひとつでもある。また、本流にダムが建造されていないことから『日本最後の清流』と呼ばれ、『名水百選』、『日本の秘境100選』にも選ばれているそうだ。

日和ですら四万十川が『日本最後の清流』と呼ばれていることを知っていたぐらいだから、全国的にも有名で訪れてみたいと思っている人は多いに違いない。だが、実際に訪れようとするとかなり難しい場所だし、本州から見て手前にある香川や愛媛に引き寄せられ、高知はまたいつか、行くにしてもよさこい祭りで有名な高知市まで……なんてことになりがちなのかもしれない。

ただ、今はよさこい祭りの時期ではない。高知城も桂浜《かつらはま》も行ってみたいが、そういった有名観光地はいずれまた訪れる機会があるかもしれない。興味のままに好き勝手できるひとり旅で、どれかひとつと言われたらやっぱり四万十川が見たかった。

――目的地は四万十川……え、でも待って、仁淀川《によどがわ》ってのもある。仁淀川って、あの映画の舞台になったところだよね？

慌ててインターネットで検索してみると、やはり仁淀川は二〇二一年に公開されたアニメ映画の舞台となった場所だった。ただ澄んでいるだけではなく、光の加減によってエメラルドブルーやターコイズブルーに見えることから『仁淀ブルー』という言葉もあるらしい。

——写真だけでもすごい。実際に見たらどんなにきれいなんだろう……

どうせなら、四万十川だけではなく仁淀川にも行きたい。『仁淀ブルー』をこの目で見てみたい。

そんな思いが一気に高まる。これはもう計画だけなんて言っていられない。日程を選び、宿や交通手段を決めて出かけよう。

久しぶりに感じた旅への強い欲求に日和の心は浮き立ち、過去にないスピードで旅の手配を終わらせた。そして、なかなか過ぎていかない時間にいらいらしながら待つこと半月、ようやく出発日が明日に迫ったというわけである。

ご無沙汰《ぶさた》していたキャリーバッグを取り出し、着替えや洗面道具、スマホの充電器も詰め込む。何度こんなふうに荷造りをしたことだろう。あのころ同様、出発が楽しみでならなかった。

三連休初日の土曜日午前八時半、日和は羽田空港六十九番ゲート前のベンチで、搭乗案内を待っていた。

六十九番ゲートは保安検査場から見たら最果てと言っていいほどの場所にあり、延々歩かされることになったけど、それすら楽しかった。キャリーバッグの荷車が転がる音すら歓声に聞こえ、そうだよね、あんたも久しぶりのお出かけで嬉しいよね、なんて話しかけつつ到着したが、予定の飛行機が出発するのは一時間後、我ながら、どれだけ待ちきれなかったのよ、と笑ってしまうほどだった。

ガイドブックを読み直したり、自販機でおにぎりが売られていることにびっくりしたりして過ごしたあと、ようやく搭乗案内、それから一時間半で松山《まつやま》空港に到着した。

おいおい松山って愛媛じゃないか、おまえは高知に行くんじゃなかったのか、と言われそうだが、四万十川を調べたら高知空港より松山空港からのほうが近かった。目的地がある都道府県の空港よりも、隣の都道府県の空港のほうが近いなんてよくあることだ。こんなの慣れっこよ、と余裕で航空券を予約、ついでに松山も観光することにした。

四国を旅行する上で、行き先が高知と愛媛、しかも高知は西部のみというのは珍しいかもしれない。おそらく同行者がいたら異議を唱えられるだろう。これぞひとり旅の特権、とにやにやしながらレンタカー屋さんに向かう。

受付で名前を告げ、免許証を提示、保険の手続きを済ませて車に案内してもらう。ただ今回は初めて使うレンタカー屋さんで、車そのものも乗ったことがない車種だ。家の車と同じメーカーだから似たようなものだろうと思っていたが、いざ乗ってみると操作がかなり異なる。大丈夫かな、と思いながらナビをセットしようとしたら、早速問題が発生した。

――うわ、目的地がない！

そんなわけはない。目的地はちゃんと実在する。日和が今から向かおうとしているのは、仁淀川の『水晶淵《すいしょうぶち》』という場所で、インターネットにもしっかり紹介されていた。単に、ナビに地名が登録されていなかっただけのことだ。

こんなことなら素直に、一番有名な『仁淀ブルー』が見られる場所とされる『にこ淵』にすればよかったと思ったが、『にこ淵』はとにかくものすごい山奥とのことだった。

車を使うにしても『運転に慣れた人なら』という但し書きがあるほどだし、そもそも『にこ淵』は車が走れる道路から遥《はる》か下にあって、細くて滑りやすい階段を延々と下りていかなければならないらしい。

雨が降ったら滑る上に、すれ違いがやっとの階段を下りていくのは恐かった。どこかほかに『仁淀ブルー』を見られる場所はないかと探した結果、見つけたのが『水晶淵』だったのだ。

ただ、目的地が設定できなければナビは作動せず、辿《たど》り着くこともできない。やむなくスマホで『水晶淵』を検索して住所を入力しても出てこない。地図アプリでようやく近くにあるらしき渓谷の名前を探り当て、目的地に設定した。その時点で、ナビへの信頼はただ下がり、前途多難のドライブの始まりだった。

くねくねと細い山道を車で走ること一時間半、日和は一軒の店の前で車を止めた。看板には大きく『茶屋』と書かれ、その下に『ドライブイン引地橋《ひきちばし》』という文字もある。時刻は午後一時に近いし、これから先に広い駐車場がある店があるとは限らない。ここなら休憩がてら食事も取れるだろう。

車から降りて店に入っていくと、大きなおでん鍋《なべ》があった。その横には炉が設けられ、串刺《くしざ》しの魚も焼かれている。熱々のおでんと焼きたての魚に、日和のお腹が悲鳴を上げだした。

——うわあ……すごくたくさん種類がある！　しかも一本百円⁉　コンビニでももっと高いところあるのに……。それに、この魚……やっぱり山に来たらこういうのが食べたいよね！

品書きには焼き魚としてアユとアメゴが書かれていたが、聞いてみるとアユしか残っていないとのこと。アユは初夏になると家でも塩焼きが出てくることがある。どうせならアメゴを食べてみたい気持ちもあったが、もともとアユの塩焼きは大好物なので問題ない。そのアユにしても残りは一本だけとのことなので大急ぎで注文し、おでんを選ぶ。

この店は、自分で好きなものを皿に載せるスタイルなのでとても気楽だ。

店の人がおすすめと言う豆腐と蒟蒻《こんにゃく》、そしておでんでは絶対に外せない玉子、を皿に載せ、辛子味噌《みそ》を脇に添える。日和はおでんと言えば辛子と味噌の両方をつけたくなるが、ここは最初から混ぜてあるから便利と言えば便利だ。

アユを温め直してもらっている間に、おでんを食べ始める。

出汁《だし》は少し甘みが強い醬油《しょうゆ》味で、辛子味噌ととても合う。豆腐や玉子は言うまでもなく、蒟蒻にもしっかり味が染みている。豆腐は玉子の倍ほどの大きさなのに、しっかり串に留まっているから、かなり硬い豆腐なのだろうと思ったけれど、食べてみるとちょうどいい柔らかさと優しい味わいで思わず微笑んでしまう。

蒟蒻は歯応《はごた》えがしっかりしていて、これぞ蒟蒻といわんばかり。そして玉子……ここまで味が染みていたら辛子味噌は必要ない。そう思って半分ほどそのまま食べたあと、念のために……と黄身に少しだけ辛子味噌をつけてみると、まったく別の味わいになった。

やっぱりおでんをおでんたらしめているのは辛子と味噌かもしれない、などと思いながら完食したところに、アユの塩焼きが届いた。

「お待たせしましたー」

皿の上に串刺しにされたアユが横たわっている。しっかりついた背中の焦げ目が頼もしい。これほど焦げ目がついているのなら、十分中まで火が通っている。炭火で焼かれていることだし、骨まで食べてしまえるに違いない。

とはいえ、いきなり頭からバリバリ齧《かじ》る、というのはさすがに憚《はばか》られる。そっと串を持ち上げ、まずは背中を一口……口の中に初夏の香りが広がった。

――これこれ、この苔臭《こけ》さがいかにもアユって感じだよね！　それに塩加減がものすごくいい。しょっぱすぎないし、かといって足りないってわけでもないし……

おそらく丸ごと全部食べられたに違いない。それでもなんとなく恥ずかしくて、頭だけ残す。この恥ずかしさはどこから来るのかな……などと不思議な気持ちで、残った頭を見つめる。

もしもアメゴがあったら、あるいはもう一本アユが残っていたらおかわりしたかもしれない。それほど炭火焼きのアユは素晴らしい味だった。

おでん三本とアユの塩焼きでお腹はほどよく満ちた。美味しそうな蕎麦《そば》やうどんもあったけれど、これ以上食べたらおそらく眠くなる。初めての山道で眠気に襲われることほど恐いものはない。腹八分目、いや七分目ぐらいがちょうどいいのだ。

そういえばお金をまだ払っていない。ドライブインは先払いするところが多いのに……と思いながらレジに行く。おでん三本とアユの塩焼きで八百円というお値打ちさに改めて驚きながら財布からお金を出していると、店の人が話しかけてきた。

「これからどこへ？」

「『水晶淵』に行きたかったんですけど……」

「『水晶淵』？」

店の人が首を傾げた。

地元の人でも知らないような場所だったのか。それならナビに登録されていなくても仕方がないな……と諦め気分になる。あわよくば道順を聞こうと思っていたが、どうやら難しそうだ。これでは『水晶淵』は無理そうだ、と思っていると、また店の人が言った。

「たぶん安居《やすい》渓谷のほうだと思うんだけど、あっちは土日となるとすごく混むよ。特に今日みたいに天気がいい日は大渋滞」

「そんなに？」

「ああ、ろくにすれ違いもできない道なのに、映画のせいで来る人がすごく増えちゃってね」

「やっぱりそうなんですか……じゃあ『仁淀ブルー』は諦めたほうがいいかな……」

「『仁淀ブルー』？　それならここらでも見られるよ」

「え、そうなんですか⁉」

「ああ、ちょっと先に『中津《なかつ》渓谷』ってところがあるんだけど、そこは穴場。そんなに混んでないし、駐車場から少し歩いただけで川原に出られる」

これはいいことを聞いた、と日和は大喜びで店を出る。ナビに『中津渓谷』と入れてみると、ちゃんと登録されていて、およそ五分で到着することがわかった。

――『仁淀ブルー』を調べたときに、『中津渓谷』なんて出てきたかな。私が気がつかなかっただけかもしれないけど、もしかしたら地元の人しか知らないのかも……『にこ淵』や『水晶淵』じゃなくていい。映画の聖地でなくてもいい。日和としては

『仁淀ブルー』さえ見られればいいのだ。五分で行ける場所なんて、願ったり叶《かな》ったりだった。

お腹はほどよく満ちて、有益な情報ももらえた。『ドライブイン引地橋』は最高だ、と褒め称《たた》えながら車で走ること五分、日和は無事『中津渓谷』に到着した。

駐車場に入る道がけっこう狭い上に、カーブがきつくてちょっとどきっとしたけれど、旧小学校の校庭を開放しているだけあって駐車場代は無料だし、お店の人が言ったとおり川原は目と鼻の先だ。

渋滞も滑りやすい階段を上り下りする必要もなく『仁淀ブルー』が見られる喜びに、日和はうきうきしながら歩く。

駐車場から川沿いに設けられた道まで下りていくと、すぐに川面が見えた。澄んだ流れではあるがブルーと言うよりグリーン、奥入瀬で見たことがある色だった。

『にこ淵』でも天気や日の当たり具合によって『仁淀ブルー』が見られないときもあるそうだ。おそらく『中津渓谷』も同様なのだろう。

運が悪かったな……と思ったものの、せっかく来たのだからと散歩道を歩く。

温泉の案内や売店を通り越し、どんどん歩いてもほとんど人とすれ違わない。穴場は穴場なのだろうが、もしかしたらそれも『仁淀ブルー』を見られる頻度が低いからかもしれない。

だが、そんなこともあるよね、と半ば諦め気分で歩いていた日和は巨大な岩を回った瞬間、息を呑《の》んだ。そこにちょっとした淵のような場所があり、エメラルドグリーンに染まっていたからだ。

これはブルーじゃない。分類としてはやっぱりグリーンだ。でも、大昔、日本には色を表す『緑』という言葉はなかったという。すべてが『青』もしくは『碧《あお》』で表されていたのなら、これはまさしく『碧』すなわち『ブルー』だ。

この川のこの色が『仁淀ブルー』と名付けられたのは、『緑』という言葉が使われるようになってからには違いないけれど、信号だって未《いま》だに『青』と言われるのだから、なんの問題もない。

見下ろした先にあるのは奥入瀬とは全然違う明るい『碧』——これこそが『仁淀ブルー』だと確信できる色合いだった。

しばらくうっとりと眺めたあと、さらに散歩道を奥へと進む。

大小の岩と澄んだ水が織りなす風景は、いかにも手つかずの自然という感じがする。『仁淀ブルー』だけを見たいのであれば、『安居渓谷』や『にこ淵』に行ったほうがよかったのかもしれないが、日和はこの岩だらけの風景が好きだと思う。

できるなら散歩道の続く限り歩いていたかったけれど、この先まだ回りたい場所もあるし、宿だって遥か先だ。やむなく『雨竜《うりゅう》の滝』と呼ばれる名所を最後に折り返す。

来たときと同じ風景のはずなのに、反対側から見るだけで全然違う表情を見せる。光の差し方や水が岩にあたるタイミングの違いからだろうか。やはり川は生き物だな、などと思いつつ、駐車場に戻る。とにかく、『仁淀ブルー』をこの目で見られた喜びでいっぱいだった。

ところが、上機嫌で車に戻った日和は、またしてもナビと格闘することになった。

次の目的地は、四万十川に本流、支流を合わせて四十八本架けられているという沈下橋のひとつ、『佐田《さだ》沈下橋』である。

沈下橋というのは、通常の水面より二、三メートル上という低い位置に架けられた橋で、欄干をなくして大雨や台風の時に橋桁《はしげた》に流木がひっかかって橋が壊れることを防いでいるそうだ。

高知県は台風の通り道だと聞いたことがある。合計四十八本もの沈下橋が作られたのだから、さぞや四万十川流域は大雨や台風の被害が多いに違いない。

反面、四国と言えば渇水の被害が大きい場所、という印象もある。高低差が大きい土地なので、雨が降っても大地が吸い込む暇もなく川に流れ込んでしまう。

それならダムを造ってセーブすればいいではないか、と考えがちだが、四万十川にダムを造るべきかどうかは悩ましい。日和のように四万十川を目当てに四国を訪れる人は少なくないだろうし、『最後の清流』を保存すべきだという考え方もあるはずだ。観に来るほうは気楽だけど、ここで暮らしている人には頭の痛い問題なのだろう。

晴れ渡った秋空の下、そんなことを考えながら目的地に『佐田沈下橋』と入力する。

ところが、ナビの反応は最初と同じく『登録がありません』だった。

——はいはい、わかったわかった！　店もマンションも建てたり壊したりでずっと同じ名前じゃない。頼りになるのは住所だけってことね！　入れてやるわよ、住所ぐらい！

スマホで『佐田沈下橋』の住所を調べ、住所表示の下に書かれた『二十四時間営業』という文字に首を傾げる。そもそも店じゃないのだから『営業』はおかしいだろうし、沈下橋という以上、大雨の時は通れないのではないか。二十四時間営業という表記はいかがなものか。

ナビが素直に案内してくれないがために、ちょっとした記述にまで文句をつけたくなる。これまで何度もレンタカーを使ってきたが、ここまで目的地設定に苦労したのは初めてだ。それとも、ナビに登録されていないマイナーな場所にばかり行こうとするのが悪い、とでも言いたいのだろうか。

ただ、ナビにない場所に行こうとしている自分が、ちょっとだけ誇らしいような気分にもなる。これまでこんな目に遭わなかったのは、誰もが知っているような有名観光地ばかり行っていたからだろう。

おすすめはたくさんあるけど、縁がなければ出会えない——そんな蓮斗の言葉が思い出される。

足かけ三年全国を飛び回り、半年以上のブランクを経て、久しぶりに『ここに行きたい』と思ったのはナビすら知らない場所だった。辿り着けるかどうかは縁次第、なんとも素敵な話ではないか。

要は気の持ちようね、と自分を納得させ、二十四時間営業の橋に向けて走り出す。二時間後、日和が到着したのは予想外の場所、いや光景だった。

――駐車場はここであってる。『佐田沈下橋駐車場』って書いてあるし、佐田沈下橋への道順を示す矢印もある。でも、こんなオプションがあるなんて！

日和が車を止めた時点で、止まっている車は一台もなかった。時刻は午後五時を過ぎているし、この時間からやってくる観光客は少ないのだろう。それはいいのだが、駐車場に猫がいた。

ど真ん中に横たわり、我が物顔でこちらを見ているのが一匹、少し離れたところで、我関せずと毛繕いしているのが一匹。さらに道の向こうの建物の陰からもう一匹……

車が入ってきてもこんなにのんびりしているのだから、きっと人に慣れている。まさか三匹に一斉に飛びつかれたりしないよね……とおっかなびっくり車を降りて、そそくさと『佐田沈下橋』に向かう。梶倉家はペットを飼っていないものの、日和は動物嫌いじゃない。とりわけ猫はいつか飼いたい、それが無理ならせめて『猫カフェ』に行きたいと思うぐらい好きだが、さすがに人気のない駐車場で三匹に取り巻かれるのは違う。

時間的にも日没は近いし、日が落ちたとたん『別のなにか』に化けるかもしれない。ここはさっさと『佐田沈下橋』を見に行って、退却するに限る。

冷静に考えれば『そんなわけない』の一言だ。だが、あまりにも『主』然としている猫たちにすっかり怖《お》じ気づいた日和は、半ば駆け足で橋を見に行く。

幸い駐車場から歩いて五分ぐらいで、四万十川に出た。予想以上に橋は古びていたが、川幅が広く流れは緩やかで、手前に繋がれている舟がなんとも風情がある。

絵心があれば写し取りたい風景だ、と思いながら、橋を渡り、また折り返してくる。

そうこうしているうちにも、日はどんどん落ちてくる。

だが、さっさと戻らないと……と大急ぎで駐車場に辿り着いた日和が見たのは、万事休すの光景だった。

右側後輪の横に一匹、真後ろに一匹、そして駐車場から出るためにバックしたら間違いなくタイヤの下になるであろう場所にも一匹……合計三匹の猫がレンタカーを囲んでいた。

せめてもの救いは、すべてが白っぽい猫だったことだ。これが黒猫だったら、悲鳴を上げて逃げ出しただろう。

「お休みのところ申し訳ないけど、私、帰りたいのよー」

まわりに誰もいないのをいいことに、拝むように言いつつ車に近寄る。後輪の横の猫が立ち上がって移動し始めたのを機に、残りの二匹ものそのそと動き出す。間近で見ると毛並みも整っているし、痩《や》せこけてもいない。やはり飼い猫、もしくは地域猫のようにちゃんと世話をされているのだろう。

もっと明るい時間帯なら、頭ぐらい撫《な》でられたかも……と思いながら、車に乗り込みエンジンをかける。ふとナビの画面を見ると『今成橋《いまなり》』という表示がある。なるほど『佐田沈下橋』は『今成橋』だったのか。最初から『今成橋』と入力していれば、すんなり案内してくれたのかもしれない。

とにかく『佐田沈下橋』に辿り着けたし、これぞ四万十川という風景を堪能《たんのう》しつつ、橋を渡ることもできた。時代劇に出てきそうな舟も見られた。

ナビの登録だって、所詮《しょせん》人間がしているのだからナビそのものが悪いわけじゃない。この子を責めるのはやめにしよう、と心に決め、本日の宿を目的地に設定する。

さすがに旅館は登録があったらしく、所要時間もあっさり案内が始まった。所要時間は一時間半、旅館には午後六時頃着くと連絡してあったが、この分では過ぎてしまう。当初の予定どおりではない動き方をしているのだから、到着時刻がずれるのも仕方がない。やむなく旅館に電話をかけて、遅れることを知らせることにした。

到着が遅れることを詫《わ》び、必ず行くことを伝えて電話を切る。切った瞬間、またしてもちょっと誇らしくなってしまう。以前なら、こんな電話すらかけられなかった。とにかく電話が恐くて、なんとか遅れまいと焦りまくった上に遅れて到着した挙げ句、おどおどとチェックインすることになっていただろう。

「『佐田沈下橋』からなら、ナビが言ってるほどの時間はかからないはずです。お気をつけてお越しください」

終始親切な旅館の人の言葉のおかげで、焦ることもなく運転することができた。旅の途中で予定どおりにいかないことはたくさんある。そんなときは、早めに連絡するに限る。そうすることで周囲にかける迷惑は最小限に止《とど》められるし、自分も落ち着ける。

失敗も予定変更も、ないに越したことはないが、どれだけ気をつけても起きるときは起きる。それでも、逃げたり隠したりせずにきちんと対応すれば、たいていのことはなんとかなるものだ。

「いらっしゃいませ、梶倉様。わざわざお電話いただき、ありがとうございました」

チェックイン予定時刻を過ぎても音沙汰なし、それどころか無連絡で当日キャンセルする人もいるというのはよく聞く話だ。たとえ誤差の範囲と片付けられる遅れだったとしても、電話を入れると入れないとでは印象が違う。

旅館の人は接客のプロのはずだから、あからさまに嫌な顔はしないにしても、こんなふうに心からの笑顔で迎えられたほうが気持ちいいに決まっていた。

「遅れて申し訳ありませんでした。お世話になります」

そんな言葉を添え、鍵《かぎ》を受け取る。

夕食の時刻を訊《たず》ねられたので、午後七時十五分からにしてもらった。これならお風呂《ふろ》に入って一休みしてから食事にできる。七時からでは慌ただしいし、七時半ではお腹が空《す》きすぎる。三十分ではなく十五分刻みというのがなんとも嬉しかった。

ごゆっくり、と送られ、部屋に向かう。

足摺岬《あしずりみさき》に近いこの宿は、名前こそ『ホテル』がついているが、形態としては一泊二食付きの温泉旅館である。大浴場、露天を含む複数の湯殿があり、温泉が堪能できる上に、地元の食材をたっぷり使った食事も楽しめる。おまけに、この旅館の利用客しか入ることができない展望台もあるらしい。

もう暗いから、今から行くことはできないけれど明日の朝は必ず行ってみよう。天気がよければ、きれいな海が望めるはずだ。

部屋に入って荷物を置くなり浴衣《ゆかた》に着替え、大浴場に向かう。

オレンジ色の柔らかい明かりに照らされた湯に身体を沈め、ぷはーっと息を吐く。どこのオヤジだよ、と言われそうだが、これこそが温泉の醍醐味《だいごみ》だ。

ここ数年、旅に出ること自体が躊躇《ためら》われる日々が続いていたけれど、全部が全部悪いことばかりではなかったと思う。

少なくとも、日和が旅を始めた当時は、こんな温泉旅館にひとりで泊まるのは至難の業だった。

もちろん、不可能ということではない。泊めてくれる宿はあったけれど、とにかく値段が高かった。本来ならふたり以上、できれば四人か五人で使ってほしい部屋をひとりで使うのだから、割高になるのは当然だが、日和には負担が大きすぎて利用できなかったのだ。

それなのに今は、こんなにゆっくりできる温泉を備え、海の幸山の幸満載の食事まで出してくれる旅館に、お手ごろ値段で泊まることができる。旅館には申し訳ないけれど、日和のようなひとり旅好きにはありがたすぎる変化だ。

午後七時十五分、今度は予定どおりに席に着く。

その時点で、食事をしていたのは二組だけで、ただでさえ広い食事処がますます広く見える。

それでも、ギュウギュウ詰めより遥かにいいと思いながら、飲み物の品書きを手に取る。

――やっぱりビール……あ、地酒の呑み比べセットがあるじゃない！　しかもなにこれ、すごい種類……知らない銘柄がいっぱいある！

これはもうビールどころではない。こんなにたくさん日本酒を揃えている旅館は珍しい。呑み比べセットはあらかじめ銘柄が決まっているわけではなく、客が好きなものを三種類選ぶらしい。

少し離れたテーブルに呑み比べセットを楽しんでいるカップルがいた。ちらりと見てみたところ、グラスは少し大きめの一口グラス、これなら三種類呑んでも泥酔することはない。知らない日本酒を少しずつ試せる絶好の機会だった。

とはいえ、呑み比べセットは土佐《とさ》の地酒から選ぶことになっていて、ほとんど日和が知らない銘柄だ。そもそも種類が多すぎて選ぶのが難しい。

品書きの説明には甘口、辛口を表す『＋』『－』が書かれているが、正直に言えば日和の選択基準にはならない。

糖分が多ければ甘口になるというのは理解できるけれど、なぜ甘口の度合いを表すのが『－』なのだろう。糖分が多くて甘ければ『＋』、逆なら『－』のほうがずっとわかりやすいのに、と思ってしまう。

もっと言えば、『辛口』『甘口』そのものも定かではない。両親が、このお酒は甘いとか辛いとか言っていても、そうなのか、と思うぐらいで、自分で判断できない。ただ、自分にとって美味しいか、料理に合うかどうかだけが大事で、あとはどうでもいい。そんなことを言うたびに、父は天井を仰いでいるけれど、お酒の甘い辛いは、日和にとって重要な情報ではなかった。

しばらく品書きとにらめっこしたあと、最後は『吟醸』という言葉を頼りに決めた。甘かろうが辛かろうが吟醸酒のフルーティな香りとすっきりした飲み口が好きということに変わりはない。

選んだのは『山田太鼓《やまだだいこ》』『桃太郎《ももたろう》』『銘鶴《めいかく》』の三銘柄、いずれも吟醸もしくは純米吟醸で、高知にある蔵元の酒だ。

中でも日和が気に入ったのは『銘鶴』という酒で、さらりとした飲み口とすっきりした後味、吟醸酒ならではの香りも強すぎず弱すぎずちょうどいい。スマホで調べてみると蔵元は『土佐鶴《とさつる》酒造』と出てきた。

　『土佐鶴』は日本酒好きなら知らない人はいないだろうと言われるほど有名な銘柄で、日和ですら呑んだことがある。やはり後口がすっきりしてぐいぐい呑めそうなお酒だった。

　『土佐鶴』に続いて『銘鶴』も気に入ったのだから、『土佐鶴酒造』の酒はよほど日和の舌に馴染《なじ》むということだろう。

　とはいえ、ほかの二銘柄が美味しくなかったわけではない。いずれも吟醸酒らしい、呑みやすい酒で料理にも合いそうだが、どれが一番好きかと言われたら『銘鶴』だというだけの話である。

　――違う種類のお酒を三つ同時に味わえるなんて贅沢《ぜいたく》すぎる！　お料理は注文しなくても勝手に出してもらえる。これが温泉旅館の醍醐味よねえ……

　テーブルの上には、所狭しと料理が並んでいる。

　日和が真っ先に手をつけたのは『鰹のたたき』だ。高知に来て鰹のたたきを食べないでどうする。『四万十川』と『仁淀ブルー』を見るという目的を果たしたあと、日和の願いは美味しいものを食べることに尽きる。その筆頭が『鰹のたたき』だった。

　湯上がりの身体によく冷えた日本酒と『鰹のたたき』とくれば、食べる前から美味しいことはわかっていた。けれど、実際に食べてみると美味しいどころではない。『最高』と『絶妙』を連ねても表しきれない素晴らしさだ。

　鰹は春の風物詩だと思っていたが、日本における鰹の旬は春と秋の二回あるという。

いずれを好むかはそれぞれだが、希少価値が値段を押し上げる春の初鰹よりも、産卵に備えて脂をたっぷりまとった秋の戻り鰹のほうが好きだという人もいる。日和もどちらかというと戻り鰹派で、秋になると頻繁に鰹を食べるが、今食べたのはこれまでで一番と言っていいほどの『鰹のたたき』だ。脂が乗りすぎているわけでもなく、淡泊すぎるわけでもなく、口に入れると鰹特有の香りと味が広がる。とろりとした食感を追いかけさせるように酒を含むと、鰹の脂が淡泊な酒の味をほんの少し膨らませてくれる気がする。

『鰹のたたき』だけでも十分なのに、ほかにも刺身の皿がついているし、地鶏《じどり》の陶板焼きや何種類も盛り合わされた前菜の皿もある。食事は釜飯《かまめし》らしいし、汁椀《しるわん》もつくはずだ。

どう考えてもひとりでは食べきれないが、土佐は皿鉢《さわち》料理で有名だ。とにかく食べきれないほど盛り付けて客をもてなす皿鉢料理と、この大盤振る舞いには共通するものがあるのだろう。

あっちにもこっちにも手をつけて残すのは申し訳ないけれど、食べきれないとわかっていても、すべてを味わわずにはいられない。中でも日和が気に入ったのは、地鶏の陶板焼きだ。

陶板焼きに使われているのは『土佐はちきん地鶏』という土佐のブランド鶏だそうで、ほどよい歯応えとあっさりした味が脂の乗った『鰹のたたき』と好対照で食欲を増してくれる。さらに添えられた野菜の甘さといったらない。キャベツも人参《にんじん》もピーマンもタマネギも、すべてに土の底力を感じた。

——あーなんか、広い畑でお日様の光をいっぱい浴びて育てられたって感じ。こういうの食べると元気になるよねえ……

海の幸、山の幸、蔵の幸、などとほくそ笑みながら食事を進める。蔵の幸なんて言葉はないことぐらいわかっているが、そう言いたくなるほどお酒が美味しい。

山道を長時間走り続けるのは大変だったし、日没間近に猫に取り巻かれてどうしようかと思ったけれど、こんなに素敵なひとときを過ごせるなら苦労も帳消しだ。

頭はまだ食べたがっているが、胃が受け付けてくれそうにない。はちきれんばかりのお腹を抱えて部屋に戻る。中に入ったとたん、きちんと敷かれた布団が目に入る。日一も二もなく潜り込み、お風呂に入っておいてよかった……と思ったのを最後に、日和は意識を手放した。

翌日、六時半に目覚めた日和は、朝風呂に入ったあと、朝食もしっかり楽しんだ。

料理はどれも美味しかったが、日和が一番驚いたのは出汁醬油だった。最近は、回転寿司《ずし》でも出汁醬油を出すところもあるが、この旅館の出汁醬油は宗田節《そうだ》を使っていてこれぞ鰹節という香りがする。

焼き魚に大根おろしが添えられていたのでかけてみたのだが、あまりにもいい香りで、出汁の味もしっかりしていた。焼き魚は焼き魚でほどよく塩がきいているので、あえて大根おろしを添えなくてもいい。むしろ君には主役を張らせてあげよう、と謎の上から目線でごはんにのっけて食べてしまったが、あれなら大根おろしすら不要、ただの醤油かけごはんでも十分な気がするほど美味しい。

たくさん料理を出してもらったのに、一番印象的だったのが醤油って……と少々申し訳なく思いながらも、宗田節の底力に目を見張らされる。

せめてものお詫びではないが、売店で見た宗田節の削り節を買っていくことにしよう。削り立てを百円均一ショップに並んでいそうなファスナー付きビニール袋に入れただけのものなので帰宅途中に破れないかと不安が残る。それでも、これだけ旨《うま》みたっぷりの出汁が取れるなら、苦労してでも持ち帰る価値がある。きっと両親も喜んでくれるだろう。

宗田節はあとで買うことにして、朝食を済ませた日和はその足で利用客専用という展望台に行ってみることにした。

建物の裏口から案内の矢印を頼りに展望台を目指す。ところが、途中でどっちを向いているのかわからない矢印に出くわし、えいやっと選んだ方向が見事に間違いで、ぐるっと回って旅館に戻ってしまった。

まさかの『振り出しに戻れ』か、とがっかりしたもののやっぱり行ってみたくて再出発し、今度はさっきとは別の道に進む。

いろいろ大らかな土地柄なのかも知れないけど、道案内の矢印はもうちょっとわかりやすくしてほしい、と思ったところで、展望台に到着。眼下に広がる海に歓声を上げた。

――すごーい！　ひろーい！　めっちゃきれーい！

幼稚園児の感想か、と脱力したくなるが、本当にきれいな風景を目にすると人間は語彙《ご》力を失うらしい。心ゆくまで海を眺めたあと、日和はクスリと笑う。

言《い》い方は悪いが、本当に高知はずるい。これはどうなの？　と首を傾げたくなるようなことがあっても、すぐあとに全部挽回《ばんかい》してしまうほど素敵なものを出してくる。そんなことをされたら、悪い印象なんて持てっこない。大らかで大ざっぱな高知が、どんどん好きになってしまう。

結局、大事なのはあとのフォローだとここでも実感し、日和は展望台をあとにする。

天気は快晴、海沿いの道を走るのはさぞや気持ちがいいことだろう。今日もいい一日になりそうだ。そんな嬉しい予感とともに、また車で走り出す。その予感が直ちに裏切られるなんて、日和は思ってもみなかった。

――トゥルルー、トゥルルー、トゥルルー……

助手席に置いてあったスマホがいきなり鳴りだした。

とはいえ、運転中で電話に出ることはできない。やむなく鳴り続ける着信音を無視して走り続け、赤信号で止まったタイミングでスマホを確かめてみる。

画面には、ついさっき出てきたばかりの旅館の名前……その時点で、さっきまでのいい予感は嫌な予感に変わった。

すぐに信号が青になり、また走り出した日和は、少し先でようやく止められそうな場所を見つけて車を寄せた。ハザードランプを表示させて、スマホを手に取る。

使っていた部屋の備品を壊したか、あるいは支払い金額に間違いでもあったか……と心配しつつ電話をかけてみたところ、部屋にコートが残っていたという。

そういえば、薄手のコートをクローゼットにしまった覚えがある。秋は気温の変化が激しいから、念のためにと思って持ってきたのだが、昨日も今日も天気はいいし、上着が必要な気温でもなかったから、すっかり忘れていた。

チェックアウトしたあと掃除に入った人が見つけて、今ならまだ近くにいるはず、と大急ぎで電話をかけてくれたのだろう。

今、日和がいるのは旅館から十分ほど走ったところなので、往復すると二十分のロスになる。今日は松山まで行かなければならないので、先を急ぎたい気持ちも大きい。それでも、自宅に送ってもらうのも手間だし、戻れない距離ではないということで、日和は引き返すことにした。

玄関の一番近くに車を止め、小走りにフロントに急ぐ。日和を見るなり、従業員の人が奥に引っ込みコートを持ってきてくれた。

「お手数をおかけして申し訳ありませんでした！」

「いえいえ。どうぞお気をつけて」

そんな挨拶《あいさつ》まで含めてロスタイム二十二分で再出発することができた。最悪、行きたい場所をひとつふたつ削らなければならないかと思っていたが、これならなんとかなりそうだ。

気を取り直して走ることおよそ三十分、日和は本日最初の目的地『足摺宇和海《うわかい》国立公園』に到着した。

『足摺宇和海国立公園』は高知県と愛媛県にまたがる国立公園で、四国南西部の海岸と標高千メートルに及ぶ内陸部の山々から成る変化に富む景観が望める。

足摺岬近辺のリアス式海岸や内陸部の巨木を残す自然林も大きな魅力だが、今回日和が訪れたのは、そういった景色を見るためではない。水中深くまで階段を下りていって、海中の魚や珊瑚《さんご》の様子を観察できる海中展望塔『足摺海底館』に行くためだった。

ロスタイムはあったものの、宿を出たのが八時半だったので、今はまだ午前十時にもなっていない。そのせいか、たまたまなのかは不明だが、駐車場から『足摺海底館』のほうに向かう人はいない。そもそも到着した時点で駐車場には一台しか車が止まっておらず、その人たちは単にトイレ休憩だったらしくてすぐに出発していった。

天気は相変わらず快晴、駐車場から散歩道に入る直前のチケット売場で『足摺海底館』の入場券を買う。『足摺宇和海国立公園』の中には『足摺海洋館』という水族館もあり、セット券も売られていた。お得なのはわかりきっているし、水族館好きの日和としては訪れたいのは山々だったが今回は諦めた。ロスタイムのせいではなく、もともとふたつのうちのどちらかにしか時間が取れず、『普段着のまま、自然の海を散歩できる』がコンセプトである『足摺海底館』を選んだのだ。

朝の澄み渡った空気の中をてくてくと歩く。駐車場から『足摺海底館』までは七百メートル、歩いて八分の距離だが、面白い形に浸食された岩や四国八十八ヶ所第三十八番札所『金剛福寺《こんごうふくじ》』を建立した弘法大師《こうぼうだいし》がこれ以上は道が厳しくて進めないと断念した『弘法大師見残展望之地』の石碑などもあり、興味深く観察する。

途中に『千のこしかけ』と名付けられた場所があり、海綿の断面みたいな形ではあるもののひとつひとつの窪《くぼ》みがかなり小さくて、これに腰掛けるのは大変すぎだと突っ込む。さらに、岩の上をチョロチョロ動き回る虫に目を留め、スマホで調べた結果『フナムシ』と知る。

――『フナムシ』ってこれのことなんだ……。ゴキブリみたいで気持ち悪いって、ネットで読んだことがあるけど、そんなに気持ち悪いかな……

動きは似ているのかもしれないが、形状はどちらかと言えばダンゴムシかワラジムシに近いのではないか。少なくとも毒は持っていないし、飛びかかってくることもなさそうだ。もっと言えば、ゴキブリだって空中移動しなければ、あそこまで気持ち悪がられることはなかったのに……なんて思ったりする。あのサイズの虫がいきなり自分のほうに飛んできたら、たいていの人は悲鳴を上げてしまうだろう。

空を飛びたいというのは、人間の潜在的な願望らしい。スリムな身体に憧《あこが》れる人も多いはずだ。

どこにでも潜り込める身体を持ち、自由に飛び回るあの虫を毛嫌いするのは、ある意味嫉妬《しっと》なのでは？　と思った次の瞬間、苦笑する。さすがにあの虫を羨望《せんぼう》の眼差《まなざ》しで見る人はいない。いるとしたらよほどの変わり者か、昆虫学者ぐらいだと思ったところで、『足摺海底館』に到着した。

海岸から続く赤と白に塗られた橋を渡って中に入る。もちろん日和以外には誰もいない。駐車場からずっとひとりで歩いてきたのだから、ほかにいるはずがないのだ。

これで受付にも誰もいなかったらどうしよう、と不安になったが、さすがにそんなことはなく、係員の女性がチケットを切ってくれた。さらに、申し訳なさそうに言う。

「今日は波が荒くて濁りがあるんですよ……」

「ぜんぜん見えませんか？」

「あ、ぜんぜんってこともありません。小さい魚はたくさんいますし、大きいのもそれなりに……」

「よかった。じゃあ行ってみますね」

「階段、お気をつけて」

係員の女性に見送られ、螺旋《らせん》階段を下りていく。

下りきった先はホールのようになっていて、円い窓がいくつも並んでいる。薄い青緑色の水の中を動く影が見え、吸い寄せられるように近づいてみた。

窓の外を魚が次々に通過していく。構造的には水族館と変わりないが、透明度が低い分見づらい。

説明もないから、今見ているのがなんの魚かもわからない。もっといえば、魚だと思って近くに来るのを待っていたら、たまたま流れてきたゴミだった、ということまであった。

それでも自然のままの魚たちが好き勝手に泳ぎ回る姿は、いくら見ていても飽きない。

――受付の人は濁ってるって言ってたけど、十分見えるよ。いつもはこれより澄んでるのかな。だとしたらどれだけきれいな海なのよ……

景色もきれいなら、水中もきれい。だからこその国立公園だ、と言われればそれまでだが、やはり感動せずにはいられない。四国には川が目的でやってきたけれど、川と海は繋がっている。あれだけ川がきれいなら、注ぎ込む先の海だってきれいに決まっているのだ。

海も川も山も、空までも輝いている。どこもかしこも美しい四国の風景に、未来永劫《えいごう》このままでいて……と願う。

自然を自然のままに残すのは大変だし、そこに住む人は不便に違いない。自分たちは東京で便利な暮らしを続けていながら身勝手すぎる。それがわかっていても、願わずにいられない。

──これからもできるだけいろいろな場所を訪れよう。お土産だっていっぱい買って、できればふるさと納税とかもしよう！

日和が旅先で使う金額なんてたかが知れている。でも、それぐらいしかできることが思いつかない。少しでもこの美しい場所を守ることに役立てば……ただそれだけだった。

少しずつ移動しながら海中観察を続ける。海底展望台は海の中に巨大な円柱を立てたようなものなので三百六十度見渡せる。観察窓はたくさん作られているが、まったくなにも見られないところもある。それでもしばらく待っていると、ゆらりゆらりと魚が近寄ってくる。いきなり大きな鯛《たい》が現れてぎょっとすることもあるし、ちょこまかとカニが横切っていくこともある。

ただでさえ水中生物が大好きな日和にとって天国のようだし、いつまでだって見ていられる。けれど、昼までに宇和島《うわじま》に着きたいと思えばそう長居もできない。もう一周、未練たっぷりに窓を巡り、日和は地上に戻った。

午後零時十分、日和はほぼ予定どおりに宇和島に到着した。

二時間ほど走り続けたが、道は空いていたし、天気がいい上に海を見ながらのドライブは快適そのものだった。

そういえば以前、麗佳とレンタカーの話をしていたときに、仙川係長に聞かれてしまったことがあった。仙川は、慣れない道をレンタカーで走るなんて無謀だ、事故を起こしたらどうする気だ、と説教をしてきたのだが、そのときの麗佳の対応が痛快だった。

『普段の生活でも、それまで訪れたことがない場所に行くことぐらいあるでしょう？　慣れない道は走らないとか言ってたら、どこにも行けなくなりますよ。それに今の車はどれもサポート機能がしっかりしてます。レンタカーは最新型の車を使ってることも多いですから、むしろ安心です』

『いや、それこそ危ないだろう。普段使ってない機能なんて使いこなせないし、そっちに気を取られて前方不注意とか……』

そこで麗佳は、仙川の顔をじっくり眺めたあと、おもむろに一礼して続けた。

『ご忠告ありがとうございます。電車やバスが使える場所では利用するようにします。レンタカーで移動するしかないような場所は、もともと交通量自体が少なくて運転はしやすいことが多いんですけど、それでも十分気をつけることにします』

心にもないだろう礼を言ったのは『あえて』に違いない。

仙川はパソコン操作が苦手で、ソフトをインストールするだけでも四苦八苦し、パソコン以外の機械類もけっして得意とは言えない。事務所にどんなに便利な機械が導入されても、最後まで使わないのが彼なのだ。

そんな仙川にとって、旅先でレンタカーを借りて走り回る人間なんて宇宙人みたいなものだ。これ以上反論したところで理解されるはずがない。笑顔で礼を言って終わらせる麗佳はさすがだった。

一般道なので信号はある。赤になって止まるたびに、海に目をやってにんまりと笑う。左右に首を曲げ、凝っていないか確かめる。ペーパードライバーを卒業したばかりのころは、短時間の運転でも首筋ががちがちになって休憩を取らざるを得なかったが、今はそこまでひどくはない。もちろん緊張はするが、一時間ぐらいの運転ならそこまで大変ではない。むしろ、だらけきった気持ちで運転するのは逆に危ない。少々凝るぐらいでちょうどいい、とまで思えるようになった。

仙川を思い出して苦笑したところで、ナビが案内を終えた。駐車場に車を止め、少し離れた店まで歩く。

本日の昼食は愛媛名物の『鯛飯』、その老舗《しにせ》と言われる人気店で食べる予定だった。ガイドブックにも紹介されているほど有名な郷土料理店で、十二時を過ぎているからもう満席かもしれないと思ったけれど、幸いカウンター席に空きがあった。

やはりおひとり様最強、などと悦に入りながら椅子に座り、品書きを見る。『鯛飯』を食べるために来たのだから、品書きを見る必要はないようなものだが、そこは好奇心、ほかにどんなものがあるのか見たくなるのは当然だろう。

ところが、しばらく品書きを眺めたあと、日和はがっくりと頭を垂れることになった。書かれている料理はどれもこれも食べてみたくなるようなものばかり。しかも料理に合いそうな酒の銘柄もずらりと並んでいる。車で来たことを後悔するしかなかった。

未練たらしく品書きを眺め続けること十分、『鯛飯』が運ばれてきた。

以前松江に行ったときも『鯛飯』を食べたが、あれは細かくほぐした鯛の身をお茶漬けにして食べるタイプで、愛媛の『鯛飯』とは別物だ。もっといえば愛媛の『鯛飯』も二種類あり、宇和島と松山では全然違う。宇和島の『鯛飯』が鯛をタレに漬け込み、タレごとごはんにかけるぶっかけ飯であるのに対し、松山の『鯛飯』は炊き込みごはんになっている。

同じ『鯛飯』という名前でも、中身がこれだけ違うなんて面白すぎる。宇和島と松山はかなり近いのに、どうしてこんなに違う食べ方になったのだろう。美味しい鯛が捕れる場所だから、生のままだろうが炊き込もうが美味しいに決まっている。今回は難しいが、いつか松山の鯛飯も食べてみたい。もしかしたらほかにも知らない『鯛飯』があるのだろうか……

そんなことを考えながら、小さなお櫃《ひつ》の蓋《ふた》を取る。お茶碗《ちゃわん》に七分目ほどよそい、タレに浮かんでいる卵の黄身を崩す。タレが入っているのは陶器の片口だ。普通の小丼だと、タレをごはんにかけるときにレンゲやスプーンを使わなければならないが、片口ならその必要はない。鯛の身をよけながらタレを掬《すく》わなくてすむのは便利だな、と感心する。

三切、四切……これぐらいでいいか、と思ったあと、追加でもう一切。ごはんを鯛で覆い尽くし、タレをかける。

――あ、甘いタレだ……これならたくさんかけても大丈夫。それに卵の黄身がとってもいい感じ。宇和島の『鯛飯』って、卵かけごはんなんだねえ……

日和は卵かけごはんが大好きだ。特に黄身だけを使った卵かけごはんのねっとりとした味わいが大好きで、できれば黄身だけごはんにしたいと思うけれど、残った白身の処遇を考えるとそうもいかない。

たまに我慢ができなくなって黄身だけを使い、白身はフライパンで焼いて食べることもあるが、やはり面倒なのでいつもは全卵を使っている。

そんな日和にとって、最初から黄身だけの卵かけごはんは嬉しすぎる。もともと美味しい鯛の刺身が卵かけごはんと合体しているなんて、ご褒美そのものだった。

鯛の身は、噛《か》むと歯に絡みつくようなねっとり感がある。前に母が言っていたが、これは熟成された魚の身特有の柔らかさだそうだ。取れ立て、捌《さば》き立ての魚はこりこりしていて美味しいが、熟成させるとまた別の旨みが出てくる。むしろ鯛や鮪《まぐろ》は熟成させたほうが好きだ、と母は言う。

いつかこの店に母と一緒に来たい。母ならきっと、この『鯛飯』に目を輝かせることだろう。

タレの甘みと鯛の甘み、卵の黄身の甘みまでうまくマッチしている。一杯目のご飯はあっという間に喉を通過していった。添えられた小鉢の煮物を間に挟み、二杯目に挑む。ただ食べるのではなく挑む。この『鯛飯』の魅力を余すことなく堪能したい一心だった。

十五分後、日和は、お櫃に残ったごはんを恨めしげに見つつ箸《はし》を置いた。二杯目を食べ終わってもまだ片口に鯛とタレが残っていたため、もう半分お茶碗にごはんをよそった。それもきれいに平らげたけれど、どう頑張ってもこれ以上は無理だ。

無念、無念……と心の中で呟《つぶや》きつつ、立ち上がる。お昼時で店内はほぼ満席、従業員の人たちはみな忙しそうに動き回っている。それでも、席を立った日和にすぐに気付いて対応してくれたのはありがたかった。

忙しい店はこういう目配りのいい従業員がいてくれなければ成り立たないし、そんな人がいるからさらに人気が出る。いつか母と一緒に訪れることがあったとしても、この店は今と同様に人気の店であり続けるに違いない。

鼻歌まじりに駐車場まで歩き、また車で走り出す。

『鯛飯』は美味しいし、道はわかりやすい。宇和島は素敵な町だなあ、と思っているうちに次の目的地、宇和島城に到着した。

宇和島城は藤堂高虎《とうどうたかとら》が建てた城で、伊達《だて》政宗《まさむね》の長男秀宗《ひでむね》が入城して以来、九代にわたって伊達家の居城になったという。

伊達政宗と言えば、仙台を訪れたときに銅像を見た覚えがある。てっきり一族揃って東北で暮らしていたとばかり思っていたが、はるか離れた四国でも名を馳《は》せていたのか……と驚かされる。

――でもまあ、自分の意思で移動してたわけではないよね。きっと殿様の『次はあっち』なんて一言で飛ばされたんだろうなあ……。江戸時代の武士も今のサラリーマンも大差ない。遠路はるばる徒歩か、せいぜい馬で移動しなければならなかった当時に比べれば、今はまだマシなのかも……

伊達秀宗は伊達政宗の子として東北に生まれたあと、人質として豊臣秀吉《とよとみひでよし》の管理の下、伏見《ふしみ》で暮らしていたそうだ。ただでさえ不遇としか思えない暮らしだっただろうに、さらに西の四国の城に入れと言われた秀宗は、どれほど戸惑ったことだろう。

どんな場所かもわからない。おまけに今と違って橋なんて架かっていないから、海を渡る必要もある。危険だし、当時は参勤交代があったから、そのたびにとんでもなく費用もかかる。戸惑いを通り越して困惑したかもしれない。それとも、それでも一国一城の主《あるじ》、人質よりは遥かにマシと喜んだのだろうか……

いずれにしても、秀宗がこの地に来て、九代にわたる伊達家の統治が始まったからこそ宇和島の繁栄がある。宇和島にとって伊達家、そして宇和島城は欠くことのできない存在なのだろう。

駐車場から北門を経て、天守閣への道を上る。距離は長いが比較的緩い坂が続く道と、短距離で一気に石段を上がる急な坂があるらしい。どっちにするか迷ったあと、行きは緩い坂、帰りは急な坂を使うことにする。

だらだらくねくねと続く道を上ること十五分、ようやく天守閣に到着した。

その時点で足はくたくた、『足摺海底館』と駐車場の往復のあと、宇和島までおよそ二時間運転してもさほど疲れは感じていなかったが、さすがに『プチ山登り』には太刀打ちできなかったようだ。

天守閣を写真に収め、いつもどおりにため息をつく。

日本の城は山城が多すぎる。敵に攻められることを考えたら、守りやすい山に造るのは当然なのだが、観光には不向きだ。坂道を十五分上ってきたあと、さらに天守閣の階段を上れというのは酷すぎる。少なくとも、日和には無理だ。こんなことなら、学生時代に運動部にでも入って鍛えておけばよかったと思うけれど、後の祭りもいいところだ。そもそもあの頃は今とは比べものにならないほどの人見知りだったから、体育会系のノリについて行けなかったに違いない。

果たして天守閣に上る日は来るのだろうか、などと考えながら踵《きびす》を返す。それでも、青空を背にした天守閣の写真は、引き伸ばして飾りたいほどよく撮れていたし、宇和島城の歴史については旅に出る前に自分なりに学んだ。これから駐車場まで歩いて戻り、本日の宿である松山まで運転していくことを考えたら、無理は禁物だった。

急なだけではなく、どこに足を置いていいか悩むような石段を下りて駐車場に戻る。止めてから戻ってくるまでの時間は四十分、駐車料金は百円だった。

——一時間百円！　東京では絶対あり得ない。下手したら十五分でも二百円ぐらいかかっちゃう。天守閣に入れば入場料がかかるけど、それ以外は無料。これなら何度だってこられる。上ったり下りたりは大変にしても、お城が好きな人には魅力的な場所なんだろうなあ……

『お城好き』の代表みたいな人の顔が目に浮かぶ。

今回、蓮斗に四国旅行の日程は知らせなかった。計画だけでも、とすすめてくれたのは彼だし、麗佳か浩介から聞いたかも知れないが、連絡がないところを見ると、興味がなかったのかもしれない。

ずっと親切にしてもらってきたけれど、やはりそれは彼の人柄によるもので、相手が日和だからということではない。知り合ってすでに三年、蓮斗の性格もなんとなくわかってきた。もちろん優しくて穏やかな人だけど、意外に大胆な行動を取ることもある。特に、見たいものや欲しいものがあるときは迷うことなく行動している気がする。

麗佳に即座に見抜かれたほど、日和の彼への想いはわかりやすいようだ。きっと蓮斗自身にも伝わっている。もしも彼が日和に対して特別な感情を持っていたら、なんらかの反応があったはずだし、それがないということは『知らんぷり』を貫きたいということだろう。

玉砕して傷つかずに済むように、予防線を張ってくれている。それは、蓮斗なりの優しさに違いない。それに、万が一、億が一でも付き合い始めることがあったとしたら、蓮斗は今のように気ままに旅に出られるだろうか。仕事は忙しそうだし、やっとできた休日を大好きな旅に費やしにくくなったとしたらあまりにも申し訳ない。彼が運営しているSNSのファンだってがっかりするだろう。

麗佳と浩介はそのあたりとてもうまくやっているけれど、あれは長い付き合いの成果だ。日和と蓮斗の組み合わせで同じことができるはずがなかった。

――結局、ずっとこのままなんだろうな……。たまに連絡をもらったり、会えるだけでもよしとしなきゃ……あれ？

諦め気分でエンジンをかけようとしたとき、スマホの着信ランプに気がついた。おそらく天守閣から下ってくる途中で着信があったのだろう。確かめてみると、電話がかかってきたあとにメッセージが届いている。いずれも、たった今想いを馳せていた蓮斗からだった。

『今、どこにいますか？』

休日にこうやって気にかけてもらえるのはありがたいことだ。でも、こういう関係が続く限り諦めがつかない。

それでも、こちらからの連絡を控えるのがせいぜい、もらった連絡を無視するなんてできっこない。小さくため息をついて、メッセージを返す。

『四国にいます』

『ちょっと電話してもいい？』

急用だろうか。まさか麗佳か浩介になにかあったとか……と心配になって、着信を待たずにこちらからかける。電話嫌いを克服できてよかったと思う瞬間だ。

呼び出し音が鳴るか鳴らないかのうちに、蓮斗の声が聞こえてきた。

「四国に行くなんて聞いてなかったけど？」

「え……でも、前にすすめてくださったから……」

「そりゃそうだけど、四国のどこに行くとも、いつ行くとも聞いてないよ」

「ごめんなさい……」

なぜ謝っているのか、と我ながら不思議になるが、謝らずにいられないほど、蓮斗の声は不機嫌そうだった。だが、日和の『ごめんなさい』を聞いたとたん、声にまとわりついていた棘《とげ》のようなものがすっと消えた。

「こっちこそごめん。梶倉さんがどこに行くかは、梶倉さんの自由だよ。でも……」

そこで蓮斗はいったん言葉を切った。軽く息を吸ったかと思うと、早口で続ける。早口というよりも怒濤《どとう》の勢いだった。

「正直、寂しかった。このところずっと旅の相談をしてくれてたから、すっかりアドバイザー気取りだった。特に四国は、俺も行ってきたばかりだし、梶倉さんが好きそうな見所とかルートとかをそれなりに考えてたんだよ。で、そろそろ計画し始めるころかなーと思ってたら、浩介が……」

「もしかして『梶倉さん、四国行ってるんだってさ』とか？」

「そう。そのまんま言われた。で、きょとんとしてたら、知らなかったのか？　とまで」

今日は日曜日だ。こんな話が出てくるところを見ると、蓮斗は浩介と一緒にいるのだろうか。もしかしたら浩介だけではなく、などと考えている間も蓮斗の声は続く。

「で、うーむ……とか呻《うな》ってたら、気になるならさっさと連絡しなさい、って麗佳に発破かけられた」

やっぱり三人で一緒にいるのか、と落ち込む。もともと仲良しなのだから、三連休のうちの一日ぐらい一緒に過ごしていても不思議ではなかった。

「本当にすみません。でもいつまでも蓮斗さんに頼り切りじゃよくないな、と思って」

「どうして？」

「どうしてって……」

「こう言っちゃなんだけど、ひとり旅の経験は俺のほうがずっと長いよ。持ってる情報量も段違い。必要ならいつでも提供するって」

「それでも……」

「もしかして、俺って鬱陶《うっとう》しい？」

「そんなことあるわけないじゃないですか！」

思わず声が大きくなった。と、同時に車の中でよかったと思う。さもなければ、道行く人から注目を浴びていただろう。

「鬱陶しいなんて思ってたら、あれこれ相談したりしませんよ」

「そう？　麗佳の知り合いだから無下にできないとか思ってない？」

「無下にしないと相談を持ちかけるって別の話じゃないですか」

「別なのかな……」

「無下にしないってなんか受け身じゃないですか。話しかけられたときに当たり障りなく応える、みたいな？　でも相談は自発的です。この人の意見を聞きたい、教えてほしいって狙いを定めてるんですから」

「了解。ならよかった。で、今は四国のどこ？」

さっきまでとは打って変わった明るい声で、蓮斗が訊ねてくる。それからあとは、いつものやりとりだった。

「今は宇和島にいます」

「さては昼ご飯は『鯛飯』だったな？」

「バレちゃいました？」

「当然。食いしん坊が昼時に宇和島にいて、『鯛飯』を外すなんてあり得ない」

「そうなんですよ。わざわざそのためにお昼に間に合うように走ってきました」

「走ってきたってどこから？」

「足摺岬から」

「足摺岬！　それは遠路はるばるお疲れ様。東京からは飛行機？」

「はい。松山空港に入って車を借りて、明日はまた松山から帰ります」

「そっか。で、四万十川はどうだった？」

「……きれいでした」

「沈下橋も行った？」

「はい。佐田沈下橋に」

「あーあそこ、猫だらけだよね」

「日暮れが近かったので、ちょっと恐かったです」

「わかる、わかる。猫ってかわいいけど、夜になるとなんか別のものになってそう。で、『仁淀ブルー』も見られた？」

「なんとか……ってか、なんでそんなに詳しくわかるんですか！」

「過去データの蓄積かな。奥入瀬で感動しまくった梶倉さんが、日本最後の清流を見に行かないわけがないし、四万十川について調べたなら沈下橋は見に行くだろうし、仁淀川の情報も引っかかってくる。次にいつ行けるかもわからないんだから『仁淀ブルー』を見逃すわけがない。違う？」

「そのとおりです……」

「で、宇和島に来て『鯛飯』を食べて、藤堂高虎が建てた城を見た、と」

「さすがです。藤堂高虎までご存じなんですね」

「城マニアには有名な武将だよ。生涯で二十以上の城を造ったって言われる。和歌山にも三重にも滋賀にも建てまくったし、江戸城の改築とかにも関わったらしい。四国だと宇和島城や今治《いまばり》城、大洲《おおず》城の修築も有名かな」

「そんなに……すごい働き者だったんですね」

「ただ働き者なだけじゃなくて、独創的だし忠実でもあった。技術屋としては見習うべき人物だよ。で、今日は松山泊まり？」

「はい。道後《どうご》温泉です」

「いいねえ。じゃあ松山城は行くとして、もし時間があるようなら今治城にも足を延ばすといいよ。すごく梶倉さん向きの城だから」

「私向きって？」

「それは行ってからのお楽しみ。もし行けなかったら説明するよ」

「……あ、はい」

「邪魔して悪かったね。この先も運転気をつけて」

「いろいろ教えていただいてありがとうございました」

「気にしないで。梶倉さんが『自発的』に俺に連絡くれてたってわかって嬉しかった。じゃあね」

それを最後に通話は終わった。

なんだったの今の……としばらく考えて、はっとする。

――『自発的』に連絡くれてたってわかって嬉しかった、って言った!?　麗佳さんがらみで仕方なく相手してたんじゃなくて、嬉しかった？　それって、それって……

落ち着け日和、と胸に手を当てる。

誰だって、『いやいや』や『やむを得ず』よりも『喜んで』のほうが嬉しいに決まっている。蓮斗はまっすぐな性格だから、その思いを素直に口にしただけだ。決定的な言葉はひとつも入っていない。都合よく解釈して舞い上がって、あとから落ち込むのはまっぴらだ。

けれど、なんとか落ち着こうとしている矢先、またスマホにメッセージが届いた。大急ぎで開いてみると差出人は蓮斗だった。

『今度、一緒に小田原城か忍城《おし》に行かない？』

これはなんの誘いだ。このところお城ばっかり見に行っているから、日和もすっかり『城オタク』認定されて、同志で城見物に行こうという話だろうか。

頭の中が疑問符でいっぱいになっていると、すぐにまた着信音が鳴った。

『もちろん、梶倉さんがひとりで行きたいなら邪魔はしないけど』

小田原城はともかく、忍城なんてどこにあるかも知らない。だが、蓮斗の誘いならどこにでも行く。わざわざ日和を選んで誘ってくれた。これこそ蓮斗の『自発的』な意思だろう。反射的に指が動いてメッセージを返す。

『ご一緒したいです！』

あれこれ考えて文章をこねくり回してもいい結果には繋がらない。即答は気持ちの強さの表れだと思ってもらえるのを祈るばかりだ。

蓮斗からの返信も早かった。

『じゃあ、予定を立てて連絡する。あ、お土産に『梅錦《うめにしき》』なんて買ってこなくていいからね』

ちゃっかりお土産をねだる言葉でメッセージを結び、やり取りは終わった。ふうっと息を吐いて、シートにもたれる。俯《うつむ》きっぱなし、しかもスマホを握りしめてメッセージを打っていたせいか、首筋が少し硬くなっている気がする。それでも心は今日の空のように晴れ晴れとしている。近いうちに、蓮斗とふたりでお城に行ける。これまでのように『偶然会う』のではなく、ちゃんと約束して出かけるのだ。まるでデートみたいではないか。

首をぐるぐる回してほぐしたあと、フロントガラス越しに外を見る。さっきまでの諦め気分はどこへやら、空も木々も駐車場に敷かれたアスファルトですら、色が一段と深くなった気がする。

しばらく色鮮やかな世界を眺めたあと、車のエンジン始動キーを押す。こんなときこそ浮かれずに、落ち着いた運転をしなければ……と自分を戒め、出口に向かう。かかった料金は二百円、いつの間にか一時間を超えていたらしい。感動のひとときの対価としては安すぎるな、と思いながら料金を支払い、ゆっくりと走り出す。次の目的地の道後温泉まで一時間半、午後三時までには着けることだろう。

午後三時五分、日和はホテルの駐車場に車を止めた。

ホテルが近づくにつれて覚えていた微《かす》かな違和感が、エンジンを止めたとたん頭痛に変わった。長い運転と予想外の出来事は思ったより負担が大きかったらしい。ホテルに着いたことで、もう具合が悪くなっても大丈夫とでも思ったのだろうか。我ながら融通の利く身体だな、と苦笑しながら玄関に向かう。

できれば今日のうちに松山城を見ておきたいと思っていたが、この分では無理そうだ。

お城は明日に回して、今はとにかく休みたかった。

部屋の入り口にキャリーバッグを放置し、なけなしの理性で手と顔だけ洗ってベッドに潜り込んだ。ダブルルームのシングルユースだったため、ベッドは広く、硬さもちょうどいい。浴衣に着替えればもっと快適だろうに……と思いながらも立ち上がる気力もなく、そのまま眠りに落ちた。

昼寝でなんとかなりますように……という祈りが通じたのか、目覚めたときには頭痛はすっかり治まっていた。

ふと見ると、枕元にスポーツ飲料のペットボトルがあった。宇和島城の自動販売機で買ったものの、蓮斗から連絡が来てそのままになっていたものだ。寝る前に半分ほど飲んだ記憶はあるが、ほとんど空になっているところを見ると夢うつつで何度か口にしたのだろう。

そういえば運転中も水分補給はほとんどしなかった。いつもなら、信号待ちの間に少しずつ飲みながら走るのに、蓮斗からの電話のあとではそれどころではなかったのだ。快晴で九月にしては気温も高かったから、もしかしたら熱中症気味だったのかもしれない。

時刻を確かめるとすでに午後五時を過ぎている。二時間も寝ていたのかと驚いてしまった。

面倒だなと思いながらも化粧を直し、財布とスマホを入れたポシェットを斜めがけにして出かける。夕食付きなら外に出る必要はないのだけど、道後温泉街は美味しいものがたくさんあることでも有名なので行ってみたかったのだ。

道案内アプリによると、ホテルから『道後ハイカラ通り』と呼ばれる商店街までは、まっすぐ行けば五分もかからないらしい。だが、せっかく来たのに『道後温泉本館』を見ないわけにはいかない。

ガイドブックには必ず紹介されているし、アニメ映画のモデルになった場所だとも言われている。ちなみにこのアニメ映画、春に行った長野の渋温泉にもモデル地があったし、東北にもあるそうだ。あの不思議な世界は、いくつもの場所を参考にしているからこそ出来上がったのかもしれない。映画作りも大変だな、などと思いながら歩いているうちに、『道後温泉本館』に到着した。

――ここが本館か。大きな覆い……もろに工事中って感じ。できれば入ってみたかったけど、今回は諦めるしかないな……

道後温泉と言えば『道後温泉本館』と言われるほど有名な場所だけに、保存修理工事中に完全休業するわけにはいかなかったのだろう。客は受け入れているものの、入浴するには整理券が必要で、その整理券も午後三時過ぎには配り終えてしまうという口コミも読んだ。三連休の中日だからもっと早くなくなった可能性もある。縁がなかったと思うしかなかった。

――ホテルにだって大浴場があるし、どこで入っても道後温泉のお湯に変わりはないってことで！

しばらく建物というか覆いを眺めたあと、潔く歩き出す。そろそろお腹も空いてきたことだし、『道後ハイカラ通り』を歩いてみることにしよう。

『道後ハイカラ通り』は『道後温泉本館』前から始まり、『椿《つばき》の湯』の手前で曲がって道後温泉駅まで続く商店街で、お土産屋さんや飲食店がずらりと並んでいる。お土産は後回しにするにしても、とにかく夕食を……と思っても、どこも魅力的でなかなか入る店を決められない。

名物のじゃこ天だって食べてみたいし、じゃこ天のお店の向こうに地ビール館も見える。海鮮料理のお店もあるし、古民家風のカフェにもそそられる。

とりあえず全部見るしかない、と道後温泉駅まで歩いた結果、日和は決めるのを諦めた。とはいっても食べること自体を諦めるわけではない。食べたいものを買って帰り、ホテルの部屋で食べることにしたのだ。

こんなに美味しそうなものばかりあったら、ひとつだけなんて選べるわけない。気になるものは全部食べてやろう、と踵を返す。ポシェットの中には大きめのエコバッグがある。食欲任せのお買い物の始まりだった。

　三十分後、ホテルの部屋に戻った日和は満面に笑みを浮かべていた。

テーブルに並ぶのは、揚げ立てのじゃこ天、ぴたっとラップフィルムが巻かれたおにぎり、串に刺した出汁巻き、大きなおせんべいが二枚、果汁百パーセントのオレンジジュース、チキンスナック、そして生クリームたっぷりのロールケーキだった。

ただし全部『道後ハイカラ通り』で買った物とはいえ、道後温泉名物ばかりというわけではない。オレンジジュースは愛媛名物として有名ながら全国どこでも買えるものだし、チキンスナックとロールケーキは日和が大好きなコンビニのオリジナル製品だ。

なんでわざわざコンビニに入っているのだと言われそうだが、食事には飲み物が必要だし、飲み物を選んでいるうちにチキンスナックとロールケーキが食べたくなったのだから仕方がない。

そもそも旅先ではその土地のものしか食べないなんて縛りは日和にはない。食べたいから食べる、ただそれだけだ。本当は地ビールを楽しみたかったが、頭痛が治まったばかりでアルコールはよくないと我慢しただけでも褒めてほしい気分だった。

まずはこれ、と紙袋に入ったじゃこ天に手を伸ばす。せっかくの揚げ立てを買ってきたのだから、冷めないうちに食べたい。

手に持つとまだかなり温かい。熱いではなく温かいというのはちょっと残念だが、あまり熱すぎると味がわからないこともある。これぐらいがちょうどいいのよ、と自分に言い聞かせながらガブリ……口の中いっぱいに海の香りが広がる。

『じゃこ』という響きから、じゃりじゃりしそうな感じを受けたがまったくそんなことはない。ちりめんじゃこだってじゃりじゃりなんてしないのだから当然だ。

ほんのちょっと生姜《しょうが》醬油があれば……と贅沢なことを考えながら食べ終わり、そのまま出汁巻きを手に取る。

鮮やかな黄色、ほどよい厚み、隙間なく巻かれた断面から熟練の技が窺《うかが》える。作家物の角皿に笹の葉と一緒にのせられるに相応《ふさわ》しい一品だ。まさか串刺しにされるなんて思ってもみなかっただろうと同情するが、食べやすいことこの上なし。関西風の控えめな甘さとじわじわ染み出してくる出汁の旨み、食べ歩きを前提にこの美しい出汁巻きに串を刺した料理人の腕と心配りまで合わせて、拍手喝采《かっさい》したくなった。

さらにおにぎりの見事さと言ったらない。このおにぎりは表面まで茶色く染まっているが、炊き込みご飯ではなく、タレがまぶされている。そしてそのタレは、なんと鰻《うなぎ》の蒲焼《かばや》きのタレなのだ。もちろん中には鰻の小片も入っている。鰻好きの日和はつい『小片』と言ってしまったが、鰻の高騰が止まるところを知らない現在、缶ビール一本とどっこいどっこいの値段で本物の鰻が入っているだけでもすごい。しかも相当美味しい。この値段ならタレだけでも文句は言えないのに、鰻まで味わえて大満足、ふたつ買えばよかったと心底後悔する。

さっきの出汁巻きと鰻のおにぎりは、どちらも同じ店で売られていた。機会があれば、店内で鰻料理を味わいたいと思うが、やっぱり食べ歩きしてしまうかもしれない。そのあと食べたおせんべいは手焼きかつ、原料はお米です、ごはんのかわりでもいけます、と主張しているかのようなボリュームだった。何種類もある中から日和は海苔が巻かれたものを選んだが、香ばしい醤油とパリッとした海苔が合わさって、噛んでいるうちに上等の焼きおにぎりみたいな味になった。しかも、このおせんべいはサイズが大きいためにお腹にしっかり溜《た》まる。さっきは後悔したけれど、鰻のおにぎりをひとつにしておいたのは大正解だったようだ。

そのあと『いつもの味』であるチキンスナックとロールケーキまでお腹に収め、日和は満足しきってベッドに転がる。合間に飲んだオレンジジュースまで合わせて、買ってきた物すべてが美味しかった。ひとつの店で満腹するのはもったいない。『道後ハイカラ通り』はそんな場所だった。

翌朝、日和は午前六時に目を覚ました。ちなみにアラームはまだ鳴っていない。

寝る前に入りに行った大浴場のお湯は、しっとりとして滑らかだった。実は手の指先に小さなささくれができていて、もしかしたら沁《し》みるかも……と心配だったが、そんなことは一切なく、のんびり浸《つ》かることができた。お湯は四十二度、熱いお湯が好きな日和には嬉しい温度だ。ただ、日和が一番驚いたのは、滑らかさや温度ではなく、身体を洗おうとしたときの泡立ちの良さだった。

――うひゃあ……あわあわだ！　泉質によってはもったいないほどボディソープを使わなきゃならないところもあるけど、ここはほんのちょっとでこんなに泡立っちゃう！

簡単に泡立てば客も楽だし、使うボディソープの量が少なければ経費がかからなくてホテルも助かる。これはウィンウィンだ、と納得して身体に付いた泡を流した。

部屋に戻ったあとは爆睡、おかげでアラームが鳴る前にすっきり目を覚ましたというわけだった。

――さて、朝ご飯を食べてさっさと出かけますか！

昨日は本当にいい一日だった。海底を泳ぐ魚たちのありのままの姿を見られたし、海沿いのドライブも気持ちがよかった。宇和島の『鯛飯』もお城も、そのあと起こったことも……すべてが『素晴らしい』の一言。唯一残念だったのは、朝っぱらから忘れ物を取りに戻らなければならなかったことだが、それすら気にならなくなるほど、最高の一日だった。

カーテンを開けてみると快晴、雲ひとつない空が広がっている。これなら今日も気持ちよく走れるだろう。

クロワッサン、スモークサーモン、ふわふわのスクランブルエッグにフルーツをたっぷり入れたヨーグルトにグリーンサラダというおしゃれな朝食を終えたのは七時十分だった。すぐさま部屋に戻って荷造りし、チェックアウトする。

当初の予定ではもっとゆっくりするはずだったが、こんなに急いでいるのにはわけがある。朝一番で『今治城』を見てこようと思ったのだ。

道後温泉から『今治城』までは車でおよそ一時間。今すぐに出れば、十一時過ぎには戻ってこられる。『松山城』から松山空港までは車で二十分かからないから、お城を見に行く時間もあるはずだ。

昨日の『宇和島城』から三連続のお城見物となるが、『今治城』は見ておきたい。なんといっても蓮斗のすすめだし、彼が「梶倉さん向きの城だから」と言った理由が知りたかった。

午前九時五分、『今治城』の堀にかかる橋の真ん中で、日和は目を見張っていた。

橋から見下ろした堀の中を魚がすいすい泳いでいく。しかもこの魚たち、看板の説明によるとタイやスズキ、ボラといった海の魚だそうだ。堀にいる魚と言ったら、コイやフナといった淡水魚だとばかり思っていた日和には、大きな驚きだった。

しばらく眺めていたあと、はっと気付く。魚に足止めされている場合ではない。お城そのものを見なくては……と歩き出し、天守閣の前に着いたところで苦笑する。苦笑というか、むしろ大笑いしたくなるような感覚だった。

――確かにこれは私向きのお城だわ……

駐車場から天守閣までがあまりにも近い。もっと言えば、ほとんど坂というものがない。橋を渡ったらすぐに城内、少し歩いたらもう天守閣だ。

これまで日和が見た城はものすごく敷地が広大か、山の上にあるかのいずれかで、天守閣に到着するころにはへとへとになっていた。それが天守閣に入らずに帰ってくる最大の理由だったのだが、『今治城』にはそんな問題はない。

もう入場料は払ったし、天守閣も別料金ではなさそうだ。時間もそれなりにある、ということで日和は天守閣に上がってみることにした。

展示室に並んでいる鎧甲《よろいかぶと》を眺め、やっぱり偉い人の鎧や甲は派手で立派なのね、さぞやお金もかかっているんだろうな、などと思いながら上がっていく。天守閣自体はそれほど大きくもなく、息を切らすこともなく上がりきる。

天守閣に上がるなんていつぶりだろう。善光寺の門には上がったが高さが段違いだ。それでもやっぱり『下々の者たち、達者で暮らせよ』なんて言いたくなるなあ、と苦笑しつつ今治市内を見下ろす。この城は水城なので天守閣の分だけの高さしかないが、山城ならもっと高くて気分がいいかもしれない。山の上に城を建てたがる武将の気持ちが少しだけわかったような気がした。

『下々の者たち』の達者を願ったあと、反対側に行ってみた日和は、そこで大きく息を呑んだ。

——あれって『しまなみ海道』だよね？　ここから見えるなんて！

『しまなみ海道』は全長六十キロ、瀬戸内海《せとないかい》に浮かぶ島々を経由しつつ四国と本州を結ぶ橋である。

四国の代表的な観光地のひとつではあるが、日程やコースを考えたら今回は無理だと思っていた。

たとえ遠くからでも眺めることができるなんてラッキーそのもの、むしろ実際に行くよりもここから眺めるほうが、全部が見渡せていいと思えるほどだった。

『今治城』に来なければ、天守閣に上がらなければ見られなかった風景だ。

堀にいる海の魚たち、駐車場から近すぎる天守閣、遠くに望める『しまなみ海道』、全部が嬉しい。

なにより嬉しいのは、蓮斗がここを『梶倉さん向き』と言ったことだ。向き不向きを判断できるほど性格を理解してくれている、と思うと勝手に目尻《めじり》が下がっていく。

――蓮斗さんは、私がどういう人間かわかってくれてる。その上で、一緒に出かけたいと思ってくれたんだ！

スマホで撮った写真を蓮斗に送ってみた。すぐに大喜びしているペンギンのスタンプが返ってくる。さらに『天気がよくてよかった』というメッセージも……

驚いていないところを見ると、やはりここから『しまなみ海道』が見えることを知っていたのだろう。コースに入っていない有名観光地を見せてやろうという蓮斗の気遣いがありがたかった。

『来てよかったです。すすめてくれてありがとうございました』

『梶倉さん向きだっただろ？』

『すごく』

『よかった。これからまた松山に戻るんだよね？　気をつけて』

『ありがとうございます』

お礼の言葉でメッセージを終わらせ『しまなみ海道』に別れを告げる。時刻は午前九時半、あとは『松山城』に行くだけだ。これなら時間はたっぷりあるだろう。

『松山城』へは行きはリフト、帰りはロープウェイに乗ることにした。

正直に言えば、リフトはちょっと恐いし時間もかかると聞いたので、往復ともロープウェイに乗りたかったのだが、あいにく出発したばかりで待ち時間が長かった。上りならさほど恐くもないだろうと考えてリフトに乗ることにしたのだが、これがよかった。木々の緑の中をゆっくりと進んでいくリフトは風情があるし、足下に次々と標語がでてくる。

緩い坂に貼り付けられた『いろんな子　いっぱいおって　かまん！　かまん！』とか、『かしとおみ！　心のリュック半分持つけん』といった、方言まじりの標語はなんとも優しく温かく、時に笑いを誘うものまであって、恐さを感じることなく上がりきることができた。

リフトを使ったおかげで楽に着くことができたけれど、『松山城』の天守閣は『今治城』よりもかなり大きそうに見える。

時間はたっぷりあると思っていたが、ロープウェイ乗り場近くの駐車場に車を止めたところ、近くに『みかんジュースの蛇口』がある店を見つけてしまった。蛇口から出てくるみかんジュースを自分で紙コップに注いで飲めるとあっては試さないわけにいかない。喉が渇いているからとりあえずジュースだけでも、と入ってみたら、土産物がたくさん並んでいた。柑橘《かんきつ》類を使ったゼリーやジュースはどれも気になるし、ゆるキャラのぬいぐるみはかわいいし、で時間を忘れて楽しんでしまったのだ。

　大急ぎなら見られるかもしれないが、もともと天守閣はスルー派だし、さっき見た『しまなみ海道』の印象を消したくない。秋空に映えるお城を見られただけで十分と満足し、帰ることにした。

　川を見る旅のはずが、実質は城巡りの旅になった気がする。それでも、間違いなく『四万十川』も『仁淀ブルー』も見られたし、『城オタク』の蓮斗と出かけるのに城巡りの話は打ってつけだ。

　なにからなにまで楽しかった。やはり旅は素晴らしい。またいつか、今度は香川や徳島にも、訪れてみたい。四国の素敵なところをたくさん知るために……

　松山空港への道を走りながら、日和はそんなことを考えていた。

第五話　宮崎・鹿児島

――鹿児島ラーメンとかき氷

ひとり夜道を歩く。

かつて、これほどの闇の中を歩くことがあっただろうか、と思うほどの暗さだ。街灯はわずかしか設置されておらず、照らす範囲は極めて狭い。せめて月あかりでもあればいいのにと願うけれど、見上げた空は雲に覆われ、今にも雨粒が落ちてきそうになっている。

それでも、日和の気持ちはちっとも暗くない。むしろ身も心も軽々といった感まである。なぜなら時折スマホがポーンと軽い音を立て、最強の旅行アドバイザーからのメッセージを届けてくれるからだ。

蓮斗と出かけたのは、四国から帰って二週間ほど経った日曜日だった。

蓮斗の提案どおりに小田原城に行ったのだが、終わってみれば金沢と姫路に久留里《くるり》城を足して二で割ったような感じだった。三で割るほど薄くはなく、足しっぱなしにするほどの濃さでもない。

緊張というか、ドキドキした度合いで言えば、麗佳の結婚式の前夜に一緒に居酒屋に行ったときとか、並んで受付に立っていたときのほうが大きかった気がする。

かといって不満かと言えばそうではない。むしろ、これぐらいでちょうどいい。これ以上となったら心臓が持たなかっただろう。

それ以後、蓮斗の忙しさに会う機会は増えないまでも連絡の頻度は激増、日和の一日は蓮斗への「おはよう」のメッセージで始まり、「おやすみ」で終わるようになった。

今回の旅についてもいろいろなアドバイスをもらったが、実際に出発したあとは着信音が少し減った。おそらく、日和の旅を邪魔しないでおこうという心遣いだろう。それでも時折、日和のスケジュールを知っているからこそのアドバイスが届く。たとえば、ホテルを出る直前に届いたメッセージはこんな感じだった。

『雨になりそうなら気をつけて。俺、前にそこに行ったとき、あまりにも暗くて目を凝らしながら歩いてたんだけど、前ばっかり気にしてたら濡《ぬ》れた横断歩道で足を滑らせて盛大に転んだんだ』

読んだとたん、顔をしかめる蓮斗の顔が目に浮かんだ。わざわざ注意を促してくれるところを見ると、かなりの痛みだったのだろう。

『ありがとう。気をつけます』

メッセージを返したあと、日和はホテルを出た。

途中で横断歩道があったので見てみたが、確かに白いラインはツルツルで滑りやすそうだ。まだ雨は降っていないのにこの状態なら、濡れたらさらに滑りやすくなるに違いない。蓮斗の助言をありがたく思いながら暗い道を歩く。

現在日和がいるのは宮崎県西臼杵《にしうすき》郡高千穂《たかちほ》町《ちょう》、今から高千穂神社にお神楽《かぐら》を見に行くところだ。

正直、ここまで来るのは大変だった。

高千穂は日本屈指のパワースポットと名高いが、陸路なら新幹線から在来線に乗り継いで最終的にはバスかレンタカーを使うことになる。最短でも東京から十時間以上かかるし、飛行機にしても、熊本空港からバスかレンタカーになるし、飛行機は電車よりも待機時間が長い。日和は心配性なので、午前十時の飛行機に乗るとなったら九時には空港に着いていたい。となると家を出るのは午前八時、それでも熊本に着くのはお昼、そこから車で走って現地到着は午後一時半とか二時になってしまう。

九州は、以前福岡を訪れただけで、それ以外には行ったことがない。どうせ高千穂に行くならば、少しはほかも回りたいとなったら、一泊ではとてもじゃないが無理だ。

秋は観光に打ってつけのシーズンで、十月にも連休があったが、九月の三連休で四国に行ったばかりだったため、さすがに経済的に無理だった。今年の三連休は十月が最後だとわかっていたから、高千穂は来年以降かな……と諦《あきら》めていたのだ。

ところがそんな矢先、休日出勤案件が持ち上がった。会社で使っているパソコンやプリンターが老朽化してきたので、新しいものと入れ替えたい。作業そのものはリース会社が来てやってくれるけれど、誰かが立ち会う必要がある。業務に支障がないように休日にやりたいのだが、休日出勤してくれる人はいないか、というのだ。

　話を持ち出したのは斎木だったが、聞いたとたんに麗佳が訊《たず》ねた。

『課長、それって代休をいただけるってことですか？』

『もちろん。なんなら週末にくっつけて三連休にしてもいいよ』

『三連休！　それは魅力的ですね。じゃあ私が……って、いつなんですか？』

『十一月三日。本当は俺が出ようと思ってたんだけど、あいにく法事が入っててね』

『十一月三日!?　私も予定が入っちゃってます……』

　麗佳はひどく残念そうにしていたものの、すぐに気を取り直したように日和に言った。

『梶倉さんはどう？　なにか予定がある？』

『なにも……』

『今のところは、でしょ？』

　そこでにやりと笑ったのは、日和が蓮斗と一緒に出かけたことを知っているからだ。これまで散々心配をかけていたこともあって、四国から戻ってすぐに蓮斗とのやり取りを報告した。小田原城に行くことも教えたし、帰ってからも様子を知らせた。麗佳にしては珍しく根掘り葉掘りになっていたが、あれだけ日和の恋を応援してくれていたのだから当然だ。

　その後も、折に触れ『次のデートの誘いはないの？』なんてにやにや笑いながら言うけれど、そもそもあれは『デート』とは言えない。日和はそうであってほしいと願ったし、小田原城に行った日も蓮斗に会うまではずっとドキドキしていた。けれど、実際に会ってみたら蓮斗はそれ以前とまったく変わらず、なにひとつ告白めいた台詞《せりふ》も口にしなかった。もちろん、日和から告白なんてできるわけもない。だから、あれは単なる『城オタク』主催の小田原城見学会だったと思っている。

だが、『デート』かどうかにかかわらず、次に誘われる機会があったとしても十一月三日とはならない。日常的な連絡が増えたせいで、その日は蓮斗自身が休日出勤だと日和は知っているからだ。

『十一月三日なら大丈夫です。私が出勤します。そのかわり、四日を休ませていただいてもいいですか？』

『OK、OK！　悪いね、助かるよ』

こちらこそ助かります、だった。有休は権利だと言われても、日和の性格上、自分だけ何度も取得するのは憚《はばか》られる。代休なら誰もが納得してくれるし、十一月四日から六日というのも素晴らしい。実は、蓮斗が休日出勤しなければならないのは、七日の朝までに終わらせなければならない仕事が遅れに遅れているせいらしい。蓮斗自身の不始末ではなく取引先の都合だというのがあまりにも気の毒だが、とにかくその週は休日どころではない状況だそうだ。

好きな人がろくに休めないほど忙しいのに、自分だけ旅行をするつもりかと呆《あき》れる人もいるかもしれないが、少なくとも蓮斗は違う。蓮斗も欲しがっていたパンダの赤ちゃんの観覧券に当たったときも、申し訳なさそうにする日和を笑い飛ばし、行ける機会があるならどんどん行くべきだよ、と背中を押してくれた。おそらく今回も、旅をするのに他人の事情を気にする必要などない、と言ってくれるに違いない。

　そんなこんなで三連休を取得し、旅に出ることにした。だが、計画はスムーズでも実際に移動するとなったらやっぱり大変で、いかに高千穂が遠いかを実感させられた。さすがは日本屈指のパワースポット、そう簡単には寄せつけない、といったところだろう。

　東京から飛行機で熊本空港に着いたのは午後十二時、本当はもう少し早く着くはずだったのだが、熊本から東京への飛行機が遅れていたせいで、出発も遅れてしまった。

　その上、レンタカー屋さんが空港内ではなかった。てっきり迎えに来てくれているものと思って待っていたのに、いつまで経っても現れない。おかしいと思って調べてみたところ、電話をかけて迎えに来てもらうシステムだった。慌てて電話をかけて迎えに来てもらったが、車を借りたあとも渋滞に捕まったり、工事による交互通行があったりで、高千穂に着いたのは予定より一時間近く遅い午後二時半だった。

　幸いチェックインしてからにしようと思っていた高千穂神社がホテルより手前にあって、とりあえずお参りをすませることができた。そのあと、案内標識で天岩戸《あまのいわと》神社もさほど離れていないとわかって、そのまま向かった。しかも、天岩戸神社の前に小さなスーパーがあって、食料も確保。ホテルにチェックインして一休みしたあと、お神楽を見るためにホテルを出てきたというわけだ。

ちなみに食事はまだ済ませていない。ホテル近隣に夜遅くまでやっている店が少なそうだったので、あらかじめおにぎりやお総菜を買っておいたのだが、なんだか食べる気になれなかった。

『高千穂神楽』は午後八時から九時までの一時間で終わる。昼ご飯が遅かったこともあって空腹は感じていなかったし、食料は確保してあるのだから、終わってからゆっくり食べればいいと考えたのだ。

高千穂神社に近づくにつれて、少しずつ人が増えてくる。増えたと言っても二十メートルぐらい先にふたり連れ、その前に子どもの手を引いた家族が一組だが、とにかく他にも人がいたことに安堵《あんど》する。

やっとお神楽を見られるとうきうきしていたものの、ここまで暗くて周りに誰もいないとさすがに不安になる。道を間違えているのではとか、異世界に紛れ込んでしまったのではなどとあり得ないことを思いかけていただけに、他の人に会えたことが嬉《うれ》しかった。

少し足を速めて家族連れに追いつき、そのまま脇の参道から境内に入る。どうやら『高千穂神楽』を観に来る人は、正面の石段からではなく駐車場からそのまま上がれる参道を使うらしい。

日和は、年越し参りを除いて夜の神社に来ることはない。日没後の神社はやっぱりちょっと恐い気がするし、神様だって夜ぐらい休みたいだろう。それでも神社が神楽舞を夜に設定しているなら、来ていけないはずがない。お休み中の神様と一緒にお神楽を楽しめるなんて乙ではないか。

寝転がってお神楽を見ている神様を想像し、笑いそうになりながら受付に行く。神楽殿はそれほど広くなく、入れる人数も制限されているものの、日和は前もってインターネットで予約をしてあるから安心だ。

古式ゆかしき神社の神楽殿にQRコードを示して入るとは思わなかったけれど、そういう時代なんだな、と思うしかなかった。

神楽殿の中はすでに八割方埋まっていた。神妙とか厳かといった感じは全くなく、誰もが楽しそうに語らいながらお神楽が始まるのを待っている。

真ん中よりやや後ろ寄りに空間を見つけて座布団を敷く。これは、日和が出かけようとしたときに、フロントの人が声をかけて貸してくれたものだ。なんでも、神楽殿は板張りで一時間も座り続けているのは大変なので、と宿泊客には無料で貸し出しているそうだ。

大きくて厚みのある座布団なので嵩張《かさば》りはしたが、座り心地がよくてやっぱりありがたい。高千穂に宿を取る人の大半が、お神楽目当てだとわかっているからこそのサービスなのかもしれない。

開始時間が近づくにつれて、どんどん人が増えていく。それでも、事前予約と当日券で入場人数が制限されているのでギュウギュウ詰めになることはない。周りには地元らしき人もいれば観光客に見える人もいる。割合としては地元七、観光客三ぐらいだろうか。しばらく近隣ならではの噂話や、旅の感想を語る夫婦連れの声を聞くとはなしに聞いているうちに、開演時刻となった。

『高千穂神楽』は高千穂神社が毎晩おこなっている神楽舞で、『手力雄《たぢからお》の舞』『鈿女《うずめ》の舞』『戸取《ととり》の舞』『御神体の舞』の四つが披露される。

『手力雄の舞』は天照大神《あまてらすおおみかみ》が隠れた天岩戸を探す手力雄、『鈿女の舞』は天岩戸から天照大神を誘い出すために舞う鈿女、『戸取の舞』は外の様子が気になって少しだけ開けられた天岩戸に手をかけてこじ開ける戸取の様子を描いている。最後の『御神体の舞』だけは天岩戸伝説とは別で、日本を造ったと言われるイザナギ、イザナミの夫婦神が酒を造って仲良く呑《の》む様子を表しているそうだ。

こういった説明をする前口上から興味深かったし、次第に酔っ払っていくイザナギ、イザナミのコミカルな舞はとても面白かった。説明によるとやはりこの『御神体の舞』は一番人気だそうで、それまで静かに見ていた人たちも『御神体の舞』が始まると大笑いして、場内の空気が一転するという。

けれど、日和がそれよりも気に入ったのは『戸取の舞』だった。途切れることのない太鼓と笛の音の中、勇壮な戸取の舞を見ていると、このまま違う世界に連れて行かれてしまうのでは……と思ってしまう。だがそれは、けっして不安を煽《あお》るものではなく、お腹の底から力がみなぎるような不思議な感覚なのだ。

場内には小さな子どもや一歳になるかならないかの赤ん坊もいたけれど、誰ひとり泣き出すこともなくじっと舞を見ている。終盤あたりになると眠り始めた子もいて、こんな大きな太鼓や笛の音の中、よくぞ眠れるものだと感心してしまった。もしかしたら、もっともっと小さなころ、あるいはお母さんのお腹の中にいる時分から、このお神楽を見ていて慣れっこになっているのかもしれない。

高千穂の神楽舞は重要無形民俗文化財に指定されていると聞いた。こんな赤ん坊のころから慣れっこになるほど見に来られるなんて羨《うらや》ましい限りだった。

午後九時、予定どおりに『高千穂神楽』は終わった。

案内に従って順次退場する。外に出てみると、いつの間にか雨が降り始めていた。

――あー……とうとう降ってきちゃった。神社での雨は、神様が歓迎してくれてる証拠だって言うけど、帰るときに降り出すっていうのも同じなのかな？　むしろ、さっさと帰れって水を撒《ま》かれてる感じとか……

そこまで考えて笑いだす。さっさと帰れと撒くのは塩だ。そもそも、お神楽を見るために足を運んだ人たちに、そんな意地悪なことをする神様はいないだろう。

座布団が濡れないようにしっかり抱え、ホテルへの道を辿《たど》る。ただでさえ傘と座布団の両方を持っていて歩きにくいのに、雨のせいか来たときよりも道が暗い。

来たときは途中から他の人と合流できてほっとしたけれど、帰りは人が減っていくばかりだ。真っ暗な道をひとりで歩いていると、本当にこの道はホテルに繋《つな》がっているのかと不安になった。

ようやくホテルの明かりが見えたときには、安堵のあまり泣き出しそうだった。

――ここまで暗いとは思わなかった。東京は深夜でももっと明るいもんね。でも、ここに住んでいる人にとってはこれが当たり前なんだろうなあ……

そんなことを考えながら迎えてくれたフロントの人に座布団を返し、部屋に戻った。

その時点で気持ちが妙に落ち着いていることに気付く。

あの勇ましくて面白いお神楽を見たあと、闇の中を歩いて帰る。高揚と沈静――『高千穂神楽』はそのふたつをセットにしているのだろうか。さすがは『天孫降臨の地』だった。

部屋に戻ったとたん、急激に空腹を覚えた。

いくら昼ご飯が遅かったと言っても、食べたのは途中のコンビニで買ったサンドイッチだけだ。午後九時を過ぎているのだから、お腹が空《す》くのは当然だろう。

先に買っておいてよかった、と思いながら、テーブルに放りだしておいたエコバッグからおにぎりと唐揚げのパックを取り出す。

――そういえば、これを買ったときにお店にいたお兄さんは、気持ちのいい人だったなあ……

天岩戸神社に着いてお参りしたまではよかったが、そのあと『天安河原《あまのやすかわら》』に足を延ばそうとしたら、なんだか急に頭が痛くなってきた。昨日は、高千穂に行けるのが楽しみすぎてよく眠れなかったし、飛行機は遅れ、レンタカーを借りるのにも難儀した。睡眠不足と気疲れで頭痛を起こしてしまったのだろう。

『天安河原』は天照大神がお隠れになった際、八百万《やおよろず》の神が集まって神議したと伝えられる場所で、行った人の話によるとちょっと賽《さい》の河原に似ているらしい。日和も写真だけは見たが、なかなかオカルティックな雰囲気で、体調の悪いときには行かないほうがいいような気がした。

ちょうどガイドらしき人に連れられて『天安河原』に向かうグループがおり、ここから十分ほど歩くという説明が聞こえてきた。頭痛は少しずつひどくなっていたし、往復で二十分も歩けそうにない。やむなく、縁がなかったのね、と断念したのだ。

せっかく来たのに……とがっかりしながら、それでも買い物だけは済ませようとスーパーに入り、適当に選んだおにぎりと唐揚げのパックを持ってレジに並んだ。その時点で、並んでいたのは日和を含めて三人だったが、すぐ前にいたお兄さんが振り向いて言った。

「お先にどうぞ。おい、そげん急いどらんで」

内容は言うまでもなく、言葉の響き自体がものすごく優しかった。いかにも九州らしい、テレビでしか聞いたことのない方言だ。

お兄さんは、そのまま近くで商品整理をしていたお姉さんと話し始めた。きっと常連なのだろう。作業服姿だったが、すでに今日の仕事は終わったらしい。『そげん急いどらん』は本当のようだが、それでも見ず知らずの人間にこんなふうに順番を譲ってくれるなんて格好よすぎる。日和だってものすごく急いでいたわけではないが、せっかく譲ってもらったのだから、とありがたくレジを済ませる。

不思議なことに、車を出してホテルに向かうにつれ、頭痛が和らいでいった。あの優しいお兄さんのおかげか、はたまたただの偶然か……なんとか無事にホテルまで運転することができたのである。

――九州は男性上位で亭主関白の人が多いって言われているけど、亭主関白が横暴とは限らないよね。あのお兄さんみたいに周りを思いやって、奥さんや子どもさんたちをしっかり守ってる人がたくさんいるんだろうなあ……

ほんの一瞬の出来事が印象を左右する。あのお兄さんのおかげで高千穂、いや九州全体のイメージは『爆上がり』だった。

なんの変哲もないように見えた唐揚げは、醤油《しょうゆ》ダレらしき下味がしっかりしていて肉も驚くほど柔らかい。スーパーで売られているお総菜の鶏肉《とりにく》ですらこれほど美味《おい》しいなんて、さすがは鶏肉王国宮崎県だ。

肉味噌《にくみそ》を使ったおにぎりも、冷め切っているはずなのにいかにも手作りっぽくてなんだか温かい気がする。細かく刻んだ野菜とほんのり甘い味噌、なによりお米そのものが美味しい。土の力を見せつけるようなおにぎりだった。

唐揚げとおにぎりとペットボトルのお茶、全部合わせても五百円もしなかった夕食にここまで満足できるなんて思わなかった。

明日の朝にはもうこの町を離れなければならない。高千穂牛の美味しさを知ることができなかったのは残念だが、代わりに味わえたのがこの夕食ならば悔いはない。スーパーで売られているおにぎりやお総菜は、その土地の人が日常的に口にしているものだ。土地の人たちにまじってお神楽を見たあと、土地の人たちと同じものを食べる。そんな行いに、高千穂の神様たちも微笑んでくれるのではないか。御利益だってちょっとぐらい増えるかもしれない。

――最初はどうなることかと思ったけど、終わってみたらいい一日だった。明日は晴れるといいなあ……

雨はまだ降り続いている。窓についた細かい水滴を眺めながら、日和は割り増しの御利益で天候が回復することを祈っていた。

翌朝、六時半に目覚めた日和は、開始時刻を待ちかねるように朝食会場に行った。美味しかったとは言え、昨夜《ゆうべ》はおにぎりひとつと唐揚げを三個食べただけなので、さすがにお腹が空いている。このホテルは朝食に郷土料理を出してくれるそうなので、とても楽しみにしていたのだ。

ところが、会場に入ったとたん目を引き寄せられたのは山盛りに盛られたサラダだった。どうやら身体が野菜、それも生野菜を欲しがっているらしい。

食べたいものを食べるのが一番、と早速方針転換し、貝割れ大根やレタス、キャベツ、ミニトマトなどを皿に取る。生野菜サラダならご飯よりもパンだな、とクロワッサンもひとつ、ついでにスクランブルエッグやベーコンも……となって、洋食プレートが出来上がった。

野菜はどれも瑞々《みずみず》しいし、クロワッサンはほんのり甘い。スクランブルエッグも日和好みの柔らかくてしっとりしていてケチャップがよく合うタイプだ。なんだろうと思って取った薄茶色の固まりは豚肉を使ったミートボールらしく、これまたケチャップがぴったりの味……。もっと取ってくればよかったと思ってしまった。

皿をきれいに空にしても、まだ食べられそうだったので、今度こそ、と郷土料理コーナーに行く。

キビナゴの天ぷら、手作り豆腐、冷や汁、温泉卵まで取って苦笑いする。ついさっきスクランブルエッグを食べたくせにと思うけれど、スクランブルエッグと温泉卵は別物だ。もっと言えば、出汁《だし》巻き玉子だって食べたかったのに我慢したのだから褒めてほしいぐらいだった。

第二弾、和食プレートを完成させ、ご機嫌で自分のテーブルに置きにいく。直ちに踵《きびす》を返して飲み物コーナーに向かう。さっきまで飲み物なしで食べていたのだが、洋食プレートを平らげたあとだけに、気持ちに余裕があった。

オレンジジュースは定番だが、今回は牛乳も少しだけグラスに注ぐ。宮崎は畜産に力を入れているので、牛乳だって美味しいに違いない。たくさんは無理だが、少しなら飲めるだろう。余るようならコーヒーに入れてしまってもいい。

席に戻った日和は、まずはと牛乳のグラスに口を付けた。ほどよく冷えた牛乳を温《ぬる》くならないうちに試したかったからだ。ところが、一口飲んでみたところ、濃くて甘くて止まらなくなり、そのまま全部飲み干してしまった。

——ホテルの牛乳は美味しいことが多いけど、こんなに甘いなんて反則だよ！

なにが反則だ。美味しいならいいではないか、と叱られそうだが、これからドライブというときに水分を取り過ぎるのは問題だ。トイレ休憩ばっかりしていてはちっとも進めないではないか。

でも……とそこでまた日和は考える。

普段から日和は運転中の休憩を怠りがちだ。体力を過信しているところもあるし、とにかく先を急ぎたい気持ちが大きい。今までは大丈夫だったけれど、いずれ事故に繋がるかもしれない。それぐらいなら、水分の取り過ぎでやむにやまれずでも休憩を取れたほうがいい。

もうちょっとだけ……と自分に言い訳し、また牛乳を取りに行く。グラス三分の一に止めたのは、せめてもの理性だった。

キビナゴの唐揚げはカリッとしていて『さあカルシウムをどうぞ！』と言わんばかり。

手作り豆腐は牛乳同様、濃くて甘い。冷や汁に至っては、やさしい味噌の香りと絶妙の塩加減でクロワッサンさえ食べていなければもっとご飯を食べられたのに、と悔しくなるほどだった。

最後にきっちりコーヒーも飲んで、腹八分目どころか腹十一分目ぐらいで朝食を終えた。

だが、さすがにこれではお腹いっぱいで運転どころではない。時間に余裕があるので、日和はそのまま玄関に向かう。腹ごなしがてら、高千穂峡を散策しつつ『真名井《まない》の滝』を見てこようと思ったのだ。

幸い雨は上がっていた。やはり高千穂の神様たちは懐が深い、とありがたく思いながら曲がりくねった道を歩く。昨日降った雨のせいか、霧が出ている。ただの自然現象に過ぎないと思っても、深い渓谷の底から立ち上ってあたり一面を覆う霧は厳かそのものだ。中からいきなり龍が出てきたとしても、そんなこともあるよね、と思ってしまいそうだった。

それでも歩いているうちに徐々に霧は晴れていき、『真名井の滝』はしっかり見ることができた。

日中ならボートで近づいて水しぶきを浴びることも可能だそうだが、日和はそこまで近づきたいと思わない。少し離れたところから全容を捉《とら》えられれば十分だった。

勇壮な滝をスマホのカメラに収め、満足しきってホテルに戻る。

時刻は午前八時三十分になるところ、今日は鹿児島まで走らなければならない。今回の旅は熊本空港に入って鹿児島空港から帰るというコースにした。言うまでもなく割高ではあるが、二泊三日で可能な移動距離を考えたらそうせざるを得なかった。それでもタイムセールで安い航空券が手に入ったおかげで、単純に往復するのと大差ない金額に収まったのはラッキーだった。

予想外だったのはレンタカーの乗り捨て料金だが、気がついたときには飛行機はすでに予約済み、泣く泣く支払うことになった。それでも高千穂に来ることができたのだから、日和としては満足だ。

天気もよくなりそうだし、ところどころで海岸沿いも走る。海を見ながらのドライブはさぞや気持ちがいいことだろう。

ホテルをチェックアウトした日和は、わずか五分で車を止めた。そのまま通り過ぎようと思っていたが、高千穂神社の鳥居が目に入ったとたん、もう一度お参りしたくなったのだ。

澄んだ空気の中、石段を上る。やはり晴れた朝のお参りは格別で、身も心も洗われる気がする。素敵な時間をありがとうございました、とお礼を言ったあと、目に付いたおみくじを引いてみる。

トンボ玉が入ったおみくじで、どの色が出てくるか開けて見るまではわからない。最近はいわゆるおまけつきのおみくじが増えたけれど、どんなおまけが入っているかも運試しのようで楽しい。

好きな色だといいな、と思いつつ開けて見ると、出てきたのは緑色——しかも日和の大好きな深い緑色だった。その上、おみくじも大吉。言うことなしの結果に、日和は足取り軽く石段を下りる。

今日もいい一日にするよ、と神様が約束してくれた気がした。

神様ちょっとだけごめんなさい、と謝りつつ、車を神社の駐車場に止めたまま近くのお菓子屋さんに走る。チーズをたっぷり使ったお饅頭《まんじゅう》を売る店なのだが、十時ぐらいの開店だろうと諦めていたらもう営業していたのだ。さっと行って買ってくるだけなら十分もかからない。心の広い神様なら許してくれるに違いない。

八分後、チーズ饅頭を車の後部座席にそっと載せ、車のエンジンをかける。時刻は九時十分、長いドライブの始まりだった。


本日最初の目的地は『クルスの海』だ。

『クルス』はクロス、つまり十字架のことで、大小の岩によって隔てられた海が十字架のように見えるそうだ。

展望台から望む『クルスの海』は、単に十字架というだけではなく、隣の四角形も合わせると『叶』という字に見えることから、訪れると願いが叶《かな》うとされている。

実際にどれほどの人が願いを叶えたのか気になるところだが、願いなんて叶わなくても海に浮かぶ十字架というだけでなんだか神秘的だ。海岸線のドライブは大好きだし、ちょっと寄って見て行こうと考えたのだ。

ナビによると『高千穂神社』から『クルスの海』までは車でおよそ一時間十五分、途中で自動車専用道を通るというから高速料金がかかるのかと思いきや無料。おそらくまだ整備中で料金は取っていないのだろう。

無料でショートカットルートを通れるのはありがたい、とご機嫌で走ること十分、日和は道の駅で車を止めた。

案の定、トイレに行きたくなったのと、風景があまりにもきれいでじっくり眺めたくなったからだ。こんなふうに止まりたくなったらすぐ止まれるのは、ひとり旅最大の魅力だと再確認しながら車を降りる。

まずはトイレを済ませ、駐車場の端っこにあった案内板に従って展望台に進む。展望台はそう遠くなく、すぐに山間《やまあい》に橋が架かっている風景を見ることができた。

スマホで調べたところ、この橋は十年四ヶ月という長い期間をかけて造られ一九八四年十一月に開通、『青雲橋《せいうんばし》』と名付けられた。全長四百十メートル、水面からの高さが百三十七メートルもあり、国道に架けられた橋としては全国一らしい。

深い谷間だけに橋の橋脚はとんでもなく長く、よくぞあんなところに架けようと思ったものだと感心してしまう。それでも濃い緑の山の中に銀色の橋が浮かぶ風景はとても絵になるし、望遠らしき大きなレンズがついたカメラを構えている人もいる。あんなカメラで撮ったら、さぞやきれいな写真になることだろう。

スマホじゃなあ……と思いながらも、日和も一枚二枚シャッターを切った。気が済むまで眺めたあと踵を返し、売店に入ってみる。道の駅はその土地の特産品をたくさん売っている。ここでなければ買えないものもあるかもしれないし、せっかく寄ったのだから、お土産を見ていこうという魂胆だった。

木材がたくさん使われた売店はとても明るく、農産物やお菓子がずらりと並んでいる。宮崎は柑橘《かんきつ》類の名産地でもあり、見たことがない種類がたくさんある。日和も両親も柑橘類は大好きなので、できれば買って帰りたいけれど、いかんせん果物は重くて嵩張る。ほかにもお土産は買うに決まっているし、今回は諦めるか、と思ったとき、店内に立てられている幟《のぼり》に気がついた。それは黒猫マークで有名な宅配便の幟だった。

——そうか、送っちゃえばいいんだ！　柑橘類なら冷蔵しなくていいよね。常温なら送料はそんなにかからないはず……

ただし、果物そのものが高価でない限り……と思いながら値札を見る。その結果、日和はカボス、柚子《ゆず》、みかんを一袋ずつ、泥まみれのお芋も一袋、さらに箱入りのチーズ饅頭まで抱えてレジに行くことになった。

カボスと柚子はB5判サイズぐらいのビニール袋一杯に詰め込まれているし、みかんはさらに大きな袋なのにどれも二百円もしない。お芋は小さいながらも五個も入っていて『ジネンジョ』と書かれたシールが貼られている。『ジネンジョ』はもちろん自然薯《じねんじょ》のことだろう。東京ではなかなか手に入らないし、買えたとしてもかなり高い。その『ジネンジョ』の値段はなんと百五十円！　とろろ好きの日和に、買わないという選択肢はなかった。

チーズ饅頭については、ついさっき買ったばかりだが、本格的な和菓子屋さんのものだから賞味期間が短い。ここで売られている箱入りはかなり日持ちがするので、お土産として会社に持っていくのにちょうどいいと思ったのだ。

レジの女性はとても親切で、「ちょっと待っててねー」なんて言いながら、段ボールの空箱を探しに行ってくれた。しかも持ってきてくれたのは、日和が買ったものがぎりぎり詰め込めるぐらいのサイズだ。あまり大きいとそれだけで送料が高くなってしまうから、日和としては大助かりだった。

発送伝票を書き、商品代と送料を支払う。商品と送料がほとんど変わらなくて笑ってしまったけれど、カボスも柚子も東京では一個百円ぐらいする。送料まで合わせてもまだ安いし、持ち運ばずに済むのだから文句はなかった。

いい買い物ができた、と喜びながらまた走りだす。

そこからおよそ一時間で『クルスの海』に到着……とは言っても着いたのは駐車場で、実際に『クルスの海』を見るためには、細い山道を登っていかなければならない。

きれいな風景を見ようと思ったら、すぐに山登りになってしまうのはなぜだろう。苦労させることで感動を割り増しする気なんだろうか。だったらそこまで感動しなくていいから、楽に見せてほしいものよね……などとひねくれたことを考えながら登っていく。

五分後、崖《がけ》から海を見下ろした日和は『割り増し効果万歳』と叫びたい気分になっていた。

――本当に十字架に見える！　これ、見つけた人はすごい。でもまあ、『叶』はちょっとこじつけっぽいかな……

それでも、きっと偶然に違いない自然の造形に目を凝らし、明日を祈らずにいられなかった人の心中を思うとちょっと切なくなる。

展望台には鐘が設置されている。この鐘を鳴らして祈ることで、願いが叶いやすくなるのだろうか。けれど、今の日和にはどうしても叶えてほしい願いはない。むしろ、これ以上は望みすぎだと叱られそうな気さえする。

それでもそっと鐘を鳴らしてみる。悩みを抱えた人たちがはるばるこの崖までやってきてかけた願いが、ひとつでも多く叶いますように、と念じながら……

なんて上から目線、と自分でも呆れつつ、細い山道を下っていく。

現在、日和の日常は平穏無事そのものだ。それでもなお『願いが叶う』という言葉を見るたびに、行ってみたくなる。欲深いなあと自分でも思うけれど、これまでの積み重ねが今の幸せをくれたに違いない。そもそも日和のパワースポット好きは、ひとり旅を始めるずっと前からなのだから、今更変わるはずもない。

自分が行きたい、気持ちがいいと思う場所に行くのに遠慮する必要はない。神様は、望みを叶えるべき順番だってきっとわかっている。今どうしても助けなければならない人をほったらかして、どうでもいい願いを叶えたりしないだろう。

満ち足りた思いで車に戻り、また走り出す。次なる目的地は『鵜《う》戸《ど》神宮』だった。県道から東九州自動車道に入り、国道二百二十号線へと走ること一時間四十分、『鵜戸神宮』に到着した。

旅先で高速道路を走ることにもすっかり慣れた。レンタカーを借りるようになった当初は、なんとかして一般道だけで行けないものか、とばかり考えていた。東京近辺の高速道路のイメージが強すぎて、あんなところを走れるわけがないと信じ込んでいたのだ。けれど、高速道路に比べると一般道は時間もかかるし、通勤時間帯は渋滞に捕まることもある。歩行者や自転車にも気をつけなければならない。やむなく高速道路を使ってみたら、とんでもなく快適だった。

多くても二車線、どうかしたら一車線しかないところも多く、交通量も東京とは比べものにならないほど少ない。人や自転車が飛び出してくることもない。出入り口にしても、首都高速のように左側にあると思っていたら右側で、慌てて車線変更しなければならないなんてこともない。

なにより嬉しいのは、高速道路には一定距離ごとに休憩所が設けられていることだ。サービスエリアだったりパーキングエリアだったりと規模は様々だが、車から降りて身体を伸ばす場所が確保されているのはありがたかった。

――そもそも首都高速って、こういう休憩所もあんまりないのよね。トラックとかバスとか大きな車がビュンビュン走ってて恐いし、私には無理。まあ、電車やバスでどこにでも行けるから必要もないけど……

交通網の発達に改めて感謝しながら車を止める。

案内板には本殿まで歩いて十五分と書かれている。けっこうあるなあ……と諦め気分で歩き始めると、途中で六十代ぐらいのふたり連れに追いついた。

このふたりは日和と前後して駐車場に車を止めたが、トイレに寄った日和と異なり、まっすぐ本殿へと歩き出した。『お父さん』『お母さん』と呼び交わしていたから、おそらく夫婦なのだろう。

「俺はもうここでいいよ。お母さんひとりで行ってきて」

「ええー……せっかくここまで来たのにお参りしないの？」

「足が痛いし、ちょっと息も上がってる」

「大丈夫!? 胸は痛くない？」

「今のところは。ちょっと休めば大丈夫だと思うから」

「でも……心配だわ。やっぱり引き返しましょう」

「ここに座ってれば平気。お母さんはずっと前から来たがってたじゃないか。俺のことは気にせず行っておいで。で、俺の分までしっかりお参りしてきて」

「そう？ じゃあ、なにかあったらすぐ連絡してね」

道ばたの石に腰掛けて休む『お父さん』を残し、『お母さん』はまた歩き始めた。気がかりなのか、何度も振り返るが、そのたびに『お父さん』は行ってらっしゃいとばかりに手を左右に振る。『お父さん』の体調は気になるが、なんとも微笑ましい風景だ。

こんなふうに無理なら無理と言えるところも、「気にせず行っておいで」と言われて素直にお参りに行くところもいい。お互いを尊重し合える素敵なご夫婦なのだろう。

『お母さん』はさっきの倍ほどのスピードで先を歩いて行く。これまでは持病を抱えているらしい『お父さん』を気遣ってゆっくり歩いていたようだ。もちろん、さっさとお参りして戻りたい気持ちも強かったに違いない。

颯爽《さっそう》と歩く『お母さん』のあとを付いていく。置いて行かれまいと頑張ったせいか、十分と少しで本殿に着くことができた。

『鵜戸神宮』の本殿は鮮やかな朱色だ。朱に彩られた神社は全国各地にあるが、洞窟《どうくつ》の中に造られているのは珍しい。この洞窟は豊玉姫《とよたまひめ》がこの神社の主祭神である日子波瀲武《ひこなぎさたけ》鸕鶿草葺不合尊《うがやふきあえずのみこと》を産む際に産屋を建てた場所で、その縁で『鵜戸神宮』が造られたそうだ。

てっきり、『鵜戸神宮』は日南《にちなん》海岸の断崖《だんがい》絶壁にあるから、洞窟の中ぐらいにしか立てる場所がなかったのかと思いきや、大きな勘違いだった。しかも、豊玉姫はイザナギとイザナミの孫だという。

イザナギ、イザナミと言えば『高千穂神楽』で造った酒を楽しそうに酌み交わす姿を見たばかりである。孫を含めて同じ夫婦の話をこんなところで聞くとは思わなかった。

やはりイザナギ、イザナミは日本の神話における大スターなのだろう。

『お母さん』がお参りを済ませるのを待って、日和も手を合わせる。ふたり分だったいます』と呟《つぶや》くぐらいのものだ。初めてお参りするのに『いつも』は変かもしれないが、神様はどこにでも自由に行けるのだから、どこかでお世話になっているかもしれない。

『お母さん』と異なり、日和のお参りはひどく短い。口の中で『いつもありがとうござ
無事お参りを終え、社務所に行く。目的はお札でもおみくじでもなく、『運玉』を授かることだ。

『運玉』というのは素焼きの陶器の玉で、真ん中に『運』という文字が入れられている。これを崖から投げ、磯にある亀の形をした岩の窪《くぼ》みに入れられれば願いが叶うそうだ。

大阪天満宮《てんまんぐう》でも似たような運試しをした。あれは確か木製で『願玉』という名前だったな、と懐かしく思い出しながら『運玉』を授かる。この神社の名物と言われているだけあって、『運玉』を手にした参拝客がぞろぞろと崖に向かう。

いざ行ってみると崖は高く、目標の岩までは相当な距離がある。先に投げている人たちも、ほとんど窪みに入れられない。リベンジとばかりにもう一度授かりに行く人がいるのではないかと思ったが、そんな不届きな人はおらず、皆残念そうに去って行った。

周りの人が投げ終えたのを確かめ、日和もやってみる。大阪では五つの『願玉』のうちふたつを的に載せることができた。もしかしたら今回もうまくいくかも……という願

いも虚《むな》しく、五つの『運玉』はすべて岩の周りの水中に落ちていった。

――蓮斗さんとふたりで出かけることができた。麗佳さんじゃないけど、これきり誘われないとは思えない。連絡だって前よりずっと頻繁になったし、これ以上は望みすぎだ。私は現状に大いに満足、大した願いはないんだから入るわけがないよね。しかもここ安産祈願の神社みたいだし……あ、でも仕事運とかも上がるのか……

神様が、どの御利益を授けるか迷う日もあるのだろうか……とぼんやり考えながら、坂道を上る。

来たときは意識しなかったが、下から見上げるとかなりの急勾配《きゅうこうばい》だ。やはりあの『お父さん』はやめておいて正解だった。若くて健康な日和ですら、息が上がりそうな坂だ。胸が痛くなるような病気を持っている人にはとてもじゃないがお勧めできない。

よいしょ、よいしょ……と心の中で声を出しつつ階段を上りきった日和は、しばらく行ったところで唖然《あぜん》とした。なんとそこには『個人用駐車場』と書かれた案内板があったのだ。しかも駐車場は大鳥居の真ん前、本殿まですぐのところだ。どうやら日和が止めたのは『観光バス用駐車場』で、あのご夫婦ともども間違えてしまったらしい。

『クルスの海』の駐車場でナビを設定したとき、『鵜戸神宮』がいくつも出てきた。住所は間違っていないからどれでもいいだろう、と選んだのが『観光バス用駐車場』だったようだ。

ちゃんと『個人用駐車場』に止められていたら、あの『お父さん』も、ほとんど駆け足になっていた『お母さん』もゆっくりお参りできただろう。そこまで含めてご縁だと言われればそれまでなのだけれど……

ちょっと残念な気持ちで駐車場に戻ると、すでにあのご夫婦の車はなかった。『運玉』を授かる列にはいなかったので、さっさと戻って出発したのだろう。

おふたりにとって楽しい旅が続きますように、と祈ったあと、日和もエンジンをかける。

時刻は午後一時を過ぎたが、朝しっかり食べたおかげで空腹感はないからとりあえず出発することにしよう。鹿児島まではまた高速道路を走るから、お腹が空いても食べる場所はたくさんあるだろう。

午後二時半過ぎ、日和は山之口《やまのくち》サービスエリアで車を止めた。『鵜戸神宮』を出発してから一時間少々、鹿児島までは長い道のりなのでこまめな休憩が必要だった。

蓮斗によると、山之口サービスエリアはカレーパンが名物らしい。インターネット情報を確かめてみると、地元産の『観音池《かんのんいけ》ポーク』と野菜をたっぷり使った食べ応《ごた》えのあるカレーパンで、それほど辛くないからお子様にもおすすめと書かれていた。昼ご飯を食べていないし、小腹満たしにちょうどいいとあえて山之口サービスエリアに寄ることにしたのだ。

ところが、いざカレーパンを買おうとしたら事件発生。レジ横のカウンターに、出来上がったばかりのラーメンが置かれてしまった。

日和はもともとラーメン好きだし、福岡で食べた豚骨ラーメンはとんでもなく美味しかった。今でも思い出すたびに生唾《なまつば》が湧いてくるのに、実物を目の前に置かれたら抵抗できるわけがない。

父はよく、長距離運転をしているとラーメンが食べたくなると言っていた。ただ乗せてもらっていたころは実感がなかったが、今なら父の気持ちがよくわかる。さほど交通量は多くないし飛び出してくる人や自転車はいないといっても、八十とか九十、時には百キロ近い速度での運転は緊張するし、気をつけなければならないことも多い。あまり意識はしていないが、きっと汗もかいたのだろう。身体が、失われた塩分と水分を同時に補えるラーメンを欲するのは当然だ。

それにラーメンと異なり、カレーパンは持ち帰ることができる。出来立てのほうが美味しいかもしれないが、日和は冷めたカレーパンも嫌いじゃない。カレーの熱で火傷《やけど》する心配もなく、肉や野菜の旨《うま》みをしっかり味わえるからだ。

ここではラーメンを食べて、カレーパンは買っていくことにしよう。お腹が空いたら食べればいいし、夜食にしてもいいだろう。

自動販売機で買った食券をカウンターの中にいた女性に渡し、カウンター席の端っこに座る。

その時点で、イートインコーナーにいたのは四十代ぐらいの男性と日和だけだ。

男性は日和とふたつ離れたカウンター席で勢いよく麺《めん》を啜《すす》っている。そして、彼のトレーの上にはカレーパンがのせられていた。

——いいなあ……いっそ私もカレーパンも食べちゃおうかな……。でも、時間が時間だし、夕ご飯が食べられなくなっちゃうのも困るな……

やっぱり持ち帰りにしよう、と諦めて待っていると、ほどなく日和の食券番号が呼ばれた。トレーを受け取って席に運ぶ。白濁したスープに千切りのキクラゲがたっぷり、チャーシューは二枚ものっている。ネギの薄緑がスープによく映えるし、表面に浮いているオレンジ色の細かい脂まで合わせて『ザ・豚骨ラーメン』という感じだ。

まずはスープから、とレンゲで掬《すく》って飲んでみる。濃厚な脂とはっきりとした塩気の底に、ほのかな甘みが漂う。ただ、本場の豚骨ラーメンならではの獣臭さは感じない。九州の人は、豚骨ラーメンが獣臭くなくてどうする、と口を揃えるらしいが、福岡で食べたときもあまり獣臭くないといわれている店を選んだ覚えがある。やはり日和にはこれぐらいがちょうどいいようだ。

続いて啜り込んだ麺も、合間に食べたキクラゲやチャーシューも日和の好みの味だった。

少しだけ、紅ショウガが入っていてもいいな、と思ったけれど、日和の場合、紅ショウガはラーメンそのものよりも後味を爽《さわ》やかにするためのものだ。入っていなくても十分美味しかったのだから、どうってことはなかった。

スープが美味しくて、どんどん飲んでいるうちに丼の底が見えそうになった。さすがにこれ以上はちょっと恥ずかしいし、塩分の取り過ぎは身体に悪い。諦めて丼を返しに行き、カレーパンも買う。

上等、上等と日和は機嫌よく車に戻る。鹿児島まであと一時間半、カレーパンがお供のドライブの再開だった。

午後六時半、日和はホテルのベッドに寝転がっていた。

午後四時半すぎにチェックインしたのだが、ちょっと一休みと思ってベッドに横になったらそのまま爆睡。気がついたら一時間半も経っていたのだ。運転はともかく、あっちこっちで狭い坂道や石段を上り下りしたから疲れていたのだろう。

スマホの写真ホルダーを開いて、撮った写真を確かめる。

二度目の休憩は『桜島《さくらじま》サービスエリア』だった。

桜島と名前が付いているぐらいだから、サービスエリアからならきれいに撮れると思っていたが、写っているのは桜島のごく一部、残りは雲に隠れて見えない。それでも走っている途中でちらちら姿は見られたし、明日は桜島の間近まで行く予定だ。桜島の全容を収められるチャンスはあるはずだ。

雲だらけの桜島の次に写っているのは、西郷隆盛《さいごうたかもり》や小松帯刀《こまつたてわき》の顔出しパネルだ。半分見えない桜島以上に鹿児島に入ったことを実感させられて、つい写真に収めてしまった。

どこに行っても西郷隆盛の姿を見る。小松帯刀は西郷隆盛ほど有名ではないかもしれないが、明治維新十傑に入っていると言うし、いずれも鹿児島の人たちにとっての英雄に違いない。

——顔出しパネルほどひとり旅に無縁のものはないなあ。ま、同行者がいても顔出しパネルで写真を撮ってもらったりしないけど……

三年も旅を続けてきたのに、自分が写ったものが一枚もない。スマホで簡単に自撮りができるのに、それすらしないというのは珍しいと自分でも思う。だが、日和にとって写真はあくまでも記録であって、存在証明ではない。自分が写り込む必要は感じていなかった。

朝ご飯、岩間に浮かぶ十字架、朱色の鳥居、崖から見下ろした亀の形の岩、豚骨ラーメンに顔出しパネル……一日の軌跡を確かめたあと、さらに写真を加える支度にかかる。次なる撮影予定——それは夕食だった。

写真ホルダーを閉じ、検索アプリを開く。このホテルは鹿児島最大の繁華街、天文館《てんもんかん》から歩いて十分ほどのところにある。以前同じ系列のホテルに泊まったことがあるが、朝食がとても美味しかった。夜も朝も食事の心配はなし、ということで、このホテルを選んだのである。

それでも夕食についてはこれと決めた店があるわけではない。店どころか、なにを食べるかも決めていない。グルメ情報を見て、良さそうな店を探そうという魂胆だった。

——鹿児島ラーメンはちょっと食べてみたいけど、昼もラーメンだったから明日にしよう。それにしても豚肉料理が多いなあ……。そういえば沖縄も豚肉が中心だったけど、温かいところって豚がよく育つのかしら……って、北海道にも豚肉で有名な場所が多いか……

おそらく豚のほうが牛より育てやすいのだろう、などと勝手に納得し、さらに検索を続ける。その結果、日和が一番食べたいと思ったのは鰻《うなぎ》だった。鹿児島は国産鰻の名所だから、美味しい店もたくさんあるだろう。

ターゲットを鰻に絞り込み、さらに検索を続けたところ、これなら……と思う店が見つかった。

口コミでも褒めている人が多いし、評価の星もたくさんついている。値段もコースは無理にしても、鰻丼ぐらいならなんとか払えそうだったので、早速行ってみることにした。

目当ての鰻屋さんはホテルから歩いて十分のところで、道案内アプリのおかげで迷うこともなく到着できた。だが、いざ入ろうとドアの前に立ったところ『休憩中』の札がかかっていた。

ホームページで営業時間を確かめてきたはずなのに……と窓から覗《のぞ》いてみると、店の人がお客さんと談笑している姿が見えた。

品切れなら『休憩』ではなく『閉店』になるはずだ。営業はしていたけれど、手が回らなくなって休憩中ということにしたのだろう。しばらくしたら再開する可能性もある、と考えた日和は天文館を散策することにした。

十分、二十分と時間は過ぎていく。お土産物屋さんやファンシーショップ、百円均一ショップやスーパーにまで入って時間を潰《つぶ》し、三十分過ぎたところでさっきの鰻屋さんに戻ってみた。けれど、窓から見える様子は先ほどとほとんど変わらない。その上、店の人はちらりと窓に目を向け、そこに日和がいることを確かめたに違いないのに、またすぐにお客さんに向き直ってしまった。

まだ新しい客を入れるつもりはない。もしくは日和みたいな若い客はお呼びではないのだろう。三十分前に来たときも、お店の人は日和のほうを見ていた。おそらく時間を潰してきたこともわかっているはずだ。出てきて説明してくれとまでは言わないけれど、せめて会釈ぐらいしてくれてもいいのに……と思いながら踵を返す。

それでも鰻を食べたい気持ちは去らない。我ながらどれだけ執着してるのよ、と思ってしまうが、いわゆる『口が鰻になっている』状態なのだから仕方がない。

ほかにも鰻のお店はなかっただろうか、ともう一度スマホで調べてみると、ホテルの向こう側にもよさそうなお店があることがわかった。かなり大きなお店で持ち帰りもやっているようだ。お店で焼きたてを食べるのが一番だが、時間を潰すために歩き回って足は痛いし、『休憩中』のお店の人の対応で心まで疲れた。おまけに雲行きも怪しく、今にも雨が降り出しそう……

これはもう持ち帰れということだ、と判断し、見つけたばかりの店に向かう。こちらの店も学校の前でわかりやすく、十五分ほどで無事到着した。また『休憩中』とか『閉店しました』とかの札がかかっていたらどうしよう、と不安だったけれど、おそるおそる入ってみると優しそうな女性が迎えてくれた。

「いらっしゃいませ」

「あの……持ち帰りをお願いしたいんですけど」

「かしこまりました。ではこちらを……」

女性は日和に品書きを渡し、店の奥へと戻っていく。おそらく、考える時間を与えてくれたのだろう。目の前で待ち構えられると、早く決めなければと焦ってしまう日和にとって、嬉しい気配りだった。

渡された品書きには、鰻丼、鰻玉丼、定食、鰻重のほかにせいろ蒸しなども載っている。パンフレットタイプで配達料の表記もあるから、もともとは持ち帰りではなく出前用の品書きだったのだろう。ここ数年、店にお客さんを入れられず苦肉の策で持ち帰りをする店が増えた。持ち帰りはお店で食べるよりも価格が抑えられていることが多い。日和の母は、以前なら手が届かなかった有名料理店の味を自宅で気軽に味わえると喜んだし、父は父で、子どものころはご馳走《ちそう》と言えば出前だった、なんて懐かしそうにしている。

旅先で居酒屋や郷土料理店に入るのは楽しいし、料理にしてもお酒にしても熱いものは熱く、冷たいものは冷たく提供されたのをすかさずいただくのが一番だと思う。それでもなお、あまりに混み合っていると二の足を踏む。以前のように、常連さんが大盛り上がりしている店で、カウンターの真ん中にひとつだけ空いている席に座る勇気が出ない。そんな日和にとって、持ち帰りを選択肢に入れられるのは、とてもありがたいことだった。

――でも……持ち帰りって客にはお値打ちだけど、お店にとっては儲《もう》けが少なくて辛《つら》いよね……

日和は、タイミングよく戻ってきた女性に鰻重の竹を注文した。本当は鰻丼、しかも梅、竹、松とあるうち一番安い梅を注文しようと思っていた。東京の鰻屋さんに比べたらずいぶんリーズナブルとはいえ、日和の財布ではせいぜい梅がいいところだと考えていたのだ。

ところが、出前についてあれこれ考えているうちに考えが変わった。たとえば、あらゆるものがお値打ちであるチェーン居酒屋に入ったとしても、鰻丼の梅より安く済むとは思えない。少なくとも倍、もしかしたら三倍近く支払うことになるはずだ。鰻専門店は今、いろいろな意味で苦境の真《ま》っ只中《ただなか》だ。せめてもう少し値が張るものを頼もう。たかが数百円でも売上げが増えたほうがいいに違いない。

注文を済ませ、壁際に並べられた椅子に腰掛けて待つ。すぐに、注文を受けてくれたのとは別の女性がお茶を持ってきてくれた。一時間近く歩き回ったあとだけに、とてもありがたい。渇いた喉《のど》が歓声を上げていた。

温かい湯飲みを両手で挟み、ゆっくり飲んでいるうちに笑いが込み上げた。

——売上げがどうのこうのとか言って、本当は『この店』の鰻重を食べたいだけのくせに！

そう、日和は『この店』の鰻重を食べてみたかった。なぜなら、品書きに載っていた写真は、今まで日和が見たことがないものだったからだ。

鰻丼と鰻重の違いは、使われる容器と鰻の量の違いだと思っていた。鰻丼は丼、鰻重は重箱を使い、鰻の量は鰻重のほうが多い。丼よりも重箱のほうが表面積が広いし、店によってはご飯の間にも蒲焼《かばや》きを入れるところもあるそうで、必然的に鰻重のほうが使う蒲焼きの量が増えるという。

ところが『この店』の鰻重はご飯と蒲焼きが別々の器に入っている。おせち料理でわかるように、重箱は重ねるから重箱と呼ばれる。鰻重の『重』が重箱だというのであれば、こちらのほうが正しそうだ。もっとも、鰻とご飯を重ねるからという説もあるから、どちらが正しいとは決められないけれど……

いずれにしても、ご飯と鰻の蒲焼きを別盛りにした『鰻重』は食べたことがない。よく考えたら家でも、鰻丼にするか小さく刻んで『ひつまぶし』にするかのどちらかで、白いご飯のおかずとして蒲焼きが出てきた覚えはない。旅の楽しみの半分以上が食にある日和としては、試したくなって当然だろう。

十五分ほど待って鰻重を受け取り、大急ぎでホテルに戻る。ぽつぽつと雨粒があたり始めていたこともあり、ホテルまで六分の道のりを四分半で歩いた。

部屋に入るなり、手だけ洗って食べ始める。いつもなら食事前に入浴を済ませようとか、せめて楽な服装に着替えようとか考えたかもしれないが、今はそれどころじゃない。蒲焼きとご飯を少しでも温かいうちに食べたい一心だった。

エコバッグから鰻重を取り出す。ちなみにこのエコバッグはアルミシート製だ。百均ショップで買った一番小さいサイズのものだが、短時間なら保冷も保温もできる。アイスクリームや冷凍食品を買ったときにも便利なので普段から鞄《かばん》に入れていたが、おかげで鰻重をかなり温かいままに持って帰ることができた。

普通のエコバッグと比べると少し嵩張るけれど持っていてよかった、と思いながら二段重ねの発泡スチロール容器、タレ、漬け物を取り出す。

ここでご飯にタレをかけ回し、蒲焼きをのせてしまえばいつもの鰻重になるのだが、それでは別々に盛られている意味がない。蒲焼きにタレをたっぷりかけ、箸《はし》を取った。

まずは箸で割った蒲焼きを口の中へ……。最初にタレの甘み、ほどなく圧倒的な鰻の香ばしさが口の中に広がる。ホームページには『とろける鰻』と書かれていたし、口コミにも『関東《かんとう》風の柔らかい鰻』とあった。けれど、日和が知っている鰻の柔らかさとは違う。柔らかいのは柔らかいけれど、かりっとした歯応えも感じるのだ。

日和は東京で食べる鰻はもちろん好きだが、この蒲焼きも大いに気に入った。なんというか、微《かす》かな歯応えに『薩摩魂《さつま》』のようなものを感じる。さらに、タレの甘さがなんとも言えない。

余っているタレをご飯にかけ回したくなるのをぐっと堪《こら》える。ひとりきりでホテルの部屋にいるのだから、たっぷりタレをかけた上に蒲焼きをのせて楽しんだところで、誰に叱られるわけじゃない。それでも、あえてご飯と蒲焼きを別々に提供している鰻屋さんの意思を尊重したかった。

十五分後、食事を終えた日和は、空になった発泡スチロール容器を重ね、紙の帯も輪ゴムで止め直した。帯の真ん中には『こころがあって味がある』と書かれている。なるほどなあ……どれほど美味しいお店でも、店の人の対応ひとつで受ける印象は大きく変わる。そこに気持ちよく迎える心がなければせっかくの料理も味気なくなってしまう。

人の好みはそれぞれ、対応してくれる店の人だっていろいろだ。どれほど評判のいい店でも、客全員から褒め称《たた》えられることはない。日和が買いに行った店にしても、やっぱり悪い評価はある。だが、あえて口コミに書き込んだりしないけれど、その店のファンだという人もたくさんいるはずだ。少なくとも今、日和にとってこの鰻重は待っている間に出してくれたお茶を含めて、鹿児島に行ったときはぜひ、とすすめたくなる味だった。

ただひとつ残念だったのは、お酒が呑めなかったことだ。お酒——たとえばすっきりした日本酒と一緒なら、この蒲焼きをさらに楽しめた気がする。とはいえ、鰻専門店でひとりでお酒を楽しむには修行が足りない。雰囲気に呑まれ、挙動不審になる未来しか見えなかった。

――鰻屋さんでのお酒も、蕎麦《そば》屋さんでのお酒も、私にはまだ早い。ずっと先の楽しみに取っておくことにしよう。もしかしたら、あの『休憩中』だった鰻屋さんはお酒を呑むお客さんが中心なのかもしれない。あまり大きなお店じゃなかったから、私みたいなのが入り込んじゃったら雰囲気を壊しちゃうよね……

がっかりしたし、悔しくもあった。でも、お店なりの事情があったのだろう、と今なら思える。それはきっと美味しい鰻重で満腹したおかげだろう。衣食足りて礼節を知るってこういうことね、と頷き、大満足の夕食が終了した。

翌朝、カーテンを開けた日和は小さくため息をついた。夜の間に止んでいてほしいという願いも虚しく、窓の外は雨模様だ。ただ、向こうの空は少しだけ明るいから、いずれ止むかもしれない。

――今日はどうしようかな……。行きたいところはたくさんあったんだけど、あんまり無理もしたくないし……

帰りは午後四時半過ぎに出発する飛行機なので、時間はそれなりにある。ただ昨日の夜、お風呂《ふろ》から上がってみたら、なんだかとてもだるかった。肩から背中にかけて重痛い感覚があり、痛みが腰まで広がっていきそうな予感まである。もしかしたら頭痛だって起きるかもしれない。

なんだこれ……と思ったところで気がついた。

日本全国にパワースポットはたくさんあるけれど、相性というものがあるらしい。天岩戸神社で不意に起こった頭痛はその表れだった気もする。高千穂神社では頭痛もだるさも感じなかったけれど、高千穂神社に行ったあとほかのパワースポットや神社にも行くなんて高千穂神社の力を信じていない証拠だ、と神様が怒っているのかもしれない。ナンセンスとわかっていても、そう思いたくなるほど経験したことのないだるさだったのだ。

いずれにしても、こんな状態での運転は危なすぎる。最悪の場合、レンタカーの引き取りサービスを利用することも考えた。鹿児島空港の営業所に返す予定になっていたが、追加料金を払えば、ホテルまで取りに来てもらうことはできるはずだ。とりあえずしっかり眠って、予定は朝の体調次第ということにしたのである。

幸い、起きてみたら肩から背中にかけて感じていただるさはなくなり、ものすごくお腹が空いていた。神様が怒っているなんて思い込みで、ただの疲れ、もしくは本当だったとしてもわりと簡単に許してもらえる程度だったのだろう。

まずは朝食、とダイニングルームに行く。時刻は午前七時半、本当は七時には起きて食事を済ませるつもりだったが、少しでも長く休めるように起床時刻を遅らせたのだ。

ビュッフェ形式の食事はこういうときに便利だ。時刻も食べる量も自由だし、最悪食べないという選択もできる。時刻を決めてきっちり用意される旅館の食事ではこうはいかなかっただろう。

ダイニングルームには和食、洋食、中華と様々な料理が並んでいる。さすがは朝食が評判のホテルだ、と感心しながら、料理を選ぶ。

このホテルは六つとか九つに仕切られた角皿ではなく、小皿や小鉢に料理を盛り付けることになっている。仕切りのあるお皿は便利だけれど、日和は盛り付けが得意ではないから、思いつきで次々のせた挙げ句、茶色の横に茶色、赤の横に赤、なんて彩り無視の一皿が出来上がってしまう。そんな日和にとって、あとから並べ直せるこの方式はちょっと嬉しい。写真にしても『バエる』とは言えないまでも、それなりに納得がいくものが撮れるのだ。

あんまり取り過ぎると食べきれなくなるな、と思いながらも、トレーの上の小鉢や小皿がどんどん増えていく。あれも食べたい、これもおいしそう、と思えること自体、体が回復した証拠だろう。

がめ煮と呼ばれる煮物、だご汁、さつま揚げ、高千穂では唐揚げにしてあったキビナゴはここでは南蛮漬けにされている。秋刀魚《さんま》の黒酢煮というのもあったから、鹿児島では酢を使う料理が多いのかもしれない。

麻婆《マーボー》豆腐やシュウマイ、春巻きといった中華風の料理も並んでいる。驚いたのは軟骨煮で、てっきり鶏だと思ったら豚の軟骨だった。

豚の軟骨なんて初めてだ。やっぱり鶏とは違うのかな、と思いながら食べてみたら鶏の軟骨よりもずっと柔らかかった。身体は豚のほうがはるかに大きいのだから、骨だって硬いはずだ。相当時間をかけて煮込んだんだろうな、と思うと、さらに美味しく感じた。

最後に鶏飯を少しだけいただく。ご飯の上に刻んだ野菜やほぐした鶏肉をのせ、熱い出汁をかけて食べる料理だが、この出汁は冷たくてもいいな……なんて思う。鹿児島は暑いから冷たい出汁を使った鶏飯も人気が出るかもしれない。ただ、冷たい鶏飯は西郷隆盛には似合わない気もする。炊き立てのご飯に熱い出汁を注いで豪快にかき込むほうが『薩摩隼人《はやと》』らしいだろう。

朝ご飯をたっぷり、オレンジジュースでビタミンも補給して部屋に戻る。

当初の予定では、朝のうちに『霧島《きりしま》神宮』にお参りしたあと水族館に行くことになっていた。『霧島神宮』はホテルから見て鹿児島空港の向こう側にあり、道順だけを考えれば最後にするのがいいのだが、やっぱり朝のうちにお参りしたい気持ちが強くて行くなら朝一番と決めていた。

ホテルから『霧島神宮』は高速道路で一時間の距離だ。遠くて行けないほどでもないが、無理をして昨夜のような身の置き所がないようなだるさが戻っても困る。

——もういっそ、水族館でゆっくりしちゃおうかな……

ガイドブックをパラパラめくりながら考える。

日和が行く予定の『いおワールドかごしま水族館』は、桜島の近くにある。昨日撮れなかった桜島をゆっくり撮れるし、なんといっても『いおワールドかごしま水族館』にはジンベエザメがいる。水族館好きかつジンベエザメファンの日和としては見ないわけにはいかない。

『美《ちゅ》ら海《うみ》水族館』ではびっくりするほど時が経つのが早かった。ジンベエザメを見ていれば、二時間や三時間あっという間に過ぎてしまうに違いない。

行くか行かないかそれが問題だ、と思いながらチェックアウトし、車に乗る。ただ、向かうのは『霧島神宮』でも『いおワールドかごしま水族館』でもなくガソリンスタンド。ガソリンメーターは残り一目盛、本日最初のタスクは給油だった。

一番近くのガソリンスタンドにナビをセットして、ホテルの駐車場を出る。フロントガラスに細かい雨が当たる。やっぱり止まないか……と思いながら走っていた日和は、赤信号で止まったとたん歓声を上げた。

「虹が出てる！」

ブレーキに足をしっかり乗せて、虹を見つめる。フロントガラスにはまだ雨が当たっているが、虹が出ているあたりは明るい。しかも交差点の案内標識によると、そちらに向かえば『霧島神宮』に行けるらしい。

——神様が呼んでくださってる！　これはもう行くしかない！　さっさとガソリンを入れちゃおう！

ガソリンスタンドは、交差点のすぐ向こうだった。ナビの目的地を『霧島神宮』にセットし直し、虹に向かって走り出す。高速道路を走ること一時間、日和は『霧島神宮』に到着した。虹は途中で消えてしまったけれど、ある意味ナビよりも有能な案内役だった。

駐車場から鳥居に向かって歩く。少し行った先にちょっとした広場があり、鉢植えの菊が展示されている。そういえば菊は秋の花だったな、と思いながら石段を上がり、赤い鳥居をくぐる。

天気はすっかり回復し、空は青く、木々の間からは日が差している。朝の神社特有の厳かさを全身で感じながらお参りし、無事に旅を続けられていることのお礼を言う。

滞在時間はおよそ十五分。往復二時間かけてそれでいいのか、と言われそうだが、お参りなんて長々とするものじゃない。きれいな菊も見たし、展望台にも行った。ここは坂本龍馬《さかもとりようま》が新婚旅行に来た場所らしく、仲良く揃った夫婦の立て看板も見た。他人の新婚旅行情報まで知らなくてよかったんだけど……とは思ったが、それはそれで思い出になる。

駐車場に隣接したお店で、頼もしい重さの芋羊羹《ようかん》や日本全国に残されている壁画の絵葉書という父が大喜びしそうなお土産も買えた。なにより虹に導かれてお参りという滅多にない経験ができたのだから、それだけで十分だった。

——お参りも済ませたし、いよいよジンベエザメに会いに行きますか！

日が高くなるにつれて体調も気分も上向いていく。鹿児島市内に戻る道は、昨日走ったのとまったく同じだ。昨日よりもずっと天気がいいから、『桜島サービスエリア』に止まればきれいな写真が撮れるかもしれないと思ったけれど、早く水族館に行きたくて通過する。

それでも走っている間にどんどん近づいてくる桜島は圧巻で、この風景を毎日見られるのは羨ましいと思ってしまう。けれど、そんなことを呑気《のんき》に考えていられるのは、日和が旅行者だからこそだ。この地に暮らす人々にとって、いつ噴火するとも知れない桜島は悩みの種に違いない。

現に運転中に流していたラジオでは、定期的に降灰情報を告げていた。まるで天気予報のように、今日はどの地域でどれぐらい灰が降るかを知らせているのだが、日和は鹿児島に来るまでそんなものが存在することすら知らなかった。

雨や雪以外に空から降ってくるものがある。

そもそも今日は大丈夫か、明日は平気か、と気にし続ける日常生活は『大変』という言葉を超えるものがあるに違いない。

時々桜島が噴火したというニュースも聞くけれど、今現在、どういう状況にあるのかもわからない。わかるのは、鹿児島の人たちにとっての桜島は雄大だ、きれいだと喜んでばかりはいられない存在だということだけだった。

日和が『いおワールドかごしま水族館』の駐車場に着いたのは、午前十一時三十分だった。

駐車場の入り口に『一時間まで無料』と表示されている。日和はどこに行っても見たいものだけを見る方針だから、水族館でも一時間以内に見終わることはあるかもしれないが、多数派じゃないという自覚はある。それでもジンベエザメがいるとなったら到底一時間では済まない。正直、『一時間まで無料』と言われてもなあ……という感じだった。

ところが車から降りて見ると、少し離れたところに巨大なフェリーが泊まっていた。ここは『いおワールドかごしま水族館』専用ではなく、桜島と行き来するフェリー発着場の駐車場も兼ねているらしい。駅前の駐車場には、送迎する人のために短時間なら無料としているところもあるが、それと同様なのだろう。

水族館の建物をぐるりと回って入り口に向かう。チケット売場の近くに『年間パスポート』の案内が出ていたが、料金の安さに驚く。大人二回分の料金で一年間入り放題なんてお得すぎる。近くに住んでいたら絶対買ったのに……と残念がりながら入場し、まっしぐらにジンベエザメがいる水槽を目指した。

大きな水槽の中をジンベエザメが泳いでいく。周りをひらひらとエイが泳いでいるが、あれはいわゆる『仕様』というやつだろう。これまで見たジンベエザメはすべてエイと同居していた。ジンベエザメに比べれば小さく見えるけれど、エイだってかなり大きな魚だから、一番大きな水槽に入れるのは当然だった。

——あーこれは確かにジンベエザメ。名前は『ユウユウ』っていうのか。え、十代目!? 襲名してるのはすごいな。でも、ちょっとコンパクトサイズねえ……って、三・六メートルはコンパクトとは言えないか!

周りの人は皆、「でっかーい!」とか「すごーい!」といった歓声を上げている。そんな中、日和だけが平然としているのは、比較対象が『美ら海水族館』や『海遊館《かいゆうかん》』のジンベエザメだからだろう。八・八メートルとか五・七メートルに比べたら、三・六メートルの『ユウユウ』がコンパクトに見えても仕方がない。

説明によると『いおワールドかごしま水族館』の水槽では五・五メートル以上のジンベエザメは飼育できないため、その大きさになる前に海に帰しているそうだ。しかも飼育されているのは、網にかかったジンベエザメばかりだという。

網に引っかかってしまったジンベエザメを、大きく育てて海に帰すというのはいいことだと思う。網にかかったのだから、怪我をしている可能性もある。いくらジンベエザメと言っても、三メートルの子どもよりも、五メートル、六メートルの大人のほうが生き抜く力が強そうだ。

元気でな、もう網にかかるなよ! なんて言いながらジンベエザメに手を振る水族館の職員さんの姿が目に浮かぶ。何年も飼育していたら情だって移る。我が子のように思う人もいるに違いない。それでも生まれ故郷の広い海へと帰す。ただ無事を祈りながら……

悠々と泳げる大水槽で生涯暮らすジンベエザメと、水槽の限界に阻まれて海に帰るジンベエザメ。どちらが幸せかなんて決めようがないけれど、いずれも長生きしてほしい。ジンベエザメに限らず、水族館にいるすべての生き物にとって、望ましい環境が保たれてほしいと思う。

大水槽のジンベエザメをじっくり見たあと、ほかの魚たちも見に行く。

小魚の群れや丸い水槽に漂うクラゲ、興味津々で窓に寄ってくるタイ、ショーの合間で所在なげにプールを泳ぐイルカたち……次々と登場する中でも、日和が一番興味を引かれたのはウミウシだった。

ウミウシは触角が牛の角のように見えることから名付けられたそうだが、『海の宝石』とも呼ばれているらしい。日和もウミウシという生き物がいて、実は貝の仲間だということぐらいは知っていたが、じっくり見た記憶はない。なにせウミウシは飼育が難しく、公開するにしても期間限定という水族館が多いそうだ。

そんな中『いおワールドかごしま水族館』は『うみうし研究所』を設け、何種類もの『ウミウシ』を常時公開している。いつでも『ウミウシ』を見られる水族館は日本でここだけ、かつ人工繁殖にも成功したそうだ。

黄色、オレンジ、黒に青――色鮮やかな身体でひらひらと水の中を泳ぐ姿は、宝石と言うよりも花のようだ。滅多にない『ウミウシ』が泳ぐ姿に時を忘れ、気付いたときには十二時を過ぎていた。

——もうこんな時間！　お昼もまだ食べてないし、そろそろ行かなきゃ……。バイバイ、ウミウシくんたち。元気で暮らしてね！　機会があったらまた来るからね！

日和のことなどお構いなしにひらひら泳ぎ続けるウミウシに別れを告げ、出口へと急ぐ。またここに来られればいいけれど、東京からの距離を考えると難しそうだ。

人工の水槽を自然に近い環境にするためにはとにかくお金がかかる。資金繰りは『いおワールドかごしま水族館』に限らず、全世界の水族館共通の悩みだろう。

——私にできるのは、入場料を払うことぐらいだ。これからもできる限り水族館に行こう。水族館だけじゃなくて動物園にも。人工的に自然みたいな環境を作らなきゃならないのは同じだもんね！

日和は、観たくて行っているに過ぎない。けれど、自分の楽しみが水族館や動物園にいる生き物の役に立つなら、こんなにいいことはなかった。

『いおワールドかごしま水族館』を出た日和は、再び天文館に戻った。

どこでお昼を食べようか迷ったのだが、そういえば昨夜はうろうろしただけで天文館のお店には入っていない。車で十分もかからない距離だしせっかくだから行ってみようと探した結果、気になるお店を見つけたからだ。

目当てのお店になるべく近い駐車場を探し、四苦八苦して止める。地方の駐車場は平置きが多くて止めやすいのだが、さすがに繁華街近くとなるとわけが違う。何階まであるかわからないような立体駐車場で、一台あたりのスペースは少しでも斜めに止めたらすぐにはみ出してしまうほど狭い。さらに空きスペースはほとんどなく、空いているのは柱のすぐ横や見るからに高そうな外車の隣などの止めづらい場所ばかり……よくぞちゃんと止められたものだ、と自分を褒めてしまった。

だが、呑気に自画自賛している場合ではない。時刻はもう一時近い。できればデザートも食べたいから、さっさと昼ご飯を済ませる必要がある。止めづらい駐車場に無理やり止めたのも、少しでも移動時間を減らすためだった。

十分後、日和はなんとか目当ての店を見つけることができた。

昔話の金太郎《きんたろう》を思い出させる名前のラーメン屋さんは、小さな公園の前にあった。天文館のラーメンランキングの常連店で、食事時には長い行列ができるそうだ。

この店を紹介している動画配信者も多く、昼ご飯を食べる場所を検索して出てきた名前を見て、天文館に行くことがあったらぜひ食べてみたいと考えていたことを思い出したのだ。

幸い恐れていた行列はなかったが、店内はやはり満席、たまたま一席だけ空いていたカウンターに案内された。

デザートのことを考えて一番小さいラーメンの『SS』を注文する。

注文を済ませてすぐに、大根の漬け物が運ばれてきた。薄くスライスされた浅漬けで、早速食べてみると口の中がさっぱりして箸休めにぴったりの味だ。ラーメンはおいしいけれど、栄養バランスは偏りがちだ。餃子《ギョーザ》やサラダを追加すればいいのだろうけれど、今回はラーメンしか注文していない。そんな日和にとってこの一皿は、野菜を補える嬉しいサービスだった。

カウンターの中では、威勢のいいお兄さん方が忙しそうに動き回っている。次々と入る注文の半分は炒飯《チャーハン》で、お兄さんは元気にフライパンを振っている。そういえば、動画配信者も口コミも炒飯をすすめる人が多かったな……と思いながら見ていると、隣の席に注文の品が届いた。

「お待たせしました、ラーメンSと炒飯Sです！」

横目で見たとたん後悔が押し寄せた。

炒飯は町の食堂で出されそうな懐かしい感じで、お茶碗《ちゃわん》一杯あるかないかの量。ラーメンにしても普通のラーメンの七から八分目ぐらいの量だ。SでこれならSSはもっと少ない。

――残念すぎる……でも仕方がない。ラーメンだけでもしっかり味わって、次の店に行こう！

そのタイミングでラーメンが届いた。

陶器の丼に白濁したスープ、細い麵、キクラゲ、青ネギ、そしてチャーシューが二枚。使われている材料は、昨日山之口サービスエリアで食べたラーメンとほぼ同じだが、食べてみると意外にあっさりしている。そういえば表面に浮いている脂も昨日のようなオレンジ色ではなく、透明感がある。さあ、豚の脂を召し上がれ！　とぐいぐい押してくる豚骨ラーメンとは別物のように感じた。

――なるほどね……動画配信者の人たちが、『博多《はかた》ラーメン』と『鹿児島ラーメン』は全然違うって言うのはこういうことなのね。これならなおさら炒飯と一緒でもよかったなあ……

このラーメンをスープ代わりに炒飯を食べたらどれほどおいしかっただろう。デザートの余地を残したいなんて欲張ったばかりに……と再び後悔しながらもラーメンを食べ終わる。

だがぐずぐずしている時間はない。そこまでして残したお腹の余地にデザートを入れずに帰っては元も子もない。大急ぎで支払いを終え、次の店に向かう。目指すは徒歩三分のところにある喫茶店だった。

時間がないのよ、時間が！　と焦りまくって喫茶店に到着する。

着くなり、案内の人に食事をするかどうか訊ねられた。どうやら同じ建物の中に喫茶店とレストランがあって、飲み物とデザートだけの場合と、食事をする場合では案内される階が違うらしい。

デザートだけでと答えたところ、一階に案内された。席に着くなり品書きに目を走らせ、水を持ってきてくれたお姉さんにすかさずベビーサイズの『白熊』を注文した。

『白熊』は、各種フルーツをトッピングし、練乳をたっぷりかけたかき氷だ。鹿児島名物で、有名製菓会社からカップ入りやバータイプのものも発売されている。

ただし、それらは同じ『白熊』といっても鹿児島で食べられるものとは別物、あのふわふわのかき氷は実際に鹿児島に行かないと味わえないと言われている。

今回、高千穂に行ったあと熊本空港に引き返さず、あえて鹿児島空港から帰ることにした理由のひとつは、この『白熊』を食べることにあった。

五分後、ベビーサイズの『白熊』を前に、日和は写真を撮りまくっていた。

SNSの普及に伴い、料理を写真に収めることは当たり前になってきた。日和はSNSに載せることはないけれど、記録として残したい気持ちからシャッターを切ることが多い。だが、それはたいてい一枚きりで、よほどピントがずれまくっていない限り撮り直すこともない。

その日和が、立て続けにシャッターを切った。いろいろな角度から写真に撮りたいと思うほど『白熊』が絵になったからだ。

――前から見ても『白熊』、上から見ても『白熊』、後ろからでもやっぱり『白熊』！ああもう、なんてかわいいの！　食べるのがもったいない！　でも食べなきゃ溶けちゃうだけだし！

断腸の思いとはこのことだが、相手はただのかき氷だ。食べるために作られたものを食べないのは一番の罪、とスマホをスプーンに持ち変える。

まずは一口、とてっぺんの氷を掬って食べてみる。体温であっという間に氷が溶け、練乳のすっきりした甘さが広がる。掬っては食べ、食べては掬い……そのたび氷は瞬時に消える。『白熊』はまるで雲みたいな食べ物だった。

――練乳ってもっとべったり甘いと思ってた。それにこのかき氷、全然頭が痛くならない！

目はレーズン、鼻はサクランボ、周りにはみかんやパイナップル、洋なし、小さいながらも生のメロンも飾られている。真ん中あたりに置かれた丸いクッキーはシロクマのおへそを表しているらしい。

動物園や水族館にいるシロクマは白くて長い毛で覆われている。こんなふうに外から見えるとしたら相当な出べそだな、と思いながら齧《かじ》ってみると予想外に硬くて、ふわふわのかき氷ばかり食べていた歯がびっくりした。これはシロクマの反撃かしら？　なんて苦笑しながら食べ進み、気付いたときには器はすっかり空になっていた。

時刻は午後二時を過ぎたところだ。午後四時半すぎの飛行機なので、移動時間とレンタカーを返す時間を考えても、あと三十分ぐらいは時間があった。

――行列してるかもと思って時間にゆとりを持たせてたおかげで、買い物する時間ができちゃった。そういえば、駐車場の近くにさつま揚げのお店があった。揚げ立てって書いてあったから、お土産に買っていこう！

空港でもお土産は買える。さつま揚げだってあるに違いない。時間が足りなければ、搭乗手続きを済ませてから買えばいいと思っていたが、どうせなら揚げ立てがほしい。さつま揚げはご飯のおかずにもおつまみにもいい。お土産用にパッケージされたものと揚げ立てでは、風味も違いそうな気がする。目の前に店があるのだから、現地でなければ買えないもののほうが両親だって喜ぶだろう。

揚げ立てのさつま揚げの詰め合わせと、すぐそばにあったお菓子屋さんでカスタードクリームを使ったお菓子も買い、ご機嫌で駐車場に戻る。カスタードクリームを中に詰めた蒸しケーキは、仙台に行ったときも買った。ほかにもいろいろな場所にあるようだが、どれもよく売れているようだ。カスタードクリームと蒸しケーキの組み合わせは、それだけおいしいということだろう。

あとは飛行機に乗って帰るだけだ。まずは無事に空港まで行かなければ……と思いながらシートベルトを締めた日和は、ふと走行距離メーターに目を留めた。

――借りたときと返すときの数字を見ておけば移動距離が簡単に計算できるって蓮斗さんに言われてたのに、結局忘れちゃったな……

日和は普段から、走行距離メーターなんて気にしたことがない。以前は燃費を計算するために、給油のたびに確認していた父ですら、燃費計算機能がついた車に乗り換えてからは気にしなくなった。せいぜい点検のときの記録を見て、オイル交換やタイヤ交換の目安にするぐらいだ。母に至ってはすべてカーディーラーと父に丸投げ、走行距離メーターの存在すら忘れているかもしれない。

今回こそはちゃんと見ておこうと思ったのに、飛行機が遅れて気持ちが焦ったせいで、確認しないまま走り出してしまった。

そういえば、四国旅行のあと、蓮斗が移動距離を計算してくれた。地図アプリに移動手段と行った場所を入力すれば、おおよその移動距離が表示されるらしい。

記憶とスマホの写真を頼りに立寄地を告げるたびに、そんなとこまで行ったの⁉　なんて驚かれつつ入力した結果、五百三十キロという数字が出てきた。

二泊三日でよくぞこんなに……と蓮斗は呆れていたが、これは立ち寄った場所同士の距離を単純計算しただけのものだ。実際には、道に迷ったり忘れ物を取りに戻ったりしているので、さらに長い距離を走ったはずで、それでも蓮斗に比べれば序の口だろう。なにせ彼は自分で『相当クレイジー』と言うぐらいだ。『よくぞこんなに』にしても一般的に考えてのことに違いない。

いずれにしても、日和の四国旅行は普段から『相当クレイジー』な旅をしている蓮斗が呆れるほどの移動距離だった。だが、今回はさらにその上を行きそうだ。地図を見ただけでも、松山空港から足摺岬を通って宇和島経由で松山に戻るよりも、熊本空港から高千穂、日南海岸、鹿児島市内へと巡る距離のほうが長いとわかる。

海岸線を走るのは大好きなので気にしなかったが、よく考えたら一日の大半を車の中で過ごしていた。それでも疲労困憊《こんぱい》というわけではないし、楽しかったと思えるのだからなかなかのものである。

──でも、さすがにちょっと走り回りすぎた。次は九州や沖縄のときみたいに、のんびり窓から外を眺めていられる旅がいい。電車とかバスは荷物や乗り継ぎが面倒だから、ついついレンタカーにしちゃうけど、車だと欲張り過ぎちゃうんだよねえ……

そこでふと、『のんびり窓から外を眺めていられる旅』は公共交通機関利用だけとは限らないと気付く。同行者がいれば交替で運転することができる。自分が運転していない間は、窓の外の風景を楽しめるし疲れだって半減するだろう。

一方で、今度は別な不安が頭をもたげる。ここまで『ひとり旅』の自由さを知ってしまったあと、誰かと一緒に旅をすることができるのだろうか……

そこまで考えたとき、日和は大きな不安に襲われた。それは、三年かけて『人見知り』を卒業し、苦手だった電話応対まで克服したというのに、ほかの誰かと旅をすることで後戻りしてしまうのではないか、という不安だった。

旅の計画も、旅先で困ったときもひとりで頑張った。自分しかいないのだから当然だ。ペーパードライバーすら、旅をするために卒業した。けれど旅の達人──たとえば蓮斗のような人と一緒なら、計画は任せきりになりかねないし、旅先で困ることもほとんどないはずだ。相手が運転好きな人ならハンドルすら握らない可能性もある。

蓮斗は優しいし、これまでだっていつも日和を気遣ってくれた。万が一、これまで巡ったパワースポットの効果がまとめて発動して彼と付き合うことができたとしても、『釣った魚に餌はいらない』なんて豹変《ひょうへん》するわけがない。相手の希望を優先しようとするあまり、自分が行きたいところやしたいことを後回しし始めたら……

――そんなのだめ！　蓮斗さんはSNSで発信するぐらいの旅好きなんだから、これからも自由に旅をしてもらわなきゃ。さもないと『彼女なんていないほうがいい』なんて思いかねない！

そこに至って、麗佳が今でもひとりで旅に出る意味を痛感する。麗佳にとって浩介は、生涯ずっと一緒にいたいと思うほどの相手だ。自分の中で不満を育てて関係を崩したくないに決まっている。だからこそ、時にはひとりで旅に出て、思う存分好きなことをするのだろう。

たとえ夫婦であっても、お互いの自由を妨げない。お互いに支え合うのはいいけれど、一方的に支えられるだけの関係になってはいけない。ふたりの時間をより楽しむために、ひとりの時間を大切にする。麗佳と浩介は、それが実践できている夫婦のように思えた。

――私は旅を始めるまでは、知らない人には話しかけることすらできなかった。『人見知り』を言い訳にして、いろんなことから逃げてた気がする。その私がようやくここまで来られたんだから、後戻りなんてしたくない。だから私は、これからもひとり旅をしよう。たとえ恋人や夫ができても、人生という長い旅を自分の足でしっかり歩いていけるように……

そんなことを考えながら、車を走らせる。四十分後、空港近くのレンタカー屋さんに着いたタイミングで、スマホがポーンと軽い音を立てた。

画面には蓮斗の名前、そのあとに『車で迎えに……』というメッセージの冒頭部分が表示されている。どうやら、彼は空港に来てくれるつもりらしい。たとえそれがお土産狙いだったとしても、夕方の混み合う道を車で来てもらうのは申し訳なさ過ぎる。

断らなくちゃ、と文字を入力しかけたとき、また着信音がして今度は麗佳の名前……慌ててスマホを操作すると驚愕《きょうがく》のメッセージが映し出された。

『さっき蓮斗がパソコンの部品を届けに来たんだけど、梶倉さんを迎えに行かないの？って浩介が冷やかしたら、これから行くところ、ってあっさり返されたわ。しかも、俺、梶倉さんの騎士《ナイト》だから、だって。でも、私は蓮斗とは長い付き合いだからわかるの。あの騎士は彼氏と同義よ。心の中では彼氏だと思ってるけど、気恥ずかしくて言えないって感じ』

――あのふたり、またパソコンいじってるんだ……って、違うでしょ。問題はそのあとよ！

浩介も浩介なら蓮斗も蓮斗、一番質《たち》が悪いのはそれをわざわざ報告してくる麗佳だ。けれど浩介と蓮斗はずっと前からふざけあってばかりの仲だし、麗佳は『騎士』という言葉に込められた蓮斗の想いを一刻も早く日和に伝えたかったのだろう。誰にも悪気はない。そして、日和にとってもまったく悪い情報ではない。

断ろうと思っていた迎えも、この告げ口のあとなら話は別だ。どんな顔で蓮斗に会えばいいのか困ってしまうが、直接聞いたわけではないのだから、知らぬふりを通すしかない。込み上げっぱなしの『にやにや笑い』にしても、せっかく迎えに来てもらってぶすっとしているよりはずっといい。もしかしたら、俺に会えて嬉しいんだな、と思ってもらえるかもしれない。

車から降りて、後部座席に置いていたキャリーバッグを下ろす。返却手続きを終え、飛行機に乗って二時間もすれば羽田、そこには蓮斗が待っていてくれる。

なにからなにまで最高、百点満点中百二十点の旅だったと思いながら、日和は車のドアをバタンと閉めた。

本書は、二〇二二年十一月に小社より刊行
された単行本を文庫化したものです。
目次・扉デザイン／大原由衣
扉イラスト／鳶田ハジメ

ひとり旅日和《たびびより》　福招《ふくまね》き！

秋川滝美《あきかわたきみ》

令和６年 10月25日　初版発行

発行者●山下直久

発行●株式会社KADOKAWA
〒102-8177　東京都千代田区富士見2-13-3
電話　0570-002-301（ナビダイヤル）

角川文庫 24362

印刷所●株式会社暁印刷
製本所●本間製本株式会社

表紙画●和田三造

ISBN 978-4-04-115136-5　C0193

◇◇◇

角川文庫発刊に際して

角川源義

第二次世界大戦の敗北は、軍事力の敗北であった以上に、私たちの若い文化力の敗退であった。私たちの文化が戦争に対して如何に無力であり、単なるあだ花に過ぎなかったかを、私たちは身を以て体験し痛感した。西洋近代文化の摂取にとって、明治以後八十年の歳月は決して短かすぎたとは言えない。にもかかわらず、近代文化の伝統を確立し、自由な批判と柔軟な良識に富む文化層として自らを形成することに私たちは失敗して来た。そしてこれは、各層への文化の普及滲透を任務とする出版人の責任でもあった。

一九四五年以来、私たちは再び振出しに戻り、第一歩から踏み出すことを余儀なくされた。これは大きな不幸ではあるが、反面、これまでの混沌・未熟・歪曲の中にあった我が国の文化に秩序と確たる基礎を齎らすためには絶好の機会でもある。角川書店は、このような祖国の文化的危機にあたり、微力をも顧みず再建の礎石たるべき抱負と決意とをもって出発したが、ここに創立以来の念願を果すべく角川文庫を発刊する。これまで刊行されたあらゆる全集叢書文庫類の長所と短所とを検討し、古今東西の不朽の典籍を、良心的編集のもとに、廉価に、そして書架にふさわしい美本として、多くのひとびとに提供しようとする。しかし私たちは徒らに百科全書的な知識のジレッタントを作ることを目的とせず、あくまで祖国の文化に秩序と再建への道を示し、この文庫を角川書店の栄ある事業として、今後永久に継続発展せしめ、学芸と教養との殿堂として大成せんことを期したい。多くの読書子の愛情ある忠言と支持とによって、この希望と抱負とを完遂せしめられんことを願う。

一九四九年五月三日

角川文庫ベストセラー

おいしい旅 想い出編

秋川滝美、大崎 梢、柴田よしき、新津きよみ、福田和代、光原百合、矢崎存美 編／アミの会

昔住んでいた街、懐かしい友人、大切な料理。温かな記憶をめぐる「想い出」の旅を描いた書き下ろし7作品を収録。読めば優しい気持ちに満たされる、実力派作家7名による文庫オリジナルアンソロジー。

おいしい旅 初めて編

近藤史恵、坂木 司、篠田真由美、図子 慧、永嶋恵美、松尾由美、松村比呂美 編／アミの会

訪れたことのない場所、見たことのない景色、その土地ならではの絶品グルメ。様々な「初めて」の旅を描いた7作品を収録。読めば思わず出かけたくなる、実力派作家7名による文庫オリジナルアンソロジー。

おいしい旅 しあわせ編

大崎 梢、近藤史恵、篠田真由美、柴田よしき、新津きよみ、松村比呂美、三上 延 編／アミの会

まだ知らない、心ときめく景色や極上グルメとの出会い。旅先での様々な「しあわせ」がたっぷり詰まった書き下ろし7作品を収録。読めば幸福感に満たされる、豪華執筆陣によるオリジナルアンソロジー第3弾！

クジラの彼

有川 浩

『浮上したら漁火がきれいだったので送ります』。それが2ヶ月ぶりのメールだった。彼女が出会った彼は潜水艦（クジラ）乗り。ふたりの恋の前には、いつも大きな海が横たわる——制服ラブコメ短編集。

県庁おもてなし課

有川 浩

とある県庁に生まれた新部署「おもてなし課」。若手職員・掛水は地方振興企画の手始めに、人気作家に観光特使を依頼するが、しかし……!? お役所仕事と民間感覚の狭間で揺れる掛水の奮闘が始まった！

角川文庫ベストセラー

タイニー・タイニー・ハッピー　飛鳥井千砂

東京郊外の大型ショッピングセンター、「タイニー・タイニー・ハッピー」、略して「タニハピ」。今日も「タニハピ」のどこかで交錯する人間模様。葛藤する8人の男女を瑞々しくリアルに描いた恋愛ストーリー。

アシンメトリー　飛鳥井千砂

結婚に強い憧れを抱く女。結婚に理想を追求する男。結婚に縛られたくない女。結婚という形を選んだ男。非対称（アシンメトリー）なアラサー男女4人を描いた、切ない偏愛ラプソディ。

砂に泳ぐ彼女　飛鳥井千砂

やりがいを見つけるため上京した紗耶加は、気の合う同僚に恵まれ充実していた。しかし半同棲することになった彼氏の言動に違和感を覚えていく。苦悩する紗耶加を救ったのは思いがけない出会いだった——。

青い花は未来で眠る　乾　ルカ

高校2年の優香は、4人の美青年テロリストによる飛行機ハイジャック事件に遭遇。彼らと対峙する中で、生きることに無気力だった優香は変わり始める。テロリストの目的を知ったとき、優香が下す決断とは——。

明日の僕に風が吹く　乾　ルカ

中学時代のトラウマで引きこもり生活を続けていた有人は、憧れの叔父の勧めで離島の高校へ入学する。東京とは全てが違う環境の中、4人の級友に出会い……。一歩を踏み出す勇気をもらえる、感動の青春小説！

角川文庫ベストセラー

落下する夕方　江國香織

別れた恋人の新しい恋人が、突然乗り込んできて、同居をはじめた。梨果にとって、いとおしいのは健悟なのに、彼は新しい恋人に会いにやってくる。新世代のスピリッツと空気感溢れる、リリカル・ストーリー。

冷静と情熱のあいだ　Rosso　江國香織

2000年5月25日ミラノのドゥオモで再会を約したかつての恋人たち。江國香織、辻仁成が同じ物語をそれぞれ女の視点、男の視点で描く甘く切ない恋愛小説。

はだかんぼうたち　江國香織

9歳年下の鯖崎と付き合う桃。母の和枝を急に亡くした、桃の親友の響子。桃がいながらも響子に接近する鯖崎……〝誰かを求める〟思いにあまりに素直な男女たち＝〝はだかんぼうたち〟のたどり着く地とは——。

私の家では何も起こらない　恩田　陸

小さな丘の上に建つ二階建ての古い家。家に刻印された人々の記憶が奏でる不穏な物語の数々。キッチンで殺し合った姉妹、少女の傍らで自殺した殺人鬼の美少年……そして驚愕のラスト！

失われた地図　恩田　陸

これは失われたはずの光景、人々の情念が形を成す「裂け目」。かつて夫婦だった鮎観と遼平は、裂け目を封じることのできる能力を持つ一族だった。息子の誕生で、2人の運命の歯車は狂いはじめ……。

角川文庫ベストセラー

ドミノin上海　恩田　陸

上海のホテル「青龍飯店」で、25人（と3匹）の思惑が重なり合う――。もつれ合う人々、見知らぬ者同士がすれ違うその一瞬、運命のドミノが次々と倒れてゆく。恩田陸の真骨頂、圧巻のエンタテインメント！

発酵文化人類学
微生物から見た社会のカタチ　小倉ヒラク

「発酵」って奥深い。しかも美味しくってカラダにいい！　テレビ・ラジオ・SNSで話題の著者の本。文庫化にあたり情報バージョンUP。未来への見取り図はこの本にあり！　解説・橘ケンチ氏（EXILE）。

日本発酵紀行　小倉ヒラク

小倉ヒラクが、土地に導かれ、47都道府県の海・山・街・島を巡り、味噌、醤油、酒はもちろん、知られざる発酵の現場を取材した記録。発酵食品は、土地の味覚や暮らしの記憶そのもの。そのルーツに迫る。

キッチン常夜灯　長月天音

街の路地裏で夜から朝にかけてオープンする〝キッチン常夜灯〟。寡黙なシェフが作る一皿は、一日の疲れた心をほぐして、明日への元気をくれる――がんばりすぎのあなたに贈る、共感と美味しさ溢れる物語。

きりこについて　西　加奈子

きりこは「ぶす」な女の子。小学校の体育館裏で、人の言葉がわかる、とても賢い黒猫をひろった。美しいってどういうこと？　生きるってつらいこと？　きりこがみつけた世の中でいちばん大切なこと。

角川文庫ベストセラー

炎上する君　西　加奈子

私たちは足が炎上している男の噂話ばかりしていた。ある日、銭湯にその男が現れて……動けなくなってしまった私たちに訪れる、小さいけれど大きな変化。奔放な想像力がつむぎだす不穏で愛らしい物語。

まにまに　西　加奈子

嬉しくても悲しくても感動しても頭にきても泣けてくるという、喜怒哀楽に満ちた日常、愛する音楽・本への尽きない思い。多くの人に「信じる勇気」を与えてきた西加奈子のエッセイが詰まった一冊。

送り人の娘　廣嶋玲子

「送り人」それは、死者の魂を黄泉に送る選ばれた存在。その後継者である少女・伊予は、ある時死んだ狼を蘇らせてしまう。蘇りは誰にも出来ぬはずの禁忌のわざ。そのせいで大国の覇王・猛日王に狙われ……。

火鍛冶《ほかじ》の娘　廣嶋玲子

女は鉄を鍛えてはならない……そんな掟のある世界。鍛冶の匠だった父を亡くし、男として鍛冶を続けていた少女の沙耶。王子の剣を作る大仕事に挑むが、渾身の力で鍛えた剣は恐るべき力を持ってしまい……。

ふたりの文化祭　藤野恵美

部活の命運をかけ、文化祭に向けて九條潤は張り切っていた。一方、図書委員の八王寺あやは準備の盛り上がりに入れずにいた。そんな2人が一緒にお化け屋敷をやることになり……爽やかでキュートな青春小説！